मिस्टर आत्मनिर्भर!

[व्यंग्य संग्रह]

मिस्टर आत्मनिर्भर!

गिरीश पंकज

प्रलेक प्रकाशन

*in association with JVP Publication Pvt. Ltd.

प्रलेक प्रकाशन एवं जेवीपी पब्लिकेशन का लोगो विश्वप्रसिद्ध महान चित्रकार **मिकी पटेल** ने बनाया है।

पहला संस्करण : 2020

ISBN : 978-81-946472-1-8

प्रकाशक
PRALEK PRAKASHAN PVT. LTD.

वितरक
JVP PUBLICATION PVT. LTD.
602, Avenue—I, Building No. 3, Rustomjee Evershine
Global City, Virar (west), 401303
Cell : 9833402902 / 7021263557
Email : pralek.prakashan@gmail.com, jvp.publications@gmail.com
Website : www.pralekprakashan.com

मिस्टर आत्मनिर्भर! : गिरीश पंकज
Mr. Aatmanirbhar! : *Satire collection* of Girish Pankaj

आवरण : JVP Publication Pvt. Ltd.

पुस्तक सज्जा : JVP Publication Pvt. Ltd.

किशोरावस्था के मेरे गुरु
जितेंद्रकुमार झा जी
को

दो शब्द

अपना तीसवाँ व्यंग्य संग्रह पाठकों को सौंपते हुए प्रसन्नता हो रही हैं। पिछले चालीस सालों में निरंतर व्यंग्य लिखते हुए मैंने महसूस किया कि बड़ी कठिन है डगर पनघट की। हास्य लिखने वालों के सामने कोई खतरा नहीं है लेकिन व्यंग्य लिखने वालों को लोग पसंद नहीं करते। खासकर सत्ता-व्यवस्था से जुड़े लोग। नजरे टेढ़ी किये रहते हैं। मुझे एक सरकार के कुछ लोगों ने एक खास विचारधारा वाला लेखक करार दिया क्योंकि मैं उनके खिलाफ लिखा करता था। जबकि ऐसी कोई बात नहीं थी। मैं तो जो अन्याय होता था, उसके खिलाफ लिखता रहा। वे उसे अन्यथा लेते रहे। मैं किसी राजनीतिक विचारधारा के वशीभूत हो कर नहीं लिखता। मैं न दक्षिण पंथी हूँ, न वामपंथी, मैं केवल सु-पंथी हूँ। उसी रास्ते पर चलना जो मानव-कल्याण की ओर ले जाता हो। लेखन मेरे लिए साधना से कम नहीं। भले ही ईश्वर की पूजा नहीं करता, लेकिन जब कभी लिखने बैठता हूँ तो लगता है ईश्वर की ही आराधना कर रहा हूँ।

अनेक विधाओं में लिखता रहा हूँ लेकिन सर्वाधिक सुकून व्यंग्य लिख कर ही मिलता है। यहाँ सीधे-सीधे शत्रु से युद्ध करना होता है। अराजकता के शत्रुओं से। निरंतर लिखते रहने का सुपरिणाम मिला कि पहले लखनऊ में अट्टहास सम्मान मिला और फिर सन् 2018 को दिल्ली के हिंदी भवन में लखटकिया सम्मान व्यंग्यश्री से विभूषित किया गया। मैं लिखता गया और सम्मान अपने आप चल कर आते गए। किसी सम्मान के पीछे नहीं भागा। ऐसा सिर्फ इसलिए हो सका कि मैंने व्यंग्य की राह चुनी। और किसी राह पर चल रहा होता तो अन्य तथाकथित लेखकों की तरह पुरस्कार के पीछे भागता रहता, या दूसरी तरह की तरह की राजनीति कर रहा होता। लेखक को विशुद्ध रूप से लेखक होना चाहिए। लेकिन अब के लेखक बहुधंधी किस्म के होने लगे हैं इसलिए उन सब से अपनी जम नहीं पाती। मुझे लिखना ही भाता है। लेखन के पीछे की राजनीति से तौबा करता हूँ। खैर, इतना

कहना भी आत्मश्लाघा है। यह ठीक नहीं, लेकिन मन की कुछ बात कहने की परम्परा हो सो कहना पड़ा।

प्रस्तुत संग्रह प्रलेक प्रकाशन से आ रहा है। यह प्रकाशन अपने समय के महान रचनाकार राधेश्याम प्रगल्भ जी ने शुरू किया था। बाद में किसी कारण से बंद हो गया। अब वर्षों बाद उनके दत्तक पुत्र जितेंद्र पात्रो ने इसे नये उत्साह के साथ शुरू किया है। मुझसे भी उन्होंने संपर्क किया, तो मैंने भी सोत्साह संग्रह दे दिया। और देता भी क्यों नहीं? अशोक चक्र धर जी के पिता प्रगल्भजी का प्रकाशन जो है। उम्मीद है, पात्रो इस प्रकाशन को शिखर तक ले जाएँगे। चक्रधर जी का मार्गदर्शन तो खैर मिलता ही रहेगा।

उम्मीद है, मेरा यह व्यंग्य संग्रह पाठकों को पसंद आएगा।

—गिरीश पंकज

क्रम

मिस्टर आत्मनिर्भर!

कल मुझे रास्ते में एक आत्मनिर्भर आदमी मिला। मोटाताज़ा। उसके बारे में लोग यही कहा करते थे कि वह बहुत बड़ावाला आत्मनिर्भर है। मैंने इसके पहले ठीक ढंग से किसी आत्मनिर्भर आदमी के दीदार नहीं किए थे इसलिए उसे देख कर मन बड़ा गद्गद हो गया। बाग-बाग हो गया। मैंने गौर से देखा, उसके आगे-पीछे एक पट्टी भी चिपकी हुई थी, जिस पर साफ-साफ लिखा हुआ था, आत्मनिर्भर। उस पट्टी को पढ़कर यह तो कन्फर्म हो गया कि यही वह शख्स है, जिसके बारे में बड़ी चर्चा है कि वे मिस्टर आत्मनिर्भर हैं। इतने ज़बरदस्त आत्मनिर्भर हैं कि क्या कहें। अपने से बड़े पॉवरफुल नेताओं के चरण पकड़ने के लिए किसी की मदद नहीं लेते। खुद ही जा कर लेट जाते हैं। वरना कुछ नए-नवेले चमचे बेचारे संकोच करते हैं कि कैसे पकड़ें चरण। किसी की सहायता से चरण तक पहुँचते हैं। लेकिन इनकी तो बात ही निराली रही।

ऐसे महान आत्मनिर्भर जी को सामने पा कर आत्मा गब्बर की तरह खुश हो गई। मैंने उन्हें दौड़कर नमस्ते किया।

मुझे देख कर वे रुक गए और मुस्कुराते हुए बोले, "कहो मित्र, क्या समाचार है?"

मैंने कहा, "इन दिनों मैं आपकी तरह ही फुल आत्म निर्भर होने की कोशिश कर रहा हूँ। बहुत दिनों से आप को खोज रहा था ताकि आपसे कुछ टिप्स ले सकूँ कि आखिर आत्मनिर्भरता किसे कहते हैं और आत्मनिर्भर बना कैसे जाता है। आज आप मिल गए, तो मैं आत्मनिर्भर बनकर ही यहाँ से वापस जाऊँगा।"

आत्मनिर्भर जी प्रसन्न होकर बोले, "यही दृढ़ इच्छा-शक्ति आत्मनिर्भर होने की पहली निशानी है। मैं शुरू से ही दृढ़ इच्छा-शक्ति के मामले में आत्मनिर्भर रहा। नया-नया चमचा था तब भी, और अब कुछ पुराना हो गया हूँ तब भी। मैंने अपनी इच्छा-शक्ति के लिए दूसरे की सहायत नहीं ली। और देखो आज मैं सफलतापूर्वक

आत्म निर्भर हूँ।"

मैंने कहा, "अपनी आत्मनिर्भरता के बारे में कुछ बताएँ ताकि मैं भी उस दिशा में कुछ प्रयास कर सकूँ?"

मेरी बात सुनकर आत्मनिर्भर जी बोले, "कभी भी हम गड़बड़-घोटाले करने किसी की मदद नहीं लेते। जो भी करना हो, अकेले करें। और फुल कॉन्फिडेंस के साथ करें। यही आत्मनिर्भरता का पहला गुण है। अगर आप भ्रष्टाचार के मामले में किसी दूसरे की मदद लेंगे, तो कल को हो सकता है कि आप रँगे हाथों पकड़े भी जाएँ। इसलिए जो भी डीलिंग करनी हो, वह गुपचुप तरीके से अकेले करें। आपके दूसरे चक्करों की तरह यह चक्कर भी आपकी घरवाली को पता न चल सके। मैं हमेशा से इसी कला को साधे हुए हूँ, इसलिए आज तक कभी फँसा नहीं। वरना तो कितने लोग रंगे हाथों पकड़े जाते हैं, वे नादान दरअसल मेरी तरह आत्मनिर्भर नहीं होते न! और हाँ, किसी के खिलाफ साजिश रचनी है, तो उस मामले में भी हम आत्मनिर्भर हैं। अपनी अफवाहें हम खुद गढ़ते हैं। किसी और की सहायता नहीं लेते।"

"कमाल कर दिया आपने। ऐसी आत्मनिर्भरता तो अभिनंदनीय है। कुछ और टिप्स दीजिए, जिस को आत्मसात करके मैं भी आत्म निर्भर नंबर दो बन जाऊँ।"

आत्मनिर्भर जी मुस्कुरा कर बोले, "अच्छा-अच्छा, नंबर दो! क्योंकि नंबर वन पर तो मैं ही रहूँगा न। चलिए, और टिप्स देता हूँ."

इतना बोल कर आत्मनिर्भर जी कुछ सोचने लगे, फिर बोले, "नहीं भाई, ज्यादा टिप्स देना ठीक नहीं है। अगर मेरी तरह दूसरे लोग भी आत्मनिर्भर होते चले गए, तो मेरा अस्तित्व ही संकट में पड़ जाएगा, इसलिए माफ करना। वैसे आत्मनिर्भर होने का सबसे बड़ा टिप्स यही है कि सोचने-विचारने के मामले में भी आप आत्मनिर्भर रहें। दूसरे की मदद न लें। दूसरे की मदद लेने का मतलब है कि आप अभी अच्छे से आत्मनिर्भर नहीं हुए हैं, और न कभी हो पाएँगे। समय लग जाएगा लेकिन सोचते रहिए कि कैसे हमें आत्मनिर्भर होना है।"

इतना बोल कर के खिसक गए, तो मेरा दुखी होना स्वाभाविक था। मैं आत्मनिर्भर होने के संपूर्ण ज्ञान से वंचित रह गया। तभी कुछ देर बाद एक और सज्जन गुजरे। उनके चेहरे को देखने से लगा, यह बंदा भी आत्मनिर्भर किस्म का है।

मैंने उन्हें नमन किया और कहा, "आपका हँसता हुआ नूरानी चेहरा और काली जुल्फें रंग सुनहरा बता रहा है कि आप जबरदस्त आत्मनिर्भर है।"

सामने वाले सज्जन ने हाथ जोड़ लिया और कहा, "अरे वाह? लगता है, आप कोई ज्योतिषी हैं। आपको कैसे पता चला कि मैं आत्मनिर्भर हूँ?"

मैंने कहा, "आपके नूरानी चेहरे को देख कर ही समझ गया था। एम आय

राइट आर रांग? चेहरा सब कुछ बता रहा है। जो बन्दे आत्मनिर्भर होते हैं, उनका चेहरा इसी तरह चमकता रहता है। और जो बेचारे दूसरों पर निर्भर रहते हैं, उनका चेहरा पिचके हुए कनस्तर की तरह हो जाता है।"

मेरी बात सुनकर वे गंभीर हो गए और कहने लगे, "आजादी के इतने वर्षों बाद भी लोग ढंग से आत्मनिर्भर नहीं हो पाए हैं। देखिए, मैं सियासत में हूँ। और सच कहूँ, तो सियासत में हो कर भी मैं दूसरों पर निर्भर नहीं रहा। बाप-दादा इतनी कमाई छोड़ गए हैं कि हर चुनाव में पूरा खर्च उठाने के मामले में आत्मनिर्भर रहता हूँ। किसी से चंदा-चकारी नहीं करता, और मैं इतना बड़ा कॉन्फिडेंट रहता हूँ कि मुझे पता रहता है कि जो खर्च कर रहा हूँ, वो कल सूद समेत वापस आएगा। और आत्मनिर्भरता की कसम, पूरा पैसा बहुत जल्दी लौटकर वापस आ जाता है.ब्याज समेत! किसी बेबस महिला के साथ उसकी मजबूरी का फायदा उठाने के मामले में भी मैं पूरी तरह से आत्मनिर्भर रहता हूँ। अपने पीए की मदद नहीं लेता। डायरेक्ट डील करता हूँ। जो पैसे आते हैं, उन्हें मैं खुद गिनता हूँ। अपनी बीवी के भरोसे भी नहीं रहता क्योंकि वह गणित में कमजोर रही है इसलिए मैं पूरी आत्मनिर्भरता के साथ जीना पसंद करता हूँ.और आप देख ही रहे हैं कि मेरा पेट निकल आया है। यह मेरे भरपूर आत्मनिर्भर होने की निशानी है।"

मैंने उनसे कहा, "आप मुझे अपनी शरण में ले कर मुझे भी आत्मनिर्भर बना दें।"

नेता जी प्रसन्न होकर बोले, "इन दिनों में और मेरी पार्टी यही काम कर रही है। रेडियो, टीवी और अखबारों के माध्यम से एक सूत्री संदेश दे रही है कि आत्मनिर्भर बनिए...आत्मनिर्भर बनिए मैं भी हर किसी को आत्मनिर्भर बनाने की कोशिश कर रहा हूँ।"

"लेकिन आपकीं पार्टी तो कह रही है, 'बनिये' आत्मनिर्भर बनें। यह क्या बात हुई? 'बनिये' ही आत्मनिर्भर बनेंगे, तो हम लोग कहाँ जाएँगे?"

मेरी बात सुनकर नेताजी जोर-से हँस पड़े और बोले, "अरे, हम बनियों की बात नहीं कर रहे हैं। हम बनने के बाद कर रहे हैं। आत्मनिर्भर बनिए। धंधा-पानी वाला बनिया नहीं बनना है। समझे न?"

मैं समझ गया और मुस्कुरा कर बोला, "ओह, तो यह बात है। 'बनिए' और 'बनिया' में कंफ्यूजन हो गया। आपकी बात से बड़ा हौसला मिला है। मन में कुछ आत्मनिर्भरता आई है। आपने जो सद्मार्ग दिखाया है, उस पर चलकर वी शैल ओवर कम वन डे। हम भी आत्मनिर्भर बन जाएँगे।"

इतना बोल कर हम जाने लगे, तो नेताजी ने आवाज़ लगाई, "तुम हमारी

पार्टी ज्वाइन कर लो। इस वक्त हमारा हर कार्यकर्ता आत्मनिर्भर होने की राह पर है। हम सबको लाखों-करोड़ों का ठेका दिला रहे हैं। कल के फकीरपति सब अमीरपति बन रहे हैं। जब भी मूड हो, चले आना, आत्मनिर्भर बनने। हमारा हमारा दर खुला है, खुला ही रहेगा तुम्हारे लिए।"

भारत छोड़ो...भारत छोड़ो

उस दिन गांधी जी की तरह हुलिया बनाए एक व्यक्ति चौराहे पर खड़ा होकर "भारत छोड़ो! भारत छोड़ो" के नारे लगा रहा था।

मैं चकराया, अरे, देश तो आजाद हो चुका है। अँगरेज तो बहत्तर साल पहले ही भारत छोड़कर चले गए। यह बंदा अब उनसे भारत छोड़ने की बात क्यों कर रहा है?

मैं उस व्यक्ति के पास गया और मुस्कुराते हुए पूछा, "क्यों आदरणीय, अँगरेजों को भारत छोड़ने के लिए क्यों कह रहे हैं? वे तो कब का यहाँ से पलायन कर गए हैं। अब तो आपका और हमारा राज है।"

मेरी बात सुनकर उस बुजुर्ग ने व्यंग्य भरी मुस्कान के साथ मेरी तरफ देखा और कहा, "सुबह-सुबह मजाक मत करो भाई। माना कि हमारा राज है लेकिन इसमें भी एक 'राज़' है कि कभी कभी सोचना और खोजना भी पड़ता है कि हमारा राज कहाँ है। वैसे कोई बात नहीं। हमारा राज आएगा जरूर आएगा। जब तक कुछ खतरनाक वायरस भारत नहीं छोड़ेंगे।"

मैंने फौरन कहा, "मतलब कोरोना वायरस?"

बुजुर्ग ने कहा, "नहीं, कोरोना से भी खतरनाक-खतरनाक वायरस इस देश में वर्षों से कब्जा जमाए हुए हैं। मैं उनसे अनुरोध कर रहा हूँ कि तुम लोग भारत छोड़ो, तो हम लोग चैन से जी सकेंगे।"

मैं सोचने लगा, कोरोना वायरस ने तो पूरी दुनिया को परेशान कर दिया, ये सज्जन किन वायरसों की बात कर रहे हैं।

मैंने कहा, "कृपा करके उन वायरसों पर प्रकाश डालें, जिनके कारण आप विचलित हैं।"

सज्जन कहने लगे, "एक दो हों, तो बताएँ। यहाँ तो कदम -कदम पर वायरस ही वायरस है, जिनके कारण जीवन का सारा रस खत्म होता जा रहा है। साहित्य में नौ रस होते हैं। उसके बाद एक ही महारस नजऱ आता है और वो है, हम सब

पर भारी वायरस। यह वायरस कश्मीर से लेकर कन्याकुमारी तक हर जगह घुसा मिलता है। और इसका उपचार अब तक नहीं हो सका है।"

मैंने कहा, "महानुभाव, अब अब आप इन वायरसों का खुलासा तो कर दें ताकि हम इन को खत्म करने की दिशा में कुछ सोच-विचार करें।"

मेरी बात सुनकर सज्जन जोर से हँस पड़े और बोले, "अरे, कितने आए और कितने चले गए। अब और तुम कह रहे हो खत्म करने पर विचार करोगे। कहीं तुम वादा करके गच्चा देने वाले कोई नेता ना तो नहीं हो?"

मैंने हाथ जोड़कर निवेदन किया, "आदरणीय, मेरा इतना बड़ा अपमान न करें। मुझे जनसाधारण ही रहने दें।"

मेरी बात सुनकर सज्जन आश्वस्त हो गए कि मैं कोई आम आदमी ही हूँ। अब वे बोले, "तब तो बड़ी अच्छी बात है। वरना यहां जिसे देखो नेतागीरी और दादागीरी करता पाया जाता है। सुनो, मैं तुम्हें कुछ खतरनाक वायरसों के बारे में बता रहा हूँ। सुनो और उनके खात्मे की दिशा में कुछ कर सको, तो जरूर करना।"

इतना बोल कर सज्जन ने कहना शुरू किया, "एक खतरनाक वायरस है अफवाह। इस वायरस के कारण पलक झपकते देशभर में मारकाट शुरू हो जाती है। अब तो वाट्सएप का दौर है। किसी एक शहर में बैठा कोई व्यक्ति एक काल्पनिक स्टोरी बनाकर व्हाट्सएप में डालता है और देखते—ही-देखते वह स्टोरी खतरनाक तरीके से वायरल होने लगती है, और नादान लोगों के कारण स्थिति तनावपूर्ण हो जाती है। तुमने वह कहावत तो सुनी होगी, कौवा कान ले गया? ये अफवाहें बिल्कुल कौवा कान ले गया की तर्ज पर होती है। लोग कान नहीं देखते, बस कौवे यानी अफवाहों के पीछे दौड़ने लगते है। सच्चाई तक कोई नहीं जाता। बस, विचारों और विद्वेष की लाठियाँ भाँजने लगते हैं। हर मूर्ख-अज्ञानी उस तक पहुँचने वाली अफवाह में अपनी भी एक लाइन जोड़ता चला जाता है। और हजार लोगों तक पहुँचते-पहुँचते अफवाह इतनी भयानक हो जाती है कि मत पूछो। इसलिए मैं इस अफवाहरूपी वायरस से बहुत परेशान हूँ, और चिल्ला-चिल्ला कर कहता हूँ कि अफवाहो, भारत छोड़ो! जिस दिन अफवाहें भारत छोड़ देंगी, हर धर्म और जाति के लोग बड़े प्रेम से मिलजुल कर रहने लगेंगे।"

मैंने सज्जन के चरण छू लिए और कहा, "अब तक आप कहाँ थे भगवन्? आपने मेरी बंद आँखें खोल दीं। इस वायरस की तरफ तो हमारा ध्यान ही नहीं गया। सचमुच, यह बहुत खतरनाक है। कोरोना वायरस तो लोगों की जान निकाल लेता है, भयंकर रूप से परेशान कर देता है लेकिन अफवाहों का वायरस तो इंसानियत की हत्या कर देता है। एक दूसरे के मन में शक के बीज डाल देता है। अब दूसरे

वायरस के बारे में बताइए।"

मैंने हाथ जोड़ दिए, तो बुजुर्ग ने मुस्कुराते हुए कहा, "तुम तो इस मुद्रा में बैठ गए हो, जैसे मैं प्रवचन कर रहा हूँ, लेकिन यह अच्छी बात है कि किसी ने तो मेरी बात सुनी। मैं तो न जाने कबसे दोनों हाथ ऊपर उठाकर जोर-जोर से चिल्ला कर कह रहा कि 'नासपीटे वायरसो, भारत छोड़ो' लेकिन कोई मेरी बात सुनता ही नहीं। लोग आते हैं, कुछ देर खड़े होते हैं और मुस्कुरा कर आगे बढ़ जाते हैं। गोया मैं कोई नुमाइश की चीज हूँ। गनीमत है कि तुम आए और मेरी बात ध्यान से सुन रहे हो इसलिए मन कर रहा है कि तुमको कुछ बताऊँ। हो सकता है तुम इन वायरसों का खात्मा कर दो। अगर एक ही उल्लू गुलिस्ताँ को बर्बाद करने के लिए काफी होता है, तो किसी किसी गुलिस्ताँ को आबाद करने के लिए एक माली भी बड़ी भूमिका निभा सकता है। तो मुझे लगता है, तुम मेरी मदद कर सकते हो।"

इतना बोल कर सज्जन ने मेरी पीठ थपथपाई और कहा, "तो आगे सुनो। दूसरा वायरस है, भ्रष्टाचार का वायरस। आजादी के कुछ साल तक तो इस वायरस का अता-पता नहीं था। लेकिन जैसे-जैसे आजादी का खुमार उतरता गया, भ्रष्टाचार का बुखार बढ़ता चला गया। और अब तो यह मत पूछो कि भ्रष्टाचार कहाँ नहीं है। जैसे कोरोना वायरस पूरी दुनिया में फैल गया, उसी तरह यह भ्रष्टाचार भी देश के कोने-कोने में फेल चुका है। क्या गांव, क्या शहर, हर कहीं नज़र आता है भ्रष्टाचार का जहर। ऐसा खतरनाक वायरस है यह। बिल्कुल कोरोना की तरह। दिखता नहीं है मगर परेशान जरूर करता है। जिस किसी कुरसी से चिपकता है, तो उसकी बुद्धि फिरा देता है। ऐसा सिरफिरा वायरस है यह जिसकी जितनी बड़ी कुरसी, उसका उतना बड़ा भ्रष्टाचार। मंत्री से लेकर संतरी तक, पंच से लेकर सरपंच तक भ्रष्टाचार रूपी वायरस के पंच तक ऐसे पड़ते हैं कि मत पूछो। निर्माण कार्य के लिए जो धन मिलता है, उस धन को प्राप्त करने वाला बंदा सबसे पहले अपना भरपूर निर्माण कर लेता है। और फिर जो कुछ बचता है, उसके बाद वह सोचता है कि अब इसे सार्वजनिक निर्माण कार्य में खर्च किया जाय। और निर्माण के निर्वाण की ऐसी जुगलबंदी होती है कि मत पूछो। दुष्यंत कुमार की वो लाइन है न, 'यहाँ तक आते-आते सूख जाती है कहीं नदियाँ/ हमें मालूम है पानी कहाँ ठहरा हुआ होगा'? तो भैया, निर्माण की नदी सूख जाती है और चंद बंदों की जेबों में मुद्राराक्षस ठहाके लगाता रहता है। तो ऐसा है यह भ्रष्टाचार का वायरस। जैसे खुलेपन की नीति पर चलने वाली हीरोइन को देखकर लोगों का मन डोलने लगता है, उसी तरह धन देखकर लोगों के मन में भी कुछ-कुछ होने लगता है। बेचारे न चाहते हुए भी भ्रष्टाचार करने लगते हैं। यह वायरस एक बार ऐसा चिपकता है

कि जब तक व्यक्ति जब तक निलंबित एक्सपोज न हो, तब तक वायरस मुक्त नहीं होता।"

मुझे ध्यान से सुनते हुए देखकर सज्जन एक बार फिर मुस्कुराए और शायद मन-ही-मन सोचने लगे कि मैं ऐसे श्रोता की तलाश में बरसों से था। अब जाकर मिला है। सज्जन बोले, "बेटे, कहीं तुम बोर तो नहीं हो रहे हो?"

मैंने कहा, "महोदय, आपकी बातें सुन-सुनकर मेरे ज्ञान-चक्षु खुल रहे हैं। आप तो बोलते जाइए। देखिए, उसके बाद मैं कैसी क्रांति करता हूँ।"

मेरी बात सुनकर सज्जन ज़ोर से हँसे और बोले, "क्रांति के नाम पर अक्सर ज्यादातर भ्रांति ही हुई है। तो बंधु, तुम क्रांति की बात तो न करो। बस मेरी बातें शांति के साथ सुनो। अब देखो मैं तीसरे वायरस के बारे में बता रहा हूँ। यह वायरस है ईष्र्या का वायरस। यह जिस व्यक्ति को पकड़ लेता है, वह व्यक्ति अपना विनाश तो करता ही है, सामने वाले का भी अहित कर देता है। हम तो डूबेंगे सनम तुमको भी ले डूबेंगे। तुलसीदास जी ने भी कहा है, 'देख न सकहीं पराई विभूति'! तो ईर्ष्या का वायरस जिसके दिमाग में घुसा, उस नर को वानर बनते ज्यादा देर नहीं लगती। संक्रमित होते ही वह यही सोचता है कि भला उसकी कमीज मेरी कमीज से साफ कैसे? इस वायरस वाले बंदे अपनी लकीर बड़ी करने के बजाए सामने वाले की लकीर को छोटा करने में भिड़े रहते हैं। ईर्ष्या का यह वायरस जीवन के हर क्षेत्र में नजर आता है। क्या राजनीति, क्या साहित्य और क्या कला। हर कहीं या वायरस बला बनकर मौजूद रहता है। इस वायरस के कारण का शिकार व्यक्ति दिनों दिन घुलता चला जाता है। वह अपना काम छोड़कर सामने वाले को चूना लगाने की पुरजोर कोशिश करता है।"

सज्जन की बातें सुनकर मैं घबराने लगा।सोचने लगा, पता नहीं और कितने तरह के वायरस मौजूद है, जिनके बारे में ये मेरा ज्ञानवर्धन करेंगे।"

मैंने पूछा, "आदरणीय, और कितने प्रकार के वायरस हैं। और इन वायरसों से मुक्ति का मार्ग क्या है?"

सज्जन मुस्कुराते हुए बोले, "हरि अनंत हरि कथा अनंता। ऐसे अनेक वायरस हैं, जिनके बारे में मैं बताता चलूँगा और तुम सुनते चले जाओगे। मोटे तौर से समझ लो कि लोगों का हर दुर्गुण ही वह वायरस है, जो विभिन्न रूपों में इधर-उधर फैल रहा है। इससे देश कमजोर हो रहा है।समाज में अशांति पनप रही है।"

मैंने कहा, "तो क्या इन वायरसों के खत्म करने का क्या कोई उपाय नहीं है?"

सज्जन मुस्कुराते हुए बोले, "जिस तरह कोरोना वायरस को खत्म करने की दवा खोजी जा रही है, उसी तरह ऊपर गिनाए गए ज्ञात और अज्ञात वायरसों को

खत्म करने की दवा हमारे यहां वर्षों से उपलब्ध है। लेकिन उसका कोई उपयोग ही नहीं करता। यही कारण है कि पिछले बहत्तर सालों के बाद भी तमाम तरह की बीमारी एक महामारी के रूप में इस देश को खोखला किए जा रही है। इस महामारी को खत्म करने का एक ही उपाय है, सबको सद्गुणों का वैक्सीन लगा दिया जाए। वायरस अपने आप खत्म हो जाएगा।"

सज्जन की बात सुनकर मैं मंद-मंद मुस्काने लगा और सोचने लगा, बहुत कठिन है डगर पनघट की। बोलते-बोलते सज्जन भी थक गए थे, तो मैंने कहा, "अब आप भी प्रस्थान करें। मैं भी प्रस्थान करता हूँ। लेकिन जाते-जाते आप अपना नाम तो बताते जाइए।"

बुजुर्ग सज्जन ने मुस्कुराते हुए कहा, "मेरा नाम जानकर क्या करोगे? फिर भी पूछ रहे हो, तो बता देता हूँ। मेरा नाम देशकुमार है और आगे जो गांधी चौराहा है न, वहाँ रहता हूँ।"

इतना बोल कर वे "अँग्रेजियत भारत छोड़ो", "बलात्कारियो भारत छोड़ो, "हत्यारो भारत छोड़ो", "अपसंस्कृति भारत छोड़ो" के नारे लगाते हुए आगे बढ़ गए।

...और देखते-ही-देखते कहीं ओझल भी हो गए।

बुरे फँसे लाइव आकर!

वो बंदा फेसबुक पर एक बार फिर लाइव आ गया था। खुजली का क्या किया जाए।जब होती है, तो हाथ रुकता नहीं। उसी तरह लाइव आने की भी नई खुजली है।

मैं नटवरलाल छेदी का किस्सा बता रहा हूँ। इस बार भी कल की तरह वह अपने कमरे का दरवाजा बंद करना भूल गए थे। फेसबुक में लाइव का बटन दबाया और बड़े ही भक्तिभाव से रामकथा के बारे में जानकारी दिए जा रहे थे कि "भगवान् राम जब चौदह वर्ष के लिए वनवास को प्रस्थान करने लगे, तो उन्होंने सीता से कहा, तुम मेरे साथ वन में क्यों भटकोगी। राजमहल में ही रहो। इतना सुनना था कि माता सीता बोली..."

बस, अभी सीता जी कुछ बोलती, उसी समय नटवरलाल की पत्नी ने दरवाजा खोला और वही बोल पड़ी, "एजी ओजी, सुनते हो, का कल्ल लए हो? बाहर रद्दीवाला रामभरोसे खड़ा है। उसे मैं क्या बोलूँ। बहुत रद्दी जमा हो गई है। उसे आज निकाल ही देते हैं। तुम जल्दी खाली हो जाओ। ..तब तक उसे बैठा कर रखती हूँ। चाय-पानी करता रहेगा।"

इतना सुनना था कि नटवरलाल छेदी गुस्से में आ गए, लेकिन अपना गुस्सा कैसे जाहिर करते? लाइव जो थे। न जाने कित्ते लोग उन्हें देख रहे थे। उनकी बातों में रस लेकर टिप्पणियाँ भी कर रहे थे इसलिए नटवरलाल जी ने मुस्कान बिखेरी और हाथों का इशारा करते हुए पत्नी से कहा, "अभी रुक जाओ।"

पत्नी कुछ-कुछ तो समझदार थी। फौरन बाहर निकल गई। इस बीच नटवरलाल रामकथा को कुछ आगे बढ़ा चुके थे।

अब निषाद राज का प्रसंग चल रहा था, "रामजी ने कहा, हे निषाद राज, हमें उस पार जाना है। अपनी नाव में बिठा कर पार उतार दो। तब निषादराज ने हाथ जोड़कर कहा, हे भगवान्...!"

बस, नटवरलाल जी इतना ही बोल पाए थे कि एक बार फिर दरवाजा

खोलकर श्रीमती सामने खड़ी हो गई, “अरे, कितना इंतजार करेगा रामभरोसे? अब तक चार गिलास पानी और दो बार चाय पी चुका है। कब तक तुम कंप्यूटर के सामने बैठे पागल की तरह बड़-बड़ करते रहोगे?”

अब तो नटवरलाल छेदी का दिमाग बुरी तरह से आउट हो गया था लेकिन वही वैश्विक-इमेज आड़े आ गई। उन्होंने एक बार फिर हाथ जोड़ कर पत्नी को जाने का इशारा किया।

पत्नी बड़बड़ाते हुए चली गई कि “आजकल जिसे देखो, वही कंप्यूटर या मोबाइल से चिपका रहता है। ये भी वहीच्च करने लगे हैं। मुझे छोड़ कर आजकल मोबाइल से ही चिपके रहते हैं।”

गनीमत है, पत्नी की आवाज पूरी तरह से लाइव नहीं हुई। हालाँकि नटवरलाल की पत्नी का इस तरह से आवागमन अब लोगों का मनोरंजन ही कर रहा था। कुछ तो यही सोच कर के बैठे थे कि अब शायद तीसरी बार भी आ जाए,तो माँ कसम, मजा आ जाएगा लेकिन तीसरी बार पत्नी नहीं, उनकी साली चली आई। दर्शकों के लिए नया चेहरा।

नटवरलाल जी बोल रहे थे, “भगवान् राम विलाप करते हुए बोले, हे खग हे मधुकर श्रेनी, तुम देखी सीता मृगनैनी।”

अभी इतना ही बोल पाए थे कि इस बार उनकी साली साहिबा टपक पड़ी और बोली, “हाय जीजू, चलो न, कैरम खेलते हैं।”

नटवर ने साली को भी इशारे से जाने को कहा, पर वह तो साली थी। अतिरिक्त अधिकार धारिणी।

वह हाथ पकड़ कर बोली, “चलो न, प्लीज़!”

नटवरलाल फुसफुसाए, “अरे, लाइव हूँ, लाइव। सब देख रहे हैं।”

साली भी फुसफुसाई, “तो क्या हुआ। हाथ ही तो पकड़ी हूँ। उधर तुम लाइव हो, इधर हम लाइव। और उधर भन्नाई हुई है तुम्हारी वाइफ। चलो।”

बड़ी मुश्किल से नटवरलाल ने साली को भी इशारा करके चलता किया। तब तक उनको लाइव देखने वालों ने खूब मजा लूटा।

एक दर्शक-श्रोता ने टिप्पणी की, “चलने दो बहस। अरे—अरे, रोको! उसे मत जाने दो। रामकथा बाद में सुन लेंगे।”

दूसरे ने लिखा, “साली हो तो ऐसी, जो लाइव आकर जीजा से लड़िहाए।”

साली चली तो गई, पर नटवरलाल जी की रामकथा चौपट हो गई। उनका मूड भी। क्या बोल रहे थे, उन्हें याद ही न रहा। रामायण सुनाते-सुनाते अचानक अब वे महाभारत की कथा सुनाने लगे,

"तो धृतराष्ट्र बोले, हे संजय, मुझे कुरुक्षेत्र का आँखों देखा हाल सुनाओ।"

रामायण के बाद यकायक महाभारत सुनाने पर दर्शक-श्रोता चकरा गए।

एक ने कहा, "अरे, अभी तो आप रामायण की कथा सुना रहे थे, अब महाभारत पर आ गए? कमाल है!"

दर्शक की टिप्पणी देखकर नटवरलाल को अपनी गलती का एहसास हुआ और उन्होंने मुस्कुराते हुए कहा, "क्या करोगे, आज कमरे का दरवाजा बंद करना भूल गया। घर के सदस्यों की आवाजाही के कारण अब मेरा दिमाग इन सबसे महाभारत करने के मूड में आ गया है इसलिए महाभारत की कथा सूझ गई। मुझे माफ करना, मित्रो। आज की मुलाकात बस इतनी। कल जब लाइव रहूँगा, तो पहले दरवाजा बंद करूँगा ताकि कोई डिस्टर्ब न करे।"

एक दर्शक ने टिप्पणी की, "ठीक है, मगर श्रीमती जी को समझा दीजिएगा, कहीं ऐसा न हो कि आप रामकथा कह रहे हो और पीछे से वो दरवाजा ठोक-ठोक कर आवाज़ लगाने लगे कि ओ जी, रद्दीवाला रामभरोसे आ गया है। हाँ, साली को छूट है।"

नटवरलाल समझ गए कि लोग फिरकी ले रहे हैं, मज़ा ले रहे हैं। वे कुछ बोलने ही वाले थे, तभी उनका छोटा बेटा पप्पू अचानक प्रकट हुआ और कहने लगा, "पिताजी...पिताजी, मुझे टट्टी लगी है!"

अब तो नटवरलाल का मूड ही ऑफ हो गया। उन्होंने जोर से पूछा, "तेरी मम्मी कहाँ है रे?"

बच्चे ने मासूमियत के साथ कहा, "वो छोटे भैया को शौचा रही है। मौसी कहती है, मैं ये सब नहीं करा सकती। पापा से बोलो।"

नटवरलाल जी ने मुस्कराते हुए कहा, "तुम सबको आज ही प्रकट होना था? चल मेरे लाल, तेरी दीर्घशंका का समाधान कर दूँ।"

एक दर्शक ने टिप्पणी की, "जय हो आपके परिवार की। जाइए, बालक को शौचा कर आ जाइए।"

कुछ ने 'ताली वाली', कुछ ने 'हँसी वाली' तो कुछ ने 'गुस्से वाली' इमोजी लगा दी।

नटवरलाल ने लाइव साथियों से हाथ जोड़ कर माफी माँगी और कहा, "कल लाइव आने के पहले घर के लोगों को समझा दूँगा कि इस तरह मेरी वाट न लगाया करें। और अब तो दरवाजा बंद कर के ही लाइव आऊँगा। कल आपको बताऊँगा कि धृतराष्ट्र को संजय ने राम-रावण युद्ध के बारे में क्या जानकारी दी। तब तक जय हिंद।"

अंडरवियर और पायजामा

अब मैं व्यंग्य लिखना छोड़ रहा हूँ।

छोड़ूँ न तो क्या करूँ! इधर कुछ लिखा नहीं कि उधर हथियार लेकर शत्रु खड़े हो गए खल्लास करने की तैयारी में। आखिर बर्दाश्त की भी हद होती है। भई, कबीर बनना तो संभव नहीं है। वे घर फूँकने को तैयार रहते थे। घर क्या, झोपडिय़ा थी उनकी। लोगों ने जला भी दी लेकिन यहाँ तो बीस लाख रुपइया लोन लिया है। कबीर बनने के चक्कर में एक दिन किसी ने हमको निपटा ही दिया तो लोन कौन पटाएगा? सम्पादक-प्रकाशक या 'वाह, क्या लिखा है' कहने वाला पाठक? इसलिए अब मैं फूँक-फूँक कर कदम रखने लगा हूँ। व्यंग्य लिखता हूँ लेकिन मेरे विषय बिल्कुल नई कविताओं की तरह होते हैं। आधे तो पाठक को समझ में ही नहीं आते।

सरकार पर तो लिखता ही नहीं। किस-किस से पंगा लेंगे। सरकार रोज कोई न कोई ऐसी हरकत कर देती है कि लगता है व्यंग्य नहीं, व्यंग्य उपन्यास लिख मारो लेकिन सोचता हूँ, एक तो लिखने से कोई फायदा नहीं और लिख भी दिया तो छापेगा कौन? जिसके पास जाओ, वही कहता है, "भई किसी और विषय पर लिखो। आप हास्य प्रधान रचनाएँ लिखिए न, जैसी कि अपने मुच्छंदर सिंह लिखते हैं। आपका व्यंग्य छाप देंगे तो कल से सरकारी विज्ञापन बंद हो जाएँगे और खामखा मंत्री से लेकर मुख्यमंत्री तक मत्था टेकना पड़ेगा। इसलिए भैये हमारी इज्जत का पिज्जा मत बनाओ। जाओ, कोई हास्य रचना लेकर आओ।"

संपादक की डिमांड पर हँसी-मजाक वाली रचनाएँ लिखने लगा। खूप छपी। तारीफ भी हुई। लेकिन ससुरी आत्मा ने रह-रह कर कोसना शुरू कर दिया। तब लगा कि ये क्या हो रिया है? व्यंग्य से शुरू हुआ और चुटकुल्ले तक पहुँच गया। सिफ इसलिए कि कोई छाप देगा। इसलिए किसी से पंगा भी नहीं होगा। और मान-

सम्मान भी मिलता रहेगा। वही मंत्री जो कल मुँह फुलाए रहते थे, कहेंगे, "आओ महारथी, आओ। गजब लिख रहे हो भाई।"

छि: आत्मा की आवाज बड़ी भयानक चीज होती है। अच्छे-अच्छों को ठिकाने लगा देती है। मैं भी लग गया। और चुटकुल्ला मार्का रचनाओं से तौबा कर ली और व्यंग्य की टेढ़ी-मेढ़ी पगडंडी पर चल पड़ा।

लेकिन फिर वही हुआ जिसका डर था। एक दिन देखा, सरकार ने प्रदर्शनकारियों पर लाठियाँ बरसाईं। गोली चलाने की नौबत तक आ गई। अपने ही लोगों पर ऐसा बर्बर अत्याचार। जाग गया मन का कबीर। एक व्यंग्य लिख मारा। सरकार पर। पहुँच गए लेकर संपादक जी के पास।

मुझे देखकर वे खुश हो गए, "वाह बहुत दिन बाद आए हो भाई। आपकी रचना के बगैर पाठकों को मजा नहींआ रहा। लाइए, दीजिए अपनी फड़कदार रचना। कल के ही अंक में दे देता हूँ।"

रचना आगे बढ़ा दी। शीर्षक था, 'डंडे का फंडा'।

संपादक जी बोले, "वाह, क्या शीर्षक है।" फिर एक ही साँस में पूरी रचना पढ़ गए। शुरू हुए थे तो चेहरे पर मुसकान थी। जब रचना खत्म हुई तो चेहरे पर कड़ुवाहट। गोया नीम की दस-बारह पत्तियाँ चबा ली हों,

"अरे, यह क्या है भाई! लगता है मरवाओगे। कल को मंत्री चढ़ बैठेगा। जवाब देना मुश्किल हो जाएगा। भाई मेरे, जब लोग प्रदर्शन करेंगे, तो उन्हें कुचलना तो पड़ेगा ही न। इसमें गलत क्या है? प्रजातंत्र में प्रजा को पिटना और मिटना पड़ता ही है। इसमें व्यंग्य क्या है? भइये, ऐसी रचनाएँ लिखना छोड़ दो। बीच में तो आप सुधर गए थे। हास्य लिखने लगे थे फिर?"

"क्या करूँ...आत्मा का चक्कर।"

"अरे आत्मा को गोली मारो, तभी परमात्मा मिलेगा, हाँ। देखो, पहले मैं भी व्यंग्य लिखता था। फिर वक्त की नजाकत पहचान कर नई कविताएँ लिखने लगा। नई कहानियाँ लिखने लगा। फिर उसे भी छोड़ दिया और देखो, आज संपादक बनकर उपदेशक की मुद्रा में आ गया हूँ। मेरी मानो व्यंग्य लिखना छोड़ दो। लिखने से भी कभी कोई सुदरा है भला जो कवि सुधरेंगे।"

मुझे लगा, संपादक ठीकीच्च कह रहा है। मेहनत करके व्यंग्य लिखा और संपादक ने छापने से इंकार कर दिया। क्या मतलब रहा इतनी मेहनत करने का। मुझे अपने भीतर छिपे कबीर, अपने व्यंग्यकार पर कोफ्त हुई। ससुरा, चुपचाप सोए पड़ा क्यों नहीं रहता? रह-रहकर जाग क्यों जाता है।

उसी रात मैंने एक हास्य रचना लिखी, 'अंडरवियर और पायजामा'।

दूसरे दिन संपादक को दिखाई। उसने उछलते हुए कहा, "वाह, क्या धाँसू रचना है। छा गए बॉस!"

भीतर-ही-भीतर मैं उबल रहा था और सोच रहा था, इस संपादक के बच्चे पर ही व्यंग्य लिखना चाहिए।

हम लड़की वाले हैं...

आधुनिकता की कूकुर-खुजली से ग्रस्त एक परिवार से उस दिन टकरा गया। वह अपनी भयंकर मॉड कन्या के लिए सु-वर यानी अच्छे वर की तलाश में था लेकिन उनको मनपसंद वर मिल नहीं रहा था।

मैंने सोचा, कुछ मदद कर दूँ इसलिए पूछ लिया, "कैसा लड़का चाहिए आपको?"

लड़की के डैड बोले, "हम लड़की वाले ज़रूर हैं, लेकिन किसी भी लड़के से हमारी बेटी उन्नीस नहीं पड़ने वाली। बीस या कहें कि इक्कीस ही पड़ेगी। बस,इसी चक्कर में लड़की की उम्र निकली जा रही है। हम लड़की वाले हैं। हमारी भी अपनी ठसन है लड़कों वालों की तरह। हम टेंशन फ्री हैं। आज नही तो कल योग्य वर मिल ही जाएगा। हाँ, एक बात है। हम भारत की प्राचीन परंपरा स्वयंवर-प्रथा के पक्षधर हैं। लड़की अपनी मर्जी से वर का चयन करे।"

मैंने पूछा, "बाई द वे, आपको कैसा वर चाहिए", तो डैडजी बोले, "देखिए, लड़का हमारी लड़की के मुकाबले कमजोर न पड़े। आजकल कुछ लड़के माँ-बहिन की गालियाँ देते हैं। तो मैं बता दूँ कि इस मामले में हमारी वेल एजुकेटेड लड़की भी किसी लड़के से कम नहीं है। बिंदास होकर गालियाँ उच्चरित करती है। कहो तो सुनवा दूँ। अभी। इसी वक्त? बेट्टू, प्लीज़ कम हीयर!!"

मैं चकरा गया हाथ जोड़ते हुए कहा, "रहने दें। सड़कों से गुजरते हुए आए दिन गालियाँ ही सुनता रहता हूँ। घर के भीतर भी सुनूँगा, तो गजबई हो जाएगा। वैसे आप ये क्या बक रहे हैं? लड़कियाँ और गाली? वे तो कोमल हृदय वाली होती हैं। अकसर संस्कारित। सभ्य घरों की लड़कियाँ गालियाँ नहीं दे सकतीं।"

डैड जी जिंदादिल टाइप के जीव थे। चहकते हुए बोले, "आप किस ज़माने में रह रहे हैं, मिस्टर? किस संस्कार और सभ्यता की बात कर रहे हैं? लड़के लड़कियाँ अब सब बरोबर हैं। जो काम लड़के कर सकते है, वो सब लड़कियाँ

भी कर सकती हैं। बशर्ते वे मॉडर्न हों। आजकल मॉडर्न होना पहली शर्त है। सभ्य होना ज़रूरी नहीं। मैंने अपनी लड़कियों को भयंकर मॉडर्न बना दिया है। वे लड़कों से मुकाबला कर लेती हैं। गालियाँ देने में नम्बर वन हैं। केवल लड़के ही दारू नहीं पी सकते। लड़कियाँ भी पी सकती हैं। सिगरेट फूंक कर कलेजा खाक करने का अधिकार केवल लड़कों का नहीं है। लड़कियाँ भी धुआँ-धुआँ ज़िंदगी कर सकती हैं। हम लड़की वाले हैं। किसी से कम नहीं रहना चाहते। हमारी बिटिया के लिए उसकी प्रतिभा के अनुरूप लड़का देख रहे हैं। लेकिन हमारा बैडलक खराब है कि कोई 'योग्य' वर मिल ही नही रहा। पिछले दिनों एक लड़का मिला था लेकिन नालायक। वह मां-बहिन की गालियाँ ही नहीं दे सकता था। बताइए, क्या ज़माना आ गया है। लगता है, अब सचमुच लड़के पिछड़ रहे हैं। हमने तो अपना माथा ही ठोंक लिया, जब पता चला कि लड़का न तो दारू पिता है और न सिगरेट। फटी जीन्स भी नहीं पहनता पट्ठा। पता नहीं किस ज़माने में रह रहा है, इडियट कहीं का। हम मॉडर्न युग के लड़की वाले हैं। हमने उस अयोग्य लड़के का इंटरव्यू लिया और उसे फौरन रिजेक्ट कर दिया हमारी लड़की तो लड़के को ठोक बजाकर देखेगी इसीलिए कुछ समय लिव इन रिलेशनशिप मैं रहने के बाद ही बताएगी कि वह उसके लायक है अथवा नहीं। हाँ, एचआईवी का सर्टिफिकेट भी पहले चाहिए। आखिर हम लड़की वाले हैं। अरे, वह ज़माना गया, जब लड़की वाले सीधे-सादे होते थे। लड़कियाँ भी गऊ कसम की होती थीं। मगर अब हम मॉडर्न हैं। क्या हैं, मॉडर्न। हमारी लड़कियाँ किसी भी लड़के से कम नहीं हो सकती। उनको हमने सांड बना दिया है। लड़के आगे से फटी हुई जीन्स पहन कर इतराते हैं। हमारी लड़कियों की जीन्स तो दोनों तरफ से फटी होती है। हमारी दो लड़कियाँ हैं। उनको हमने लड़कों के गुण सिखा कर बड़ा किया है। चूल्हे चौके से दूर रखा। दोनों लड़कों के कान काटती हैं। क्या काटती है? कान। समझे श्रीमान्!"

मैंने पूछा, "आप अपनी लड़कियों के गुण बता रहे हैं या अवगुण?"

वह मुसकरा कर बोले, "जिसे आप अवगुण समझ रहे हैं, वह आजकल का गुण है। समय के साथ चलना हमारा धर्म है। हम नये ज़माने के लड़की वाले हैं। लड़के वालों से पीछे नहीं रह सकते। देख रहे हैं, कोई योग्य लड़का मिल जाए, तो लड़की के हाथ पीले करें। हाँ, एक मामले में हम एक पुरानी प्रथा के पक्षधर हैं। पहले अपने देश में स्वयंवर होता था। हम इस प्रथा के पक्षधर हैं। हमारी लड़की अपनी मर्जी से वर का चयन करेगी। आखिर हम लड़की वाले हैं। हम किसी से कम नहीं। कोई हमारे मुकाबले में आए, ऐसा किसी में दम नहीं।"

मैंने डरते-डरते कहा, "समय तो बदल रहा है। पर अभी इतना भी नहीं

बदला कि कोई लड़का गालियाँ देने और पीने-खाने वाली लड़की से शादी कर लेगा। हाँ, किसी बेचारे ने पिछले जन्म में कोई पाप—शाप किया हो, तो उसकी बात अलग है। खोजते रहिए, आप होंगे कामयाब एक दिन। कहते हैं कि खोजने से तो भगवान भी मिल जाते हैं, तो आपकी लड़की के लायक 'सु' यानी अच्छा 'वर' तो मिल ही सकता है।"

मेरी बात सुनकर डैड जी बोले, "थैंक्यू...थैंक्यू। आपने हमें निराशा से उबार लिया। वरना तो जिसे देखिए, वो हमें डिप्रेस ही करता है कि आपकी बिगड़ैल लड़कियों के लिए लड़के मिलना दुर्लभ है।"

बातचीत चल ही रही थी कि शादी के योग्य मगर प्रौढ़ता की ओर बढ़ती उनकी बड़ी कन्या सामने आयी और बोली, "डैड, आपने कुछ देर पहले मुझे आवाज़ दी थी। बट, वो क्या है कि मेकप कर रही थी। मैं अपने बॉय फ्रेंड के साथ नाइट क्लब जा रही हूँ। आने में कुछ देर हो सकती है। आप हमेशा की तरह टेंशन फ्री रहना।"

डैड ने चहकते हुए पूछा, "कौन ब्वाय फ्रेंड? ...वही सुरेश?"

लड़की बोली, "नहीं डैड, आज तो महेश है। आप तो जानते ही हैं कि मैं एक ही फ्रेंड के साथ कुछ घण्टे से ज़्यादा टाइम अफोर्ड नहीं रह सकती। रात गई, ब्वॉयफ्रेंड गया। अच्छा डैड, चलती हूँ।"

"जाओ डार्लिंग, एन्जॉय योर सेल्फ!" इतना बोल कर मॉडर्न डैड ने मेरी तरफ वीरोचित भाव से देखा और कहा, "मैं आज़ाद ख्याल का बन्दा हूँ। बच्ची को नैतिकता के पिंजरे में कैद नहीं कर सकता। वह एक ही खूंटे से बंधी नहीं रह सकती। अभी तो इसके खेलने-खाने के दिन है। शादी के बाद घर के चक्कर में पड़ेगी तो दिक्कत हो जाएगी, इसलिए अभी वह फुल मस्ती कर ले।"

मैंने महानता के शिखर पर विराजित डैड जी को शुभकामनाएँ दीं, "आप की बिटिया को उसके अनुकूल लड़का मिल कर रहेगा। इस वीर प्रसूता धरती ने अच्छे लोगों के साथ-साथ एक-से-एक लम्पट लोगों को भी तो जन्म दिया है। नर हो न निराश करो मन को। आप तो लगे रहें। अपनी खोज जारी रखें। वैसे आपकी बिटिया समझदार है। कोई-न-कोई अनुकूल लड़का तो खोज ही लेगी। टेंशन बिलकुल नहीं लेने का। उसने कहा भी तो है।"

डैड जी बोले, "एकदम। हम नये ज़माने के लड़की वाले हैं। तनाव रहित। तनाव तो लड़के वाले पालते हैं, आजकल।"

इतना बोल कर वह ज़ोर से हँसे। हमको भी हँसी आ गयी। हम बोले, "ठीक कह रहे हैं आप। अब समय बदल रहा है। आजकल लड़के वाले ही तनाव में रहते

हैं कि कहीं बिंदास लड़कों जैसी मॉडर्न चरित्तर वाली लड़की पल्ले पड़ गयी तो अल्ला जाने क्या होगा आगे।"

"बिलकुल सही फरमाया।" डैड जी बोले, "किस्मत अपनी-अपनी।"

फिर मुझसे पूछा, "कुछ शौक फरमाते हैं क्या, पीने-पाने का? कहें तो बोतल खोलूँ? बुलाऊँ दूसरी बेटी को? वह दो पैग बना देगी।"

मैंने मुस्कराते हुए कहा, "नहीं-नहीं, उसे कष्ट न दें। मोबाइल में लगी होगी। नाराज़ हो जाएगी। आप तो पानी पिला दें, बस।"

वह बोले, "पानी तो हमारी बेटियाँ पिलाती हैं, अच्छे-अच्छों को। उफ़, आप पीते-पाते नहीं। मतलब आप बहुत ही पिछड़े किस्म के जीव हैं। आपका कुछ नहीं हो सकता। छी:।"

उनकी बात सुनकर मैं हीनभवना से ग्रस्त हो कर चुपचाप लौट आया। काश, हम भी इनके जैसे मॉडर्न हो पाते। खैर, अगले जन्म में देखेंगे। हम होंगे कामयाब, अगले जनम में।

आलोचक होने के गुर...

शुरू-शुरू में वे कवि थे। हर जगह हूट होते थे, तो फिर कहानीकार हो गए। श्रोता इनकी कहानियाँ सुन-सुनकर ऊँघने लगते थे। जिस किसी को नींद न आने की बीमारी लगती, वे सीधे इनके पास पहुँच जाते और एक कहानी सुनकर फौरन घर लौटकर आराम से सो जाते। अपनी साहित्यिक प्रतिभा का ऐसा दुरुपयोग देखकर उन्होंने सोचा कि आखिर ऐसा क्या लिखा जाय कि दुनिया भर में अपना सिक्का चल पड़े।

एक दिन वे एक सज्जन के घर जा पहुँचे सलाह लेने। सज्जन भूतपूर्व साहित्यकार थे। भूतपूर्व यानी बहुत पहले कुछ लिखा-विखा करते थे लेकिन शादी के बाद केवल पढ़ने और सुनने का काम करने लगे। पत्नी को देखें कि कविताएँ लिखें। धीरे-धीरे वे साहित्य से दूर होते गए और खुद को भूतपूर्व कवि बताने में गर्व का अहसास करने लगे।

तो हूट होने वाले कवि-कहानीकार ने भूतपूर्व कवि का दरवज्जा खटखटाया।

आगंतुक का हुलिया देखकर भूतपूर्व कवि समझ गया कि सामने वाला बिगड़ने के रास्ते पर है।

उसने पहला प्रश्न किया, "क्या लेखक हो?"

उत्तर मिला "जी हाँ।"

"यहाँ किसलिए आए हो?"

"नाम कमाने के गुर सीखने।"

"अरे भई, जिसका खुद का कोई नाम नहीं हो सका वह क्या खाक सिखाएगा। आगे का रास्ता देखो।"

"ऐसा मत कीजिए। आप तो कवि रह चुके हैं। कुछ तो बताइए!"

भूतपूर्व कवि ने आगंतुक की ज़िद को देखते हुए कहा, "देखो, मैं तुम्हें कवि बनने के गुर तो नहीं सिखा सकता। हाँ, आलोचक बनकर नाम कमाने के कुछ गुर या हथकंडे जरूर बता सकता हूँ।"

"लेकिन आलोचक-फालोचक...!"

आगंतुक की बात से भूतपूर्व जी भड़क उठे।

"अरे, यह क्या बकते हो? आलोचक के साथ फालोचक का तुक मिलाते हो? शायद तुम नहीं जानते कि आलोचक की क्या प्रतिष्ठा है। समाज में जो स्थान पुलिस वालों का रहता है, वही स्थान साहित्य में आलोचक का रहता है। पुलिस के डंडे से हर कोई डरता है। ठीक उसी तरह आलोचक की क़लम से लेखक घबराता है। आलोचक बनो। देखो, तुम जिस तरह की कविताएँ या कहानियाँ लिख रहे, वैसी रचनाएँ लिखकर नाम नहीं कमा सकते। जब ऊपर उठ नहीं सकते तो दूसरों को नीचे तो गिरा ही सकते हो!"

आगंतुक कुछ समझ नहीं पाया।

वह बोला, "क्या मतलब?"

भूतपूर्व कवि हँसा, "मतलब यह कि आलोचक बन जाओ। आलोचक ही ऐसा प्राणी है जो अक्सर गिराने का काम करता है। वह ईश्वर की कसम खाकर क़लम उठाता है कि जो कुछ भी लिखूँगा कटु आलोचना लिखूँगा और बड़े-से-बड़े लेखक को नीचे गिरा कर ही दम लूंगा। जो आलोचक जितना कटु बोता है, वह उतना बड़ा कहलाता है। लोग चर्चा करते हैं : देखा, जबर्दस्त आलोचक है।"

आगंतुक लेखक ने पूछा, "आलोचक बनने के लिए करना क्या पड़ता है?"

भूतपूर्व बोला, "सबसे पहले अपनी संवेदनाओं को बेच खाओ और दिमाग से काम लो। दिल को अवैध संबंधों के लिए बचाकर रखो। दिमाग तेज करो। साहित्य में दिल से लिखा जाता है और आलोचना दिमाग से। तुम किताबें खूब पढ़ो। किताबों से ज्यादा किताब और किताबों के लेखकों के नाम याद रखो। तुम्हारे अध्ययन का पौवा तभी जम सकता है जब तुम सभा-गोष्ठियों में हर वाक्य में दो-चार किताबों के नाम ले लो। कुछ 'कोटेशन' भी याद रखो। और महान आलोचक कहलाना चाहते हो तो विदेशी लेखकों और उनकी कृतियों के नाम याद कर लो। और पहुंच जाओ किसी साहित्यिक-गोष्ठी में।"

आगंतुक लेखक ने पूछा, "यह सब करके मैं आलोचक कैसे बन जाऊँगा और क्या करना होगा?"

आगंतुक लेखक की मूर्खता पर हँसा, "अरे भई, गोष्ठी में जाकर विचार व्यक्त करना, और क्या? कैसे व्यक्त करना, वो भी बताए दे रहा हूँ। देखो, जैसे व्यंग्य पर बातचीत हो रही हो, तो तुमको अपना नंबर आने पर व्यंग्य के खिलाफ बोलना है। बोलो, अब तो व्यंग्य लिखा ही नहीं जा रहा है। फिर एक-दो विदेशी नाम बोल दो। जैसे मार्क ट्वेन, वाल्दीमीर वगैरह। कविता की बात हो तो कहो

कविता हाशिए पर है। हमारे कवि कुछ अच्छा नहीं लिख रहे। विदेशों में कविताएँ लिखी जा रही हैं। यहाँ के कवि पढ़ते ही नहीं।"

भूतपूर्व कवि आगंतुक को काफी देर तक समझाते रहे, "आलोचक बनो, भूलकर समालोचक मत बनना। आलोचना में निंदा का, नीचे गिराने का भाव प्रमुख रहे। ऐसा करोगे, तो लेखक तुमसे बचेंगे। दूर भागेंगे। तुम उनकी तारीफ करो, इसलिए धीरे-धीरे तुम्हारा सम्मान करना शुरू करेंगे। अतिथि के रूप में बुलाएँगे। बस, तुम्हारा सिक्का जमता जाएगा। आज जो आलोचक हैं, उनका जलवा है।"

आगंतुक को लगा साहित्य के मंच पर तो अब ज्यादा संभावना दीखती नहीं तो क्यों आलोचना के नेपथ्य में चले जाएँ। वहीं ज्यादा संभावना है।

आगंतुक ने कहा, "आपका सुझाव पसंद आया। मैं आलोचक ही बनूँगा। अच्छा यह तो बताइए, सुना है, आप भी पहले कविताएँ लिखा करते थे। आजकल क्या लिख रहे हैं?"

"आलोचना।"

भूतपूर्व कवि ने हँसते हुए कहा, "आलोचना...सिर्फ आलोचना। इसमें दिल की जरूरत नहीं पड़ती। दिमाग तेज रखना पड़ता है। वह तेज है ही और जब से आलोचक बना हूँ, कुछ ज्यादा ही तेज हो गया है। इसलिए बच्चा, मेरी मान, कविता-फविता छोड़, आलोचना की राह पकड़। देख, तेरा जीवन खुशहाल हो जाएगा।"

आगंतुक ने आलोचक होने के गुर सीखकर भूतपूर्व कवि उर्फ आलोचक को प्रणाम किया और वापस लौट गया।

'इ-मनुष्य' की 'इ-सौत'

अब तो जमाना 'इ-मेल' का है।

क्या 'मेल' और क्या 'फी-मेल', हर कोई इसी से खेल रहा है। आजकल तो हर तरफ 'इ' है। 'इ-बैंकिंग', 'इ-मार्केटिंग', 'इ-गवर्नेंस', 'इ-लूट', 'इ-ठगी', 'इ—लव', 'इ-रोमांस' आदि-आदि। इंटरनेट के माध्यम से जो कुछ हो रहा है, वह इंटरनेट के पहले अक्षर के कारण 'इ' हो गया।

कुछ लोग पूछते हैं 'ई' जौन 'इ' है। वह का बला है भैया?"

हम कहते हैं "ई ऊ है, जिसके बगैर अब आत्मा को मुक्ति नहीं मिल सकती। धीरे-धीरे सब समझ जाओगे, जब तुम्हारे पास 'इ' आएगा। यानी कि इंटरनेट। हिंदी में बोले तो अंतरजाल। तब शायद तुम भी इ-मनुष्य हो जाओगे।'

कल मुझे अचानक एक महानगरीय 'इ-मनुष्य' मिला। मनुष्य तो बहुतेरे देखे थे लेकिन यह आजकल का 'इ-मनुष्य' था। वह बेहद गंभीर था। वह इ-मनुष्य था इसलिए गंभीर था अथवा गंभीर था इसलिए इ-मनुष्य था? जो भी हो, लेकिन उसके चेहरे के भयंकर तनाव को देख कर मुझसे रहा नहीं गया।

मैंने उसे गुदगुदाते हुए कहा, "गिलीगिली, गिलीगिली।"

फिर भी वो हँसा नहीं। जबकि गुदगुदी कर दो तो पत्थर भी हँस पड़े। वह नहीं हँसा क्योंकि ई (यानी यह) मानव तो अकड़धारी 'इ-मनुष्य' था। अपने यहाँ कुछ लोग खद्दरधारी होते हैं। कुछ अकड़धारी होते हैं। कुछ चक्करधारी होते हैं। और कुछ केवल गिरधारी होते हैं। लेकिन यह इ-मनुष्य था।

मैंने कहा, "भाई मेरे, तुम मनुष्य जैसे लगते हो, थोड़ा तो मुसकराओ। क्योंकि केवल इनसान ही हँस सकता है, कोई पशु नहीं।"

उसने चट् से कहा, "तुमने मुझे पहचाना नहीं। मैं इ-मनुष्य हूँ। आजकल मैं एकदम नये लुक में हूँ। क्योंकि वाट्सएप, टिवटर और फेसबुक हूँ। मैं केवल यहीं हँसता हूँ। वैसे तुम्हारी जानकारी कच्ची है। पशु भी हँस सकता हूँ। लकड़बग्घे को

भूल गए? वह भी हँसता है।"

मैंने हँसते हुए कहा, "लेकिन आप लकड़बग्घे नहीं हैं।"

वह कुछ बोला नहीं। कभी लेपटॉप पर कुछ काम करता, फिर मोबाइल उठा कर उस को देखने रखता।

मैंने गौर से देखा। उसका चेहरा पहचानने की कोशिश की। याद आया, अरे, यह तो वही बंदा है, जिसने अपनी फेसबुक की वॉल पर किसी के हँसने वाली तस्वीर चस्पा की थी।

मैंने कहा, "पिछले दिनों आपकी वॉल पर एक चित्र देखा था, जो हँस रहा था।"

वह गंभीर स्वर में बोला, "हम खुद नहीं हँसते। हमारे चित्र हँसते हैं। हम खुद नहीं रोते। हमारे चित्र रोते हैं। हँसना-रोना भले लोगों का काम नहीं।"

मुझे याद आया, उसने सामाजिक परिवर्तन के लिए लोगों को आगे आने वाली एक पोस्ट लगाई थी।

मैंने कहा, "आप ने कमाल कर दिया। आप दूसरों को प्रेरित करते हैं। आपने भी अनके सामाजिक आंदोलनों में भाग लिया होगा।"

वे गंभीर हो कर बोले, "हम खुद कुछ नहीं करते-कुराते, केवल बातें करते हैं। क्योंकि हम इ-मनुष्य हैं।"

मैंने चौंकते हुए पूछा, "तो क्या इ-मनुष्य कुछ नहीं करते?"

अब उसके चेहरे पर हँसी जैसी कोई चीज दिखी। बमुश्किल कुछ सेकेंड।

वह बोला, "ऐसी बात नहीं। कभी-कभी कुछ-कुछ कर लेते हैं। कभी-कभी कुछ-कुछ होता भी है। लेकिन जो कुछ भी होता है, फेसबुक में ही होता है। वाट्सएप में भी हमारा अपना निठल्ला-समूह है, जो कुछ भी नहीं करता। मगर लगेगा कि बहुत कुछ करता है। फेसबुक देख लो तो लगता है हम लोग सीधे क्रांति के लिए ही जन्में हैं। हम सब इ-मनुष्य हैं। नई प्रजाति हों जैसे। हम धरती को धन्य करने के लिए अवतरित हुए हैं। जो कुछ करना होता है फेसबुक में ही करते हैं। हाँ, कभी-कभार संडे को टाइम निकाल लेते हैं क्योंकि इस दिन रविवार होता है न। इ—मनुष्य फेसबुक, ट्विटर वगैरह में इतना कुछ कर लेता है कि बाहर की दुनिया के लायक नहीं रह जाता। घर बैठे क्रांति हो रही है, तो बाहर क्यों जाएँ डंडे खाने? इसलिए हम घरघुस्सू, परजीवी, घरजीवी हैं। फेसबुक में ही लोगों को नाश्ता करवा देते हैं। घर-आँगन की सैर करा देते हैं। किसी को घर नहीं बुलाते। कोई अचानक आ जाए तो बगले झाँकने लगते हैं। कितनी जल्दी वो फूट ले, इसके सॉलिड उपाय करते हैं।"

"इस पुनीत कार्य हेतु कैसे हथकंडे अपनाते हैं? कुछ ज्ञान बढ़ाएँ। कुछ टिप्स दे दें।"

मेरे आग्रह को सुनकर वे मुझे धन्य करने के परम् भाव से बोले, "जैसे ही कोई अनचाहा मेहमान आ जाता है, हम लोग जमहाई लेने लगते हैं। बार-बार घड़ी की ओर देखते हैं। अचानक पत्नी सामने आ कर खड़ी हो जाती है, तो मैं कहता हूँ, 'बस अभी चलते हैं'। फिर मेहमान से कहता हूँ कि 'हम लोग निकलने वाले ही थे कि आप आ गए। खैर, कोई बात नहीं। कुछ देर बाद निकल लेंगे'। उसी वक्त मोबाइल पर भी कहता हूँ, 'बस, अभी निकल ही रहे हैं।' कोई भयानक बेशरम हो तो वह हमारा संकेत समझ नहीं पाता, मगर जो ज्ञानी होता है, वह फौरन निकल लेता है। फिर हम लोग अकेले में खूब हँसते हैं। यह हमारा पुराना हथकंडा है, मगर इ-मनुष्य होने के बाद हम लोगों ने इसे आत्मसात कर लिया है। हम लोग अकेले मगन रहते हैं। सबको दुनिया की सैर करवा देता हैं। पानी पिला देते हैं। जूस पिला देते हैं। बगीचे की सैर करा देते हैं। महापुरुषों के वचन पढ़ा देते हैं। और क्या कर सकते हैं? इ-मनुष्य की अपनी सीमा होती है।"

मैंने उन्हें प्रणाम किया और आगे बढ़ गया। कुछ दिन बाद इ-मनुष्य फिर मिला।

इस बार कुछ-कुछ उदास नजर आ रहा था। चेहरे की अकड़ गायब थी।

मैंने पूछा, "क्या हुआ गिरधारी? बदले-बदले से मेरे सरकार नजर आते हैं?"

"कम्प्यूटर और लेपटॉप पर अधिक बैठने के कारण कमर दर्द का मरीज हो गया हूँ। बार-बार मोबाइल को ही देखते रहने की लत के कारण गर्दन में भी तकलीफ हो गयी है। पिछले दिनों बीमार भी पड़ गया था, तो 'गूगल' में सर्च करके अपना इलाज शुरू कर दिया था। इस चक्कर में घन चक्कर बन कर और अधिक बीमार पड़ गया। लेने के देने पड़ गए। दवाइयाँ चल रही हैं। इकलौती पत्नी ने भी हड़का दिया है कि या तो यह इंटरनेट रहेगा, या मैं रहूँगी। ये इंटरनेट नहीं, मेरी इ-सौत है, इ-सौत। वैसे आजकल फेसबुक के कारण इ-सौतें भी बढ़ती जा रही हैं। लेकिन मैंने रिस्क नहीं लिया है। जैसा दूसरे कुछ लेते रहे हैं।"

"मतबल यह कि आप अब कुछ-कुछ मनुष्य-से होने लगे हैं।"

मेरी बात सुनकर वे सहसा हँस पड़े, "इ-मनुष्य होने के चक्कर में मैं अमानुष टाइप का होता जा रहा था। संवेदना खत्म होती जा रही थी। एक दिन आत्मज्ञान हुआ और अब मैं मनुष्य होने की कोशिश में हूँ। आजकल बैलेंस बना कर चल रहा हूँ। अब 'इ-मनुष्य' भी हूँ और 'बी-मनुष्य' भी।"

'मगर यह 'बी-मनुष्य' क्या बला है, बंधु?" मैंने पूछा।

'बी-मनुष्य' यानी बिंदास मनुष्य।" इतना कह कर इ-मनुष्य हँसा और फिर अपनी राह चला गया।

पिछले दिनों कुछ लोगों को मैंने अपना व्यंग्य सुनाया, तो किसी ने ताली

नहीं बजाई।

मैंने कारण पूछा तो उत्तर मिला, "हम लोग इ-मनुष्य हैं। केवल फेसबुक में ही ताली बजाते हैं। हँसना हो, रोना हो, प्रेम दिखाना हो तो 'इमोजी' से काम चला लेते हैं।"

मैंने लगे हाथ यह भी पूछ लिया, "कहीं आप वाट्सएप के जरिये अफवाहें फैलाने का काम तो नहीं करते?"

वे शरमाते हुए बोले, "शुरू-शुरू में तो करता था मगर जब से कानून बन गया है न, तौबा कर ली है।"

मैं सोचने लगा, कानून का डंडा चलता रहे, तभी लोग लाइन पर रहते हैं।

वसंत, चला गया आँसू बहाकर

वसंत फिर आ गया।

इस बार उसका हुलिया बदला हुआ था। पीले रंग की टी शर्ट, जीन्स की पैंट पहने हुए वह कभी रॉक जैसा कुछ गाता तो कभी 'ब्रेक डांस' करते हुए घूम रहा था। मैंने उसे टोका, "कौन हो भई? बीच सड़क पर क्या कर रहे हो?"

"अरे, तुमने मुझे नहीं पहचाना?" वह अचरज से मुझे देखने लगा, "मैं वसंत हूँ भाई, वसंत! हर साल इसी समय आता हूँ। लोगबाग तो हमारे ही दीवाने हैं दीवाने!"

"अच्छा-अच्छा। तो आप किसी फिल्म के हीरो हैं?" मैंने अनुमान लगाते हुए कहा, "आजकल दिशा देने वाले महानायकों की नहीं, दिशा बिगाड़ने वाले आप जैसे छद्मनायकों से ही हमारे देश की नई पीढ़ी प्रभावित होती है। आप कब आए? यहाँ, किसी फिल्म की शूटिंग तो नहीं है?"

वह हँस पड़ा। कहने लगा, "अरे बंधु लगता है आपने मुझे बिल्कुल 'नई' पहचाना? मैं फिल्म वसंत नहीं, मौसमी हूँ। रंगीन मिजाज। मेरे आते ही फूल और अधिक खूबसूरत दिखने लगते हैं। चिड़िया कुछ ज्यादा चहकने लगती है। भौंरे फूलों से इश्क लड़ाने में सक्रिय हो जाते हैं। हर तरफ वासंती वातावरण छा जाता है। कवि लोग कविताई करने लगते हैं और..."

उसकी बात बीच में ही काटनी पड़ी। पता नहीं कितनी देर वसंत इसी तरह वर्णन करते रहता।

मैंने कहा, "अच्छा, अच्छा, अब पहचान गया। तुम अमीरों के, भरे हुए पेट वालों के, नंबर दो की कमाई पर 'ऐश' करने वालों के मौसम हो न? ठीक पहचाना कि नहीं।"

वसंत ने मुँह लटका लिया। चेहरा काला पड़ गया?

मैंने पूछा, "क्या बात है दोस्त? मैंने कुछ गलत कह दिया क्या?"

"और नहीं तो क्या?" वह बोला, "तुमने तो मुझे पूँजीवादी करार दे दिया।

अहरे मैं तो समाजवादी हूँ भई, समाजवादी। मैं तो सबके लिए समान रूप से आता हूँ। सबको समान रूप से मस्ती के आलम में डूबो देना चाहता हूँ। सब जगह व्याप्त हो जाता हूँ। पसर जाता हूँ। सहज हूँ। देखो कवि पद्माकर क्या कहते हैं, 'बनन में, बगान में बगरो बसंत है' और तुम हो कि मुझे पूँजीवादी कह रहे हो?"

"भाई मेरे, तुम हो कि नहीं ये तो मैं नहीं कह सकता लेकिन तुम आते हो तो सम्पन्न लोग ही ज्यादा चहकते हैं। नये-नये कपड़े धारण करते हैं। बड़े 'मूड' में नजर आते हैं। मस्ती में झूमने लगते हैं। गरीबों पर तुम्हारा असर क्यों नहीं पड़ता?" मैंने पूछा।

वसंत सोच में पड़ गया। बोला, "मैं नहीं मान सकता। तुम झूठ बोलते हो।"

"हाथ कंगन को आरसी क्या? चलो मेरे साथ और नमूना देख लो।"

वसंत तैयार हो गया। मैंने कहा, "तुमको अपना यह पूँजीवादी हुलिया बदलना होगा। पतझर वाला धारण कर लो। तब गरीबों के बीच जाने लायक बनोगे।"

वसंत मान गया। देखते-ही-देखते उसके शरीर पर सामान्य किस्म के कपड़े आ गए।

उसने पूछा, "अब ठीक है?"

मैंने कहा, "सौ फीसदी।"

हम दोनों गरीबों की बस्ती की ओर चल पड़े।

थोड़ी देर चलने के बाद आकाश से बतियाती इमारतों के ठीक पीछे कराहती हुई गंदी बस्ती में थे। एक झुग्गी के बाहर टूटी खाट पर बैठे एक बूढ़ा खाँसते जा रहा था। हम उसके पास रुके। वह घबरा गया। दूसरी तरफ निहारने लगा।

वसंत बोला, "अरे दादा, मैं आपकी बिरादरी का हूँ।"

बूढ़े ने सिर घुमाया। ऊपर से नीचे तक देखा, फिर कहने लगा, "क्या बात है?"

"क्या आप वसंत के बारे में कुछ जानते हैं?"

"हाँ बेटा, क्यों नहीं जानते। पड़ोस में ही तो रहता है।" बूढ़े ने खाँसते हुए बताना शुरू किया, "लेकिन इस समय वह जेल में है। पिछले दिनों पुलिस आई थी। उसे चोरी के आरोप में पकड़ कर ले गई। आए दिन ऐसा ही होता है। चोरी कोई और करता है और पुलिस यहाँ पहुँच जाती है। क्या हम लोगों की बस्ती चोरों का अड्डा है? पुलिस वालों के घर की तलाशी नहीं ली जाती। माल तो वहाँ से निकल सकता है। लेकिन नहीं। इसी बस्ती में आ धमकते हैं और जिसे मन आया, पकड़ कर ले जाते हैं। इस बास वसंत को धर लिया। क्यों कुछ काम था उससे?"

वसंत को हँसी आ गई। उसने मुँह दबा लिया।

मैंने स्पष्ट किया, "दादा, हम लोग आपके वसंत की बात नहीं कर रहे,

हम तो मौसम वाले वसंत की बात कर रहे हैं, जिसके आते ही मन में उमंग छा जाती है। मन बौरा जाता है। टेसू के फूल, भवरे, चिडिय़ा, गीत-संगीत। उस वक्त के बारे में पूछ रहे हैं!"

बूढ़े की खाँसी थम गई। शायद, भीतर ही भीतर कहीं जम गई। वह आँखें फाड़कर पूछने लगा, "अच्छा ऐसा कोई मौसम भी आता है बेटा? बरसों हो गए मन में कोई उमंग ही नहीं पैदा होती। कोई गीत नहीं सूझा। भौंरों की आवाज सुनाई नहीं पड़ती। हमें तो हर तरफ पतझर-ही-पतझर नजर आता है। हमारी इन झुग्गियों की सूखी-काली घास-फूस और लकड़ियों को देखो न! हमारे सामने हर समय यही मंजर रहता है। बहती हुई गंदी नालियाँ...ढेर सारी बीमारियाँ ही हमारा स्थायी वसंत हैं। अगर यही वसंत है तो हम ऐसे वसंत को जानते हैं।"

मैंने वसंत की ओर देखा। उसने सिर झुका लिया। हम आगे बढ़ गए।

बूढ़ा पीछे छूट गया, लेकिन उसकी खाँसी की आवाज हम लोगों के दिमाग में सवार थी।

झुग्गी नगरी से बाहर निकल कर मैंने पूछा, "क्यों बच्चू, क्या कहते हो?"

वह मौन था। थोड़ी देर बाद हम साधारण से मकान के सामने थे। फाटक खटखटाया।

उदास चेहरे के साथ बुढ़ापे की ओर बढ़ रही महिला ने दरवाजा खोल कर पूछा, "कहिए?"

"क्या आपको पता है कि वसंत आ गया है?"

वह कहने लगी, "हम लोग किसी लंद-फंद में नहीं पड़ते। कौन वसंत, हम नहीं जानते। ये कोई नेता तो नहीं है न, जो वादे बाँटने आता है। मैं आपसे पूछती हूँ कि राशन आ गया?"

वसंत खीझ पड़ा, "मुझे क्या मालूम?"

औरत बोल पड़ी, "तो फिर हिसाब बराबर। मुझे वसंत के बारे में नहीं मालूम और आपको राशन के बारे में। और कुछ?"

"आप तो मजाक कर रही हैं?" मैंने नाराज होते हुए कहा।

"मजाक तो आप लोग कर रहे हैं। हम जैसे गरीबों के साथ। चले आए वसंत के बारे पूछने। महँगाई के कारण दो टाइम का ठीक से खाना मुश्किल होता जा रहा है। अपराध बढ़ रहे हैं। अब दंगे-फसाद के कारण ज़िंदगी हर समय खतरे में रहती है। उधर दंगाई परेशान करते हैं और कर्फ्यू लग जाता है तो पुलिस वाले अत्याचार करते हैं। सरकार में बैठे लोग राजधानी में बैठकर 'लंच' और 'डिनर' लेते हुए हमारी गरीबी दूर करने की योजनाएँ बनाते हैं। पता नहीं योजना बनाते हैं

कि पैसा बनाते हैं। और इधर हम लोग बद से बदतर होते जाते हैं। ऐसी स्थिति में आप लोग वसंत की बात कर रहे हैं? लगता है, आप पूँजीपतियों के एजेंट हैं और हम गरीबों का मजाक उड़ाने निकले हैं।" वह महिला तमतमा गई।

"ऐसी बात नहीं है बहनजी, हम लोग तो बस यूँ ही।" मेरी बात अधूरी रही। बीच में ही टोक दिया, "छोड़िए इन बातों को। हम गरीब हैं, लेकिन पानी तो पिला ही सकते हैं। पानी ला रही हूँ।"

वह भीतर चली गई। मैंने वसंत की ओर निहारा। उसने कनखियों से मुझे देखा, फिर सिर नीचा किए रहा। महिला पानी ले आई। उसके हाथ में गुड़ के दो छोटे-छोटे डल्ले भी थे। पानी पीकर लगा जैसे अमृत पान कर रहे हैं। मर चुकी है आत्मा हमारी, खत्म होता जा रहा है शिष्टाचार/संस्कार, तब अभी भी हैं ऐसे लोग, जिनमें मुफलिसी के बावजूद शिष्टाचार ज़िंदा है। पानी और गुड़ के ढेले के रूप में। हमने उसे प्रणाम किया और 'डिस्टर्ब' करने के लिए माफी माँग कर आगे बढ़ गए।

थोड़ा आगे जाकर एक हवेली के सामने रुके। कॉल बेल बजाई। 'डोर' खुला।

सामने एक अर्द्धवसना नारी खड़ी थी। उसके हाथ में एक जंजीर थी। जंजीर से कुत्ता बँधा हुआ था जो हमें देखक भौंके जा रहा था।

उस अधुनातन नारी ने कुत्ते को प्रेम से पुचकारा, "लिली, डोंट बी सिली। प्लीज लेट मी टॉक।"

लिली चुप हो गई। वस्त्रविरोधी आधुनिका बोली, "हूँ कहिये, किससे मिलना है?"

वसंत ने कहा, "मैं जानना चाहता हूँ कि क्या आपको पता है, वसंत आ चुका है?"

वह नारी फुदक उठी, "वाओ, क्या बात है, अभी तो हम लोग यही चर्चा कर रहे थे कि वसंत आ गया है। मस्ती करने के लिए 'प्रोग्राम' बनाया जा रहा था। हम लोग वसंत को मस्ती का त्यौहार मानते हैं। कितना अच्छा लगता है। चारों ओर वासंती माहौल। भँवरों की गुन-गुन, चिड़ियों की चहचहाहट, हर तरफ मस्ती ही मस्ती। वैसे तो हम लोगों के लिए रोज ही वसंत रहता है, लेकिन आप लोग क्यों पूछ रहे हैं?"

"बस यूँ ही पूछ रहे थे। अच्छा हम चलते हैं?"

वसंत ने कहा और जाने लगा। मैं भी उसके पीछे-पीछे चल पड़ा। वह खामोश था।

मैंने उसे रोका, "कहो, अब क्या कहते हो? तुम भले पूँजीवादी न हो, लेकिन हो तो पूँजीवादियों की चीज! मानते हो कि नहीं?"

“मानता हूँ। तुम ठीक कहते हो। आजकल मौसम भी अमीरों के ‘ऐश’ की चीज हो गए हैं। गरीब रोजमर्रा की मुसीबतों से ही उबर नहीं पाता। उसके लिए क्या वसंत और क्या पतझर! अब मैं भी चलूँ।”

“कहाँ जा रहे हो, अभी तो तुमको काफी दिनों तक रहना है।”

“नहीं यार, अब मैं यहाँ नहीं रह सकता। इस बार वसंत में आत्मा नहीं रहेगी। बस, शरीर रहेगा। जब तक हर आदमी खुशहाल नहीं होगा, मैं खुश नहीं हो सकता।”

वसंत चला गया आँसू बहाकर, दुखी आदमी की तरह।

दवाई बनाम ईएमआई

दीवाली के आसपास की बात है। दरवाजे की घंटी बजी, हम लपक कर बाहर निकले। सोचा, कोई उपहार ले कर आया होगा। वैसे हम कोई वीआइपी तो हैं नहीं, पर गलती से मिस्टेक भी हो सकती है। आम आदमी पर भी किसी को तरस आ सकता है। दरवाजा खुला तो सचमुच चमत्कार हो गया। एक आदमी खड़ा था मुस्कराते हुए। उसके हाथ में कुछ सामान था।

वह बोला, "हम आपको मालामाल करने आए हैं।"

उसकी बात सुन कर हम गद्गद हुई गए। फौरन बोल पड़े, "तो बाहर क्यों खड़े हैं। भीतर आइए।"

वह लपक कर भीतर आ गया, और बिना हमारी इजाजत के, कुरसी पर भी बैठ गया। हम समझ गए, बंदा मार्केटिंग वाला है।

वह शुरू हो गया, "हम आप को उपहार में एक कार देंगे। पहले आप हमारा फ्लैट टीवी खरीद लें। हम जानते हैं कि आप भाग्यशाली हैं। लॉटरी में कार आपको ही मिलेगी।"

मैंने कहा, "टीवी खरीदने के लिए पैसे नहीं हैं, भाई। पहले से ही कर्ज में डूबे हुए हैं। दिवाली के पहले अपना दिवाला निकल चुका है। उस कारण दवाई खा-खा कर जी रहे हैं। सच बोलें तो दवाई और ईएमआई साथ-साथ चल रही है।"

वह हँसा गोया हमने कोई चुटकुला सुना दिया हो। कहने लगा, "अरे, हम किसलिए इस धरा पर अवतरित हुए हैं? हमारे रहते चिंता नहीं करने का, क्या। चिंता से चतुराइ घटे, दुख से घटे शरीर। तो, फिकर नॉट। लोनम् शरणम् गच्छामि। कर्ज ले लीजिए। हम दिला देंगे।"

मैंने कहा, "कर्ज के मर्ज से डर लगता है। हमारा एक पड़ोसी दिखावे के चक्कर में कर्जदार हो गया और इस असार-संसार से चल बसा।"

सज्जन बोले, "कर्ज लेकर लोग शान से जीते हैं और आप मरने की बात

कर रहे हैं? आज जो जितना बड़ा कर्जदार, उतना बड़ा आदमी कहलाता है। चलने दीजिए न, ईएमआई। मासिक भुगतान। इसी में है सबकी भलाई।

मैंने कहा, "मासिक भुगतान मतलब मासिक-भुगतना। हर महीने भुगतो। जेब खाली करते रहो। लोगों का घर भरते रहो। भाई मेरे, अपना सुखी जीवन है। पुराना टीवी है और संतुष्ट बीवी है। काहे को टेंशन में डालने पर तुले हो?"

बात चल ही रही थी कि बीवी प्रकट भई। सज्जन खुश हो गए और मन-ही-मन सोचने लगे कि अब बात बनेगी। महिलाएँ भोली-भाली होती हैं। मार्केटिंग वालों को झांसे में आ जाती हैं।

मार्केटिंग वाला बंदा बोला, "बहन जी, फ्लैट टीवी ले लीजिए। लेटेस्ट मॉडल वाला है। हम घर पहुँच सेवा करने के लिए आए हैं। लोन भी हम दिला देंगे। आप तो इस कागज पर दस्तखत कर दें। और ये दो-चार कागज है, वो हमें उपलब्ध करा दें।"

पत्नी का मन ललचाने लगा।

वह बोली, "कितने की ईएमआई होगी?"

सज्जन बोले, "ज्यादा नहीं, केवल पाँच हजार महीना।"

इधर हम क्रमश: गुस्से को प्राप्त हो रहे थे। इसके पहले कि दिमाग फट पड़ता, हमने प्रेम से कहा, "भाई मेरे, आप यहाँ से जाने का क्या लेंगे? एक गिलास ठंडा पानी और पी लें, और निकल लें पतली गली से।"

वह मुसकरा कर बोला, "बस, ये फार्म भर दीजिए। फिर हम निकल लेंगे।"

मैंने कहा, "इसके पहले भी दो-तीन आइटम हम ले चुके हैं और कर्जे में डूबे हुए हैं। जिंदगी से ऊबे हुए हैं। इस ईएमआई ने बड़ा दुख दीन्हा। और नहीं, अब और नहीं। गम के प्याले और नहीं।"

सज्जन बोले, "राही मनवा इतनी चिंता क्यों सताती है, कर्ज हमारा साथी है। कर्ज पटाने के लिए कर्ज ले लीजिएगा। पर इस बार हमें निराश न करें। लोन ले लीजिए। बहुत पहले किसी महान आत्मा ने कर्ज ले कर घी पीने का संदेश दिया था। हम भी कह रहे हैं—जब तक जिंदगी है, शान से जीएँ, कर्ज का क्या है, वो पटता रहेगा।"

बीवी बोली, "ले लीजिए जी, बेचारा घर तक आया है।"

मैंने कहा—"काहे का बेचारा, यही तो इसका काम है। घर-घर जाना।"

मैंने कहा, "अच्छा, अब नमस्ते।"

बंदा समझदार था। फौरन उठ गया। जानता था कि ज्यादा रुका तो कोई दुर्घटना हो सकती है।

वह चला गया। बीवी दुखी हो गई। बोली, "पड़ोस में सबके घर नया टीवी आया है। अपने यहाँ ओल्ड ही है।"

मैंने कहा, "ओल्ड इज गोल्ड। जैसे ये टीवी और तुम मेरी प्यारी बीवी।"

बीवी शरमा कर बोली, "आप भी बड़े वो हैं। दिल जीतना कोई आप से सीखे, क्या बनाऊँ नाश्ते में? पर... मैं आपकी चिकनी-चुपड़ी बातों में नहीं आने वाली। मुझे नया टीवी चाहिए और एक कार भी, भले ही सेकेंड हैंड हो। पर हो। देखो न, पड़ोसी ने छोटी वाली कार ले ली। उसी में मगन है। ये लोग आते-जाते अपने घर के सामने हार्न बजाते रहते हैं। हमको जलाते हैं। हम भी उन्हें जलाएँगे। बड़ी कार ले कर। पड़ोसी धर्म यही है कि वो छोटा टीवी खरीदे तो हम बड़ा खरीद लें। वो कार खरीदे तो हम भी खरीद कर ले आएँ। वो एक करे, तो हम दो करें। प्रगति का यही फंडा है।"

मैंने कहा, "हे प्राणखादेश्वरी, दिखावे से बाज आओ, और जितनी चादर है न, उतने में ही पैर पसारो। भूल गई वो दोहा जो बचपन में पढ़ा था,

रूखी-सूखी खाय के ठंडा पानी पीव।
देख पराई चूपड़ी, मत ललचावो जीव?
पत्नी चट् से बोली, "लेकिन हमको दूसरा दोहा याद है। सुनो,
रीत यही इस दौर की, करो प्रदर्शन खूब।
चिंता मत करना मनुज, रहो कर्ज में डूब।
रहो कर्ज में डूब, सुखी इंसान रहेगा।
और मोहल्ले में पूरा सम्मान रहेगा।
कह फोकट कविराय, रहे क्यों जिनगी भूखी।
ऐश करो दुनिया में खाओ रूखी-सूखी।"

हमने कहा, "भागवान, पहले ही हम परेशान हैं। इस बाजार ने हम सबकी जेबों को खाली करना शुरू कर दिया है। सावधान रहो। वरना हम तो चले जाएँगे, बच्चे हमारे कर्ज को भुगतेंगे।"

बीवी रूठ गई, बोली, "जाइए, हम आपसे अब कछु नहीं बोलेंगे। आप बड़े वो हैं।"

बात चल ही रही थी कि पड़ोसन आ धमकी तो पत्नी खुश हो गई। जब दो सखियाँ मिलती हैं तो तीसरे की निंदा की पृष्ठभूमि अपने आप तैयार हो जाती है। हम प्रसन्न भए कि चलो, अब पत्नी का टॉपिक बदल जाएगा और 'आज क्या पक

रहा है'... 'अरे, तूने सुना'-टाइप की बातें शुरू हो जाएँगी।

हम दूसरे कमरे में चले गए और दीवार को कान बना कर सुनने के पुनीत और पारम्परिक-काम में भिड़ गए।

पड़ोसन बोली, "अभी हमारे घर एक बंदा आया था। हम लोग महंगा वाला टीवी ले रहे हैं। और देखना, लॉटरी में जो कार निकलेगी, वो हमें ही मिलेगी। मैं बड़ी लकी हूँ।"

पत्नी भी कम नहीं थी। वह बोली, "हमने तो दो टीवी बुक करा दिया है। एक इस कमरे में, एक उस कमरे में। लगता है, हमें दो कार मिलेगी।"

पड़ोसन थोड़ा-सी चिढ़कर बोली, "अरे वाह, ऐसा कैसे हो सकता है? कार तो एक ही है उपहार में। वो तो हमें मिलेगी।"

पत्नी बोली, "नहीं, ऐसा नहीं हो सकता। हमें मिलेगी।"

पड़ोसन बोली, "नहीं, हमें मिलेगी।"

मुझे लगा, तू-तू-मैं-मैं की स्थिति आने वाली है। मामला बिगड़ सकता था इसलिए मुझे सामने आना पड़ा। मुझे देख कर पड़ोसन ने विषय बदल दिया, "अ...अ...और क्या चल रहा है? आज क्या पकाया।"

पत्नी टेंशन में थी, बोली—"अपना सिर।" फिर जैसे होश में आई और कहा, "अपना सिर धो कर आऊँगी, उसके बाद सोचूँगी। त्योहार आने वाला है। चार-पाँच तरह की मिठाइयाँ बनाऊँगी।"

पड़ोसन बोली, "हम लोग आठ-दस प्रकार की मिठाइयाँ बाहर से मंगवा लेते हैं। कौन बनाए। हाथ दुखने लगता है। आजकल मेवे और मिठाई लेने के लिए भी ईएमआई शुरू हो गई है। आसान किश्तों में मौज करो।"

पत्नी बोली, "तुम लोग तो हर महीने कुछ-न-कुछ नई चीज खरीद लाते हो? क्या सब आसान किश्तो में?"

पड़ोसन बोली,

"मिल रहा है इन दिनों सामान किश्तों में
मर रहा है आजकल इंसान किश्तों में
जब तलक है जिंदगी तो मौज कर लो यार
हो भले ही कर्ज का विषपान किश्तों में।"

पत्नी चौंकी, "अरे, तुम कविता भी करती हो?"

पड़ोसन ने मुँह बिचकाया, "अरे नहीं, ऐसे आलतू-फालतू काम मैं नहीं करते। मेरे पतिदेव करते हैं। खाली बैठे यही करते हैं। कविता किया और व्हाटसेप में डाल दिया। पहले लोग नेकी करके दरिया में डालते थे, अब लोग कविता लिखते

हैं और फेसबुक या व्हाटसएप में डाल देते हैं। अपनी नहीं तो किसी दूसरे की भी हो, उसे अपने नाम से भेजते रहते हैं। अच्छा सुन, एक नई बात। तेरे चार घर के बाद वो रहती है न एक मुटल्ली, वो अब जिम जाने लगी है। पहले ही दिन जिम वाले की कुरसी तोड़ दी। बेचारा दुखी हो गया। उसने हाथ जोड़ कर कहा, 'किसी और दूसरे जिम का रास्ता देखें, मुझे डर है कि मेरे सामान आपके शरीर के नीचे दब कर असमय काल के गाल में समा सकते हैं।"

पत्नी बोली, "आखिर वो इतना क्या खाती है?"

पड़ोसन बोली, "वो नहीं खाती, उसका पति खाता है रे। वही...रिश्वत। घर में इफरात दौलत आती है, तो कहाँ जाए? पेट में ही समा रही है। इसलिए बेचारी न चाह कर भी मुटा रही है।"

इतना बोल कर दोनों सहेलियाँ हँस पड़ी। निंदा का परम सुख मन को भारी प्रसन्न कर देता है। अब दोनों तनाव मुक्त थीं।

मुझे अचानक अनुपस्थित देख पड़ोसन ने अपने हाथ में रखा मोबाइल दिखाते हुए कहा, "हमारे पति ने मुझे स्मार्ट फोन लाकर दिया है।"

"महँगा होगा। कित्ते का है?" पत्नी ने उदास स्वर में पूछा।

पड़ोसन बोली, "मात्र पचास हजार का है। लेकिन नकद नहीं लिया है। ईएमआई बँधवा ली है। तू भी ले ले।"

पत्नी चूकती कहाँ, फौरन बोल पड़ी, "कल ही बुक करा दिया है ऑनलाइन। एक-दो दिन में आ जाएगा।"

अब पड़ोसन उदास स्वर में बोली, "अच्छा, कित्ते वाला लिया है?"

पत्नी बोली, "मात्र साठ हजार का है। तेरे से दस हजार अधिक वाला। उसकी इएमआई भी तेरे से कुछ अधिक है।"

पड़ोसन अचानक रूखे स्वर में बोल उठी, "अच्छा, चलती हूँ। बहुत हो गया।"

पत्नी बोली, "क्या बहुत हो गया?"

पड़ोसन सँभलते हुए बोली, "यही, गप्पबाजी और क्या। चलूँ, एक-दो घर और जा कर बैठना है। सुबह नाश्ता किया था। अब तक वह पचा नहीं है।"

इतना बोल कर वो हँस पड़ी। पत्नी भी। मतलब बातचीत का समापन मधुरेण रहा। मेरी जान में जान आई।

पड़ोसन के जाते ही पत्नी ने आवाज दी, "अजी सुनते हो?"

मैं सामने आ गया तो बोली, "अपनी ये पड़ोसन ऊँची-ऊँची फेंक रही थी।"

मैंने कहा, "हाँ, सब सुन रहा था। तुमने भी उसे करारा जवाब दिया। तुमने और ऊँची फेंकी। मजा आ गया। पत्नी हो तो तुम्हारे जैसी। तुम धन्य हो। प्राणेश्वरी।"

पत्नी बोली, "मतलब यह कि आप छिप कर हमारी बातें सुन रहे थे?"

मैंने कहा, "नहीं सुन रहा था। तुम लोगों की बातें मेरे कानों में जबरन घुसी जा रही थीं। मैं क्या करता? खैर, छोड़ो इन बातों को। बोलो, सच में क्या पका रही हो?"

पत्नी बोली, "तुम तो मुझसे ज्यादा पकाने में माहिर हो। अरे, घर में कुछ हो तो पकाऊँ। राशन खत्म, सब्जी है नहीं। जाओ, बाजार से कुछ लेकर आओ।"

मैंने कहा, "सारा पैसा बच्चों की पढ़ाई-लिखाई में खर्च हो जाता है। महीने के आखिरी में दिक्कत हो जाती है। खैर, कोई बात नहीं, सुना है आजकल अनाज खरीदने के लिए भी लोन मिलने लगा है। जाता हूँ...लेकर आता हूँ। देखता हूँ, उसकी ईएमआई क्या है?

इतना बोलना था कि मुझे जोर की हँसी आ गई। पत्नी भी हँस पड़ी।

मैंने कहा, "तुम हँसती हो, तो लगता है दीप जल उठे हैं।"

पत्नी बोली, "हम मध्यमवर्गीय लोगों के हिस्से में यही दीप हैं। खुशियों के...उत्साह के...उमंग के दीप। यही है अपनी ईएमआई। यानी कि कमाई। बस, संतोष आता रहे किश्तों में। काश, हम मुक्त हो पाते गले में पड़ने वाली ईएमआई और दवाई से।"

मैंने कहा, "अरे, यह तो कविता बन गई? मेरे दिमाग में भी एक कविता आ रही है। सुनो,

एक तरफ दवाई है, एक तरफ है ईएमआई।
जिंदगी तेरी तो अदा ही निराली है।"

पत्नी बोली, "लेकिन इस कविता में तो तुक नहीं मिल रही?"

मैंने हँसते हुए कहा, "प्रिये, इसमें तुक मत देखो, भावनाओं को समझो।"

पत्नी ने भावनाओं को समझा और वह खिलखिला उठी।

एक बेचैन आत्मा की कथा...

वह आदमी उस रात काफी बेचैन था।

वैसे तो इस देश का आम आदमी होने के नाते बेचैनी, परेशानी उसकी जन्मजात धरोहर है लेकिन उस दिन वह विचित्र किस्म की बेचैनी का शिकार हो गया था। एक तो उसके सिर में जोरों का दर्द था, दूसरे उसको बार-बार यही लग रहा था कि जैसे उसने आज भर पेट भोजन किया है, इतना भोजन कि पेट फूल रहा है। अपच की नौबत आ चुकी है। उसे महाभारत काल की वह घटना याद आ गई, जब अकसर क्रोधी रहने वाले दुर्वासा मुनि वनवास काट रहे पांडुपुत्रों के पास शिष्यों समेत पहुँचते हैं और भोजन के प्रबंध का आदेश करते हैं। कृष्ण भगवान् के चमत्कार के कारण दुर्वासा मुनि और शिष्यों का पेट इस बुरी कदर भर जाता है कि वे सब उल्टे पाँव लौट जाते हैं। लेकिन आम आदमी दुर्वासा भी तो नहीं है। इस जीव को कभी क्रोध ही नहीं आता। आए भी तो क्या करे? किस पर गुस्सा उतारे? अधिक-से-अधिक अपनी बीवी पर, बोर करने वाले टीवी पर?

उस आदमी पर किसी कृष्ण का ऐसा चमत्कार भी नहीं हुआ कि पेट भर जाए, फिर उसकी ऐसी हालत क्यों?

वह रात भर परेशान रहा। सो न सका। उसे समझ में ही नहीं आ रहा था कि उसको कौन-सी बीमारी हो गई है। वह डॉक्टर झटका सिंह के पास गया। डॉक्टर की खोपड़ी में भी कुछ नहीं घुसा लेकिन मरीज ग्राहक-देवता होता है इसलिए उसकी जेब हल्की तो करनी ही चाहिए, यह सोचकर डॉक्टर ने उसे पीने की लाल दवा दे दी और दो सौ रुपये झटक लिए। मरीज पर भयंकर मनोवैज्ञानिक असर हुआ। थोड़ी देर के लिए उसे लगा, वह भला-चंगा है लेकिन घर आते ही वह आदमी फिर जस-का-तस हो गया।

फिर उसी तरह की बेचैनी। परेशानी। हैरानी।

उसने किसी बड़े डॉक्टर की शरण में जाना उचित समझा। वह चाहता था

कि चुनाव सिर पर है इसलिए कम-से-कम मतदान के दिन तो वह ठीक हो जाए। भारत का एक जागरूक नागरिक है इसलिए वोट देना उसका पुनीत कर्तव्य है। वह उन लोगों में नहीं है, जो मतदान के दिन पर्यटन पर निकल जाते हैं, फिल्म देखते रहते हैं या सोते रह जाते हैं। वोट देना उनको पिछड़ी हुई हरकत लगती है। यह आम आदमी इस मामले में पिछड़ा ही रहना चाहता है और ले देककर एक अदद मौलिक अधिकार का सही उपयोग करना चाहते हैं।

उसे एक अच्छा मनोवैज्ञानिक डॉक्टर मिल ही गया।

डॉक्टर ने परीक्षण किया और बोला, "जो पूछूँगा, सच-सच बताओगे?"

"हाँ, हाँ, क्यों नहीं। पूछिए न।"आम आदमी ने कहा।

"हूँ,ठीक है।" डॉक्टर ने कहा, "पहला प्रश्न तो यह है कि आपको जिस दिन बेचैनी का पहला अहसास हुआ था, उस दिन आपकी दिनचर्या कैसी थी। कहाँ गए थे। क्या-क्या खाया-पीया था। याद करके बताइए।"

"खाने का जहाँ तक प्रश्न है, मैं तो दो जून की रोटी का जुगाड़ ही मुश्किल से कर पाता हूँ। अलबत्ता उस दिन... (सोचते हुए) किसी आदमी, नहीं-नहीं, किसी नेता की चुनावी आम सभा थी। मेरे ख्याल से एक नहीं, दो-दो सभाएँ भर सुनी थीं मैंने और देर रात घर लौटा था। तभी से सिरदर्द हो रहा था और पेट में विशेष किस्म दर्द भी। ठीक वैसा ही जैसे किसी नंबर दो की कमाई वाले के पकवान को खाने के बाद होता है, जबकि सच कहता हूँ, मैंने उस रात खाना ही नहीं खाया था।"

डॉक्टर ने पेशेवर तरीके से 'हूँ' की आवाज निकाली और मुस्कराते हुए कहा,

"बस-बस, मैं सब कुछ समझ गया। अब मैं तुम्हारी बीमारी की जड़ तक पहुँच गया हूँ। कान खोल कर सुन लो, और जैसा निर्देश दूँ, वैसा ही करो लेकिन इसके पहले कि कुछ खुलासा करूँ। निकालो सौ रुपये।"

"लेकिन मेरे पास तो सौ पैसे भी नहीं हैं।" आदमी गिड़गिड़ाया।

डॉक्टर को पहली बार दया आई। सोचा, एकाध काम तो अच्छा कर लूँ इसलिए उसने बोलना शुरू किया,

"तुमने उस दिन दो आमसभाएँ सुनी थीं, उसके कारण तुम्हारी यह हालत हो गई है। दो सभाओं में दो मुख्य नेताओं और अनेक चमचों की झूठ भरी बातों को सुनकर तुम्हारा सिर दर्द करने लगा और बेहिसाब वायदों के कारण तुम्हारे पेट में गड़बड़ी हो गई है। तुमने उस दिन खाना नहीं खाया था इसलिए नेताओं के वायदों को ही चबा गए थे। नेताओं के भाषण को केवल बदमाश टाइप का आदमी ही पचा सकता है, यह तुम्हारे जैसे आम आदमी के वश की बात नहीं है। अब भविष्य में ध्यान रखना कि जब किसी नेता की आमसभा हो तो, भूल कर भी उस तरफ

का रूख मत करना। नेताओं की आवाज कानों में पड़ते ही कान बंद कर लेना, वरना उनके झूठे शब्द तुम्हारे अंदर कीटाणुओं की तरह प्रवेश करके जीना हराम कर देंगे। मैंने तुम्हारे जैसे अनेक मनो-रोगियों को यही सलाह दी है। आजकल सभी सुखी हैं सानंद हैं। तुम भी कहना मानो और जब कभी आम सभाएँ हों, घर पर ही रहो और 'हनुमान चालीसा' का जाप करो। महावीर जब नाम सुनावे, भूत पिशाच निकट नहीं आवे।"

वह आदमी डॉक्टर की सलाह सुनकर प्रसन्न हो गया। उसका सिर दर्द जाता रहा। पेट की बेचैनी भी दूर हो गई।

उसने संकल्प कर लिया कि अब से मैं किसी भी आम सभा में नहीं जाऊँगा। सच में ये नेता ससुरे बड़े झूठे और मसखरे किस्म होते हैं। वोट हथियाने के लिए वादे करते हैं और मतलब निकल जाए तो पहचानते ही नहीं। हालाँकि आम सभा का बहिष्कार भी गलत है लेकिन स्वास्थ्य लाभ के लिए कम से कम इस बार तो ऐसा करना ही पड़ेगा।

वो दिन था और आज का दिन है। आम आदमी पूरी तरह स्वस्थ है।

उसे कोई सिर दर्द नहीं, कोई अपच नहीं। आजकल तो वह लोगों को यह सलाह देता फिरता है। कोई कहता है, पेट में कुछ गड़बड़ी है, सिर दर्द कर रहा है, तो उसका पहला प्रश्न यही होता है कि किसी नेता की सभा सुनकर तो नहीं आ रहे हो?

अगर उत्तर होता है हाँ, तो वह कहता है, 'चिंता मत करो और प्रण करो कि भविष्य में किसी आम सभा को सुनने नहीं जाओगे'।

लोग उसकी सलाह मान लेते हैं। मनोवैज्ञानिक इलाज हो जाता है। लोगों की तबीयत ठीक हो जाती है।

आजकल वो आम आदमी बैठे-ठाले बड़े मनोवैज्ञानिक डॉक्टर के रूप में ख्याति पा रहा है।

अब उसे बड़ा मजा भी आ रहा है कि वह नेताओं की तरह झूठी बातें न करके लोगों को सच्ची और सौ फीसदी गुणकारी सलाह दे रहा है। लोग-बाग उसकी सलाह पर अमल करते हैं। एक तो वे किसी नेता की आमसभा में जाते ही नहीं। जाते भी हैं तो खा-पीकर जाते हैं। भाषण के दौरान मुँह नहीं खोलते। उबासी आने पर मुँह नहीं फाड़ते। मुँह फाड़ना भी पड़े तो हाथ ढँक लेते हैं। अब कोई परेशान नहीं है।

झूठ बोलना की कला

मत समझो तुम एक बला है,
झूठ बोलना महा कला है।
जो झूठा है, वही सफल अब
बजता जैसे इक तबला है।

झूठ बोलना अब धीरे-धीरे कला होती जा रही है। आजकल जो इतनी जोर से और जितनी ऊँची आवाज में झूठ बोलता है, उसे उतनी ही प्रामाणिकता के साथ सच मान लिया जाता है। अगर आप फुसफुसी आवाज में सच बोलेंगे, तो लोग समझ जाएँगे कि झुठल्ला है इसलिए चीख-चीखकर झूठ बोलने के बारे में हमें प्रेरित किया जाता रहा है ताकि वह सच लगे। इस मामले में गोएबल्स (कृपा इस नाम को गूगल में सर्च करें, पूरी जानकारी मिल जाएगी) को हम याद कर सकते हैं, जिसने पूरी दुनिया को यह सिखाया था एक झूठ को बार-बार दोहराते रहो। धीरे-धीरे लोगों को सच लगने लगेगा।

जैसे हमारे कुछ नेता पिछले दिनों चिल्ला-चिल्ला कर कहते रहे कि "हम देश का नक्शा बदल देंगे, सबको मालामाल कर देंगे। अच्छे दिन अब चल पड़े हैं। ...बुलेट ट्रेन में बैठ चुके हैं। हम सत्ता में आए और हमारा स्वागत् करने के लिए अच्छे दिन ही खड़े रहेंगे।" लेकिन ससुरे नहीं आए, विदेश चले गए शायद। जनता वादे को सच मान कर वोट दे देती है और बाद में कहती है, "वादे पे तेरे मारा गया, बंदा मैं सीधा-सादा, वादा तेरा वादा।" इसके पहले, बहुत पहले, एक पार्टी ने कहा था,''हम आएँगे, तो गरीबी हट जाएगी।" कौन नहीं चाहता गरीबी हटाना भाई। बार-बार यही नारा "गरीबी हटाएँगे ... गरीबी हटाएँगे" सुनकर लोगों ने भरोसा कर लिया और थोक के भाव में वोट दे दिये। पार्टी जीत भी गई। वैसे मजे की बात, कुछ लोगों की गरीबी हटी भी। यह और बात है कि जो गरीब थे, उनकी गरीबी नहीं हटी। उनकी (पेंट) तो फटी-की-फटी रही।

जो राजनीति के साथ जुड़ गए,
उनकी गरीबी हट गई।
वे मालामाल हो गए।
और देखते-ही-देखते,
उसी पार्टी के दलाल हो गए।

...तो यह कमाल होता है, झूठ बोलने का। झूठ बोलो तो दमदारी के साथ बोलो। हिम्मत के साथ बोलो ताकि दूसरे नेता देख कर सकपका जाएँ और हीनभावना से ग्रस्त होकर सोचने लगें कि हाय-हाय, हमें इतनी बड़ी कला क्यों नहीं आती? हमें भी इस नेता से कुछ सीखना चाहिए। अब तो एक को देख कर दूसरा झूठ बोलने की कला में पारंगत हो रहा है। आजकल हम जिसे देखते हैं, वही डंके की चोट पर झूठ बोल रहा है। कोई सौ साल पहले की बात बताएगा, कोई दो सौ साल पहले की लेकिन वह भयंकर झूठी होगी। सौ साल पहले किसने देखा है कि क्या हुआ था, जो बता दिया उसे सच मान लो। झूठ बोलने की प्रतियोगिता हो रही है। अब जो बाज़ी मार ले। जनता बेचारी 'कनफुजिया' जाती है। किसको सच माने? जो ऊँची आवाज में बोल रहा है, तो हो सकता कि सच ही बोल रहा हो। जनता कई बार उसे ही सच मान लेती है। सोचती है कि अगला सार्वजनिक मंच से बोल रहा है, तो सच ही बोल रहा होगा। जनता को क्या पता था कि उसके अच्छे दिन नहीं आएँगे। उलटे बुरे-से-बुरे दिन शुरू हो जाएँगे। महँगाई की मुन्नीबाई जमकर नाच दिखाएगी। लोग सिर पीटते हुए एक दूसरे से बतियाएँगे।

श्यामलाल ने कहा, "बुरे फँसे रामलाल।"

रामलाल बोला, "हाँ भाई, श्यामलाल। हम तो झाँसे में आ गए। दूरबीन से देख रहे हैं। कहीं तो दिखाई दे जाएँ सुनहरे दिन।"

श्यामलाल बोला, "अच्छे दिन तो आ गए हैं लेकिन बड़े-बड़े धनिकों के। कुछ तो देश को ही ठेके पर लेने पर तुले हैं। जिन सेठों को हम हिकारत से देखा करते थे, वे आजकल खुलेआम तिजारत कर रहे हैं और हमको उनकी ही शरण में जाना पड़ रहा है। हमारे लिए यह बुरे दिन हो सकते हैं लेकिन सेठों के लिए तो अच्छे दिन आ गए हैं। समाज में उनकी प्रतिष्ठा बढ़ गई है।"

रामलाल बोला, "चलो, हम यही सोचकर संतोष कर लें कि किसी के तो अच्छे दिन आए। हम तो आम आदमी हैं। हमारा क्या। हम हमेशा की तरह दुखी हो कर सरकार को गरियाते रहेंगे।"

श्यामलाल हँस पड़ा और बोला, "नर हो न निराश करो मन को। आज नहीं तो कल, अच्छे दिन आएँगे।"

रामलाल बोला, "सच बोल रहे हो ना? अच्छे दिन आएँगे ना?"

श्यामलाल बोला, "मैं जो बोलता हूँ, सच बोलता हूँ। लेकिन सच को भी धीरे-धीरे बोलता हूँ। यह विश्वास का सच है कि अच्छे दिन आएँगे। जाएँगे कहाँ? लेकिन कब आएँगे, इसकी कोई गारंटी नहीं। हो सकता है हम लोगों का द एँड हो जाय, उसके बाद आएँ लेकिन आएँगे जरूर। यह पीढ़ी भले झूठ बोलकर शासन कर ले लेकिन हो सकता है अगली राजनीतिक पीढ़ी ईमानदार आएगी, बंधु। "

दोनों जन एक दूसरे से गले मिले और बोले, "संतोषी सदा सुखी!"

फिर श्यामलाल ने ये चार लाइना कहीं,

झूठ बोलता है वो अब तो,
सच बोल कर बहुत जला है।
सच बेचारा है घाटे में
झूठे का अब हुआ भला है।

...और चलता बना।

बदरंग सरकारी दीवार का रहस्य

सरकारी दीवार हर एक दो साल बाद बदरंग हो जाती है।

बेचारी क्या करे, सरकारी है न। अ-सरकारी होती तो वर्षों तक रंगीन रहती लेकिन कोई बात नहीं, बदरंग होने का एक फायदा वहाँ के अधिकारी और कर्मचारियों को हो जाता है। यही बड़ी बात है। बदरंग होने का रहस्य भी यही है। क्योंकि जैसे ही दीवार बदरंग होती है, नया बजट तैयार कर लिया जाता है। ऊपर वाले अधिकारी को बताया जाता है कि इस बार घनघोर बारिश के कारण पिछली पुताई धुल गई इसलिए दिवाली के पहले पुताई जरूर है।

ऊपर वाला अधिकारी नोटशीट को पढ़कर मुस्कुराता है, अकेले में सीटी बजाता है, खुद को आँख मारता है और सोचता है, "चलो यहाँ से भी कुछ कमीशन मिलेगा"।

वह फौरन स्वीकृति दे देता है, और दीवार की पुताई शुरू हो जाती है।

संबंधित अधिकारी ठेकेदार से बात करता है और मुस्कराते हुए कहता है, "ठगेश्वर, इस बार भी तुम्हें एक मौका दिया जा रहा है। लेकिन सावधान! पुताई वैसी ही करना, जैसी पिछली बार किए थे। रंग पक्का ना रहे। पानी में घुल जाने वाला रहे। लेकिन हमारे कमीशन का रंग पक्का रहना चाहिए। इस बार हमने पुताई का बजट बढ़ा दिया है। क्योंकि तभी हमें भी उसमें से कमीशन मिलेगा।"

ठेकेदार ठगेश्वर मुस्कुरा कर कहता है, "आप लोगों की बड़ी कृपा है। इस समय अनेक विभागों का सहयोग मुझे मिल रहा है। मैं सब को भरपूर कमीशन दे रहा हूँ। और भविष्य में भी देता रहूँगा। बस इंद्रदेव की कृपा हम पर बनी रहे। वह बारिश कराते रहें। दीवारों का रंग उखडता रहे। और हम लोग बार-बार इसी तरह से दीवार को रंगीन बनाते रहे।"

ठेकेदार की बात सुनकर अधिकारी ने कहा, "दीवार को रंगीन बनाने के साथ-साथ हमको अपने जीवन को भी रंगीन बनाना है। यह मनुष्य तन आखिऱ मिला

किसलिए है? रंगीन करने के लिए ही न भाई। और जब हम सरकारी नौकरी में आ गए हैं तो यह हमारा परम् फर्ज़ बनता है कि सरकारी खर्चे से अपने जीवन को अधिक-से-अधिक रंगीन बनाएँ। सभी बना रहे हैं तो हम कहे पीछे रहें। इसलिए हम हर काम के लिए संतोषप्रद कमीशन लेते हैं और कोशिश करते हैं कि काम थोड़ा अधकचरे किस्म का ही हो। दीवार रँगेंगे मगर उसमें पक्का रंग नहीं लगाएँगे। सड़के बनाएँगे तो उसमें भी मिलावट करेंगे ताकि वह पहली बारिश में ही उखड़ जाए। हम भवन बनाएँगे तो वहाँ भी धांधली करेंगे। अब बजट बढ़ा देंगे। एक करोड़ का भवन बन रहा है तो हम दो करोड़ का बजट बनाएँगे। खरीदी करेंगे तो सौ रुपये के माल को एक हजार का दर्शाएँगे। ऐसा करके हमें जो कमीशन-सुख मिलता है, वह वेतन के अतिरिक्त नियमित रूप का बोनस है। जिससे हमेशा ऐश कर सकते हैं।"

ठेकेदार ने कहा, "सही कह रहे हैं, साहब। हम सरकारी नौकरी में नहीं हैं लेकिन आप लोगों के कारण थोड़े-थोड़े सरकारी हो गए हैं। बिना कमीशन दिए हम भी काम नहीं करते। इस मामले में हमारी अपनी खानदानी नैतिकता है। हमारे बाप ने हमें यही सिखाया है। अगर हम घपले कर रहे हैं, तो स्वाभाविक है कि उसका मुआवजा पहले रख दें। मिल बाँट कर खाने का अपना सुख है। किसी कवि ने कहा है न, बाँट के खाओ इस दुनिया में बाँट के बोझ उठाओ, जिस रास्ते पर सबका सुख है, वह रास्ता बनाओ। तो हमने भी वही रास्ता अपना लिया है। खुद भी सुखी रहते हैं और आप सब को भी सुखी रखते हैं।"

ठेकेदार की ज्ञानभरी बातें सुनकर अधिकारी ने कहा, "तुम बड़े महान् हो। तुम्हारा चिंतन बहुत उच्च किस्म का है। जरूर तुम सदग्रन्थ पढ़ते हो।"

ठेकेदार हँसा और बोला, "सद् ग्रंथों को पढ़ने की कोशिश नहीं करता। अगर ईमानदारी से पढूँगा, तो भला मानुस बन जाऊँगा। और भला मानस बन गया तो कमीशनखोरी के सुखद रास्ते से दूर हो जाऊँगा। इसलिए मैं तो अपने काम की बातें, वो भी अपने हिसाब से, समझ लेता हूँ।

तभी तो वैभवशाली
जीवन जी रहा हूँ।
घी खा नहीं रहा
पी रहा हूँ।"

ठेकेदार की बात सुनकर अधिकारी बड़ा प्रसन्न हुआ और बोला, "भाई मेरे, हमारे और तुम्हारे ख्याल कितने मिलते-जुलते हैं। लगता है हम पिछले जन्म के रिश्तेदार हैं।"

ठेकेदार ने कहा, "आपने बिल्कुल सही फरमाया। जरूर हम पिछले जन्म

के रिश्तेदार रहे होंगे। तभी तो इस जन्म में हम दोनों मिले और मिल बांट कर खाने का काम कर रहे हैं।"

इतना बोल कर दोनों हँसे और दीवार जो बदरंग हो चुकी थी, उसे एक बार फिर से रंगीन करने का काम शुरू कर दिया गया।

देखते-ही-देखते हर बदरंग सरकारी दीवार रंगीन होने लगी।

...और इसके साथ ही और सरकारी लोगों की जेबें भी मालामाल होने लगी।

दलित के घर भोजन!

सेठों के यहाँ भोजन कर-कर के जब नेताओं को अपच होने लगी और आत्मा रह-रहकर धिक्कारने लगी, तो लगभग सभी ने एक साथ यही सोचा कि क्यों ना अब दलितों के घर खाकर अपना परलोक सुधारा जाए। प्रतिस्पर्धा बढ़ गई। 'कखग' दल वाला एक दलित के घर भोजन करने पहुंचा, तो दूसरे दिन चछज दल वाले ने किसी अन्य दलित के घर भोजन करने का कार्यक्रम बना लिया।

चुनाव के दिन नजदीक आ रहे थे और वंचित वर्ग के वोटों का सवाल था, इसलिए हर दल वाले किसी-न-किसी वंचित के घर भोजन करने पहुँच जाते थे। कभी दलित के घर, तो कभी किसी आदिवासी के घर जाकर उसे धन्य करने की असफल कोशिश कर रहे थे, हालाँकि सबको समझ में आ रहा था कि यह 'उच्च कोटि की निम्न-नौटंकी' है, जो नेता लोग कर रहे हैं, फिर भी हाशिए पर खड़े समाज के लोगों ने यही सोचकर संतोष कर लिया कि चलो किसी बहाने तो इन नेताओं को बुद्धि आई। उनकी खोपड़ी में यह बात तो घुसी कि हमें केवल धनपशु, बोले तो, सेठों के घर ही भोजन नहीं करना चाहिए। जो हमारा सर्वहारा वर्ग है, उसकी ओर भी ध्यान देना चाहिए।

उस दिन हाईकमान के आदेश पर नेताजी अपने चमचों के साथ एक दलित के घर भोजन करने पहुँच गए।

एक दिन पहले चमचा दलित के घर पहुँचा और उससे पूछा, "क्यों भाई, तुम दलित हो न?"

दलित ने अकड़कर कहा, "नहीं, मैं मनुष्य हूँ।"

चमचा ऐसा कड़क उत्तर सुन कर घबरा गया। सोचने लगा कि अब क्या पूछे।

उसने लडख़ड़ाती जुबान के साथ कहा, "मे... मे...मेरा मतलब है कि तुम 'वो' ही हो न जिसके छू जाने से कुछ लोगों को 'वो' होता है? समझ रहे हो न कि मैं क्या कहना चाहता हूँ?"

चमचे की बात सुन कर दलित मुस्कुरा कर बोला, "हाँ-हाँ, मैं सब समझ रहा हूँ। हमारे छू जाने से आप सबको बड़ा वो होता है। और यह वो आज से नहीं। सदियों से हो रहा है। और पता नहीं आने वाले समय में कब तक होता रहेगा। आप लोगों के मुँह से 'वो' सुनकर मुझे भी बड़ा वो होता है। आप लोग तो पढ़े-लिखे हैं, समझदार हैं न?"

चमचा बोला, हाँ, हम लोग बहुत समझदार हैं, तभी तो राजनीति में हैं। और इसलिए तो तुम्हारे घर आने और खाने का कार्यक्रम बना रहे हैं, भाई।"

दलित चौका, "मुझ गरीब के घर आप लोग क्या करेंगे आकर? यहाँ तो बैठने की जगह भी नहीं है ठीक से। गर्मी लगती है। वो क्या कहते हैं आप लोग, हाँ, वो कूलर-फूलर भी तो नहीं है हमारे कने। दो टाइम के खाने का जुगाड़ मुश्किल से होता है।"

चमचा बोला, "उसकी तुम चिंता मत करो। हमारे नेता जी अपने साथियों के साथ तुम्हारे घर आएँगे, उसके पहले तुम्हारे घर पर कूलर लग जाएगा। हम लोग तुम्हारे साथ बैठकर के भोजन करेंगे। हमारा एक रसोइया पंडित खाने का सामान लेकर आएगा और तुम्हारे घर के चूल्हे पर ही पकाएगा। तुम चिंता मत करना। गैस सिलेंडर वह साथ में लेकर आएगा। तरह —तरह के पकवान बनाकर रख जाएगा। तुमको परोसने की भी जरूरत नहीं है। तुम चुपचाप बैठ कर टुकुर-टुकुर नेताजी और चमचों का खाना देखना। तुम्हारा जीवन सफल हो जाएगा। हाँ, एक बार तुम बड़ी चम्मच के सहारे एकाध आइटम परोस भी सकते हो। मगर थोड़ा दूर रहना, क्योंकि हमारे नेता की शुद्धता वाले हैं। वह छुआछूत बिल्कुल नहीं मानते लेकिन तुम तो जानते हो कि कभी-कभी कुछ नियम वगैरह मानने ही पड़ते हैं।"

दलित चमचे की बात सुन कर मुस्कुरा रहा था फिर बोला, "आप लोगों की नौटंकी के बारे में मैं बहुत दिन से सुन रहा हूँ। एक दिन पहले मेरे पड़ोस में भी कखग दल वाले आए थे और खाना खा कर चले गए। जूठन हमारे मित्र को साफ करना पड़ा। आपका दल कौन-सा है?"

चमचे ने कहा "हमारे दल का नाम है, 'चछज'। हमारा थीम साँग है, वन टू चा-चा-चा। तुम चिंता मत करना। हमारे दल वाले भोजन करने के बाद जूठन को किनारे फिंकवा देंगे। तुम्हारा घर पूरी तरह से साफ हो रहेगा। तो क्या तुम नेताजी के साथ भोजन करने के लिए तैयार हो?"

दलित ने कहा, "बिल्कुल तैयार है। आप जब चाहें, हमारा घर खुला है। लेकिन भैया, जैसा कि मैंने पहले ही निवेदन किया था कि हमाये घर के भीतर बैठ कर के भोजन करेंगे, तो आप लोगन को गर्मी लगेगी?"

चमचे ने कहा, "डोंट वरी, हम तीन घंटे पहले ही कूलर भिजवा देंगे। लेटेस्ट कूलर है। एसी जैसा काम करता है। तुम भी नेता जी के पीछे बैठ जाना। तुमको भी हवा मिलती रहेगी। नेताजी खाना खाएँगे, तब तक तुम हवा खाना। लेकिन बाद में हम कूलर ले जाएँगे, बंधु!"

इतना बोल कर चमचा बेशर्म-ईमानदारी के साथ हँसा भी।

"तो क्या मैं उनके साथ बैठकर भोजन नहीं करूँगा? केवल हवा फाँकूँगा?" दलित ने पूछा, तो चमचा बोला, "अरे भाई, 'अतिथि देवो भव' होता है न। समझा करो। नेताजी और उनके चमचे भोजन कर लें, उसके बाद तुम कर लेना। तुम खुद अपनी ओर से नेताजी से कहना कि 'साहब, पहले आप लोग भोजन कर लें, उसके बाद मैं करूँगा।' तुम्हारी बात सुनकर नेताजी 'शोले' वाले गब्बर की तरह बहुत खुश होंगे। तुम्हें शाबाशी देंगे और जाते-जाते कुछ दान-दक्षिणा भी करके जाएँगे। लेकिन खबरदार, उनके साथ बैठकर के खाने की कोशिश मत करना। पंगत के पीछे बैठकर यही देखते रहना कि कौन कितना-कितना खा रहा है।"

दलित-परिवार ने अपनी सहमति दे दी, तो चमचा गद्‌गद हो गया।

वह भागा-भागा नेताजी के पास पहुँचा। उसने नेताजी को जानकारी दे दी कि "भैया जी दलित भूखेराम के यहाँ दो दिन बाद हम भोजन करके उसको धन्य करेंगे।"

नेता जी ने कहा, "सारा बंदोबस्त कर देना। उस बेचारे की फूटी कौड़ी भी खर्च न हो।"

चमचे ने कहा, "हमने एक सेठ को इस काम पर लगा दिया है। वह प्रायोजक है। सारी व्यवस्था कर देगा।"

और एक दिन बाद नेताजी चमचों के साथ दलित के घर भोजन करने पहुँच गए। टीवी वाले कैमरे वाले और अनेक पत्रकार नेताजी के साथ-साथ पहुँचे। दनादन कैमरे चलने लगे। यह देख दलित घबरा गया। उसे लगा कि वह कोई सपना देख रहा है। वह हाथ जोड़े खड़े रहा। पंगत सज गई।

नेताजी और चमचे दलित के घर में तैयार भोजन को चाव से खाने लगे।

दलित की जीभ में पानी आ रहा था। उसका कंठ सूखा जा रहा था, लेकिन वह खाना खा नहीं सकता था। पानी भी पी नहीं सकता था। क्योंकि उसे समझा दिया गया था कि अतिथि देवता होता है। दलित पंगत के पीछे बैठे-बैठे सारा नज़ारा देख रहा था। पंडित रसोइये ने खाना लजीज बनाया था। तरह-तरह के पकवान थे जिसे नेता और चमचे बड़े चाव से खा रहे थे।

खाते-खाते नेताजी पत्रकारों से भी बात कर रहे थे,

"हमारी पार्टी दिल से दलितों को चाहती है। हम कखग पार्टी की तरह कोई

पाखंड नहीं करते। मैं तो उसके पहले भी दलितों के घर के घर जा जाकर खाना खाते रहता हूँ।"

एक पत्रकार ने पूछ लिया, "इसके पहले आप कब गए थे किसी दलित के घर?"

नेताजी हकला गए। सोचने लगे फिर बोले, "तारीख तो याद नहीं है लेकिन यही कोई दो-तीन साल पहले कहीं गया था।"

पत्रकार समझ गया कि नेताजी हमेशा की तरह झूठ पेल रहे हैं। उसने अधिक डिस्टर्ब नहीं किया और खाने के मेनू को नोट करने लगा। और उसके बाद उसने भी छक कर भोजन किया ताकि घरवालों को भी बता सके कि आज उसने भी एक दलित के घर भोजन किया। भोजन करने के बाद नेता जी उठे।

उन्होंने उठते साथ ही भयंकर डकार मारी और दलित से कहा, "तुमने बहुत स्वादिष्ट भोजन कराया। हम धन्य हुए भाई।"

फिर जेब से पाँच सौ का नोट निकाल कर उसे देते हुए बोले, "इस बार चुनाव में हमारी पार्टी को ही तुम सब का वोट मिलना चाहिए। चुनाव जीतने के बाद हम एक बार फिर तुम्हारे घर आकर भोजन करेंगे।"

दलित ने हाथ जोड़ लिया।

वह मन-ही-मन सोच रहा था कि ये नेता लोग यहाँ से फूट लें तो वह अपने बाल-बच्चों के साथ बचा-खुचा भोजन करके अपनी भूख शांत करें।

सबने नेताओं द्वारा की गई गंदगी को साफ किया। पहले उस जगह को गोबर से लीपा और उसके सूखने के बाद अपनी भूख शांत करने लगे.

बहुत दिनों के बाद वे आज लज़ीज खाना खा रहे थे।

और कवि तुक्कड़ रिहा हो गए

एक बार की बात है। सरकार को सनक सूझी। उसकी नजर में जो लोग खतरनाक थे, उन्हें गिरफ्तार किया जाने लगा, तब लोकल थानेदार मुच्छड़ सिंह को अचानक याद आया कि उसके मुहल्ले में भी पूर्वार्द्ध एवं उत्तरार्द्ध से ही आभास हो जाता है कि अगला कवि है। तुक्कड़ सिंह की याद आते ही मुच्छड़ सिंह मुस्करा उठा। उसने फिल्मी स्टाइल में होठों को सिकोड़कर सीटी बजाई, 'अच्छा मौका है बड़ा कवि बनता फिरता है। खुद तो बिगड़ा हुआ है और मुहल्ले को क्या, शहर के दूसरे लोगों को भी बिगाड़ते फिर रहा है। नए बच्चों को भी कविता-फविता के चक्कर में डालकर तबाह करने पर तुला हुआ है। ऐसे राष्ट्र विरोधी लोगों को बाहर घूमने का कोई अधिकार नहीं। उसको तो अंदर ही रहना चाहिए।'

बस, क्या था। मुच्छड़ सिंह ने अपने डंडे को मरोड़ा। मूँछ तो थी नहीं इसलिए डंडा ही उसकी मूँछ के रूप में काम आता था। मूंछ पहले थी जरूर, लेकिन रोज-रोज ऐंठने के कारण धीरे-धीरे गायब होने लगी और एक दिन मूँछ की जगह वहाँ बंजर धरती नजर आने लगी। तबसे मुच्छड़ अपने साथ काला डंडा रखते और उसमें अपनी मूँछ की आत्मा होने के अहसास में गद्गद रहते। तो मुच्छड़ सिंह ने डंडे को जी भर कर ऐंठने के बाद बड़े साहब से मिलना मुनासिब समझा और तुक्कड़ सिंह 'कविताकर' के बारे में बताकर उसकी गिरफ्तारी की अनुमति ले ली। वैसे पुलिस वाले जो हैं सो बहुत कम मामले में अनुमति लेना पसंद करते हैं और बाद में अनुमति तो मिल ही जाती है। मुच्छड़ ने अनुमति इसलिए ले ली कि कहीं तुक्कड़ की गिरफ्तारी के कारण कोई बावेला न मच जाए और ऊपर से कोई ऐसा आदेश या निर्देश न आ जाए जिससे उसकी नौकरी खतरे में पड़े। कई बार ऐसा हो जाता है। किसी आदमी को पकड़कर थाने लाओ, इससे पहले किसी न किसी बड़े अफसर या नेता का फोन आ चुका रहता है कि 'रिहा कर दो'। मुच्छड़ पक्का काम करते हैं। जैसे पक्की रिश्वत खाते हैं। फँसने का कोई चांस ही नहीं रहता।

बड़े साहब से अनुमति लेने के बाद मूच्छड़, तुक्कड़ को गिरफ्तार करने निकल पड़ा। तुक्कड़ के घर पहुँचे तो पता चला, वे पड़ोस में ही कहीं गए हुए हैं, कविता सुनाने। मुच्छड़ ने तुक्कड़ सिंह को आखिर ढूँढ़ ही लिया। वे मगन होकर कुछ लोगों को कविता सुना रहे थे—'अम्मा बुला रही है, खाना पका रही है।'

मुच्छड़ सिंह ने अपना डंडा पटका और चीखे "बंद करो कविता।"

कविता बंद हो गई। श्रोता पतली गली से बाहर। बचे तुक्कड़ सिंह। मंद-मंद मुस्कराते हुए बोले, "आइए, आपको भी कुछ कविता सुनाऊँ? मजा आ जाएगा। आपके लायक कुछ कविताएँ हैं मरे पास। सुनेंगे?"

मुच्छड़ ने कहा, "नहीं, हम ड्यूटी पर हैं। तुमको गिरफ्तार करने आए हैं। चलो थाने।"

"क्यूँ भई, क्यूँ? ऐसा क्या अपराध कर दिया मैंने?" तुक्कड़ सिंह थोड़ा विचलित हुए।

"पहला अपराध यह है तुम्हारा कि तुम कविताई करते हो।" मुच्छड़ सिंह ने कहा, "और दूसरा अपराध यह है कि अपनी कविताएँ लोगों को सुनाते हो। और तीसरा अपराध है कि लोगों को कवि बनने के लिए प्रेरित भी करते हो। कहो, आरोप सच है कि नहीं?"

तुक्कड़ सिंह हँस पड़े। बोले, "ये अपराध नहीं है, समाज सेवा है, साहित्य सेवा है। पुलिस वालों की नजर में जो अपराध है, वह मेरी नजर में भला काम है। आओ, आप भी कविता सुनो और उल्टे पाँव लौट जाओ।"

मुच्छड़ सिंह भड़क गए, "हमको बोलता है वापस लौट जाओ! हुँह! आज तो इसको पकड़कर ही ले जाऊँगा।" वह बोले, "अपनी बकवास बंद करो और चुपचाप मेरे साथ चलो।"

तुक्कड़ सिंह बोले, "ठहरो, थाने पर मेरे पास एक धाँसू कविता है। उसे तो सुन लो,

यह जो अपना थाना जी
यहाँ कभी न आना जी।
आना तो कुछ लाना जी,
छू के वापस जाना जी।
कहो कैसी रही कविता।"

मुच्छड़ सिंह ने कहा, "घटिया है। तुम्हारी दाल नहीं गलेगी मिस्टर तुक्कड़।"

तुक्कड़ ने कहा, "दाल पर भी मेरे पास कविता है। कवि भोजनभट्ट जी ने लिखी है,

'दाल में कुछ काला है भैया
कुछ होने वाला है भैया
कविता कैसे अरे सुनाऊँ
होठों पर ताला है भैया।"

मूच्छड़ सिंह गुस्से में बोले, "देखो, अब अति हो रही है। थाने चल रहे कि सिपाहियों को बोलूँ तुम्हें उठाकर ले जाएँगे, समझे न?"

तुक्कड़ ने फिर फरमाया,

"अती तो हो रही है। अती हो रही है
देश की दुर्गति हो रही है।
आज एक कविता कवि के संग
सती हो रही है/ अती हो रही है।

मुच्छड़ अब तक उखड़ चुका था। उसने सिपाहियों को आदेश दिया, "इस कवि को उठाकर गाड़ी में डाल दो।" सिपाही डरते-डरते कवि की ओर आगे बढ़े। तभी तुक्कड़ ने तान छेड़ी, "सिपाहियों पर भी हमारे पास एक कविता है। वह भी सुनाए देता हूँ। सुनो,

'बेरोजगारी हाय तुम्हारी यही गवाही।
नौकरी न मिली तो बन गए सिपाही।
मुफ्त की वर्दी, मुफ्त का डंडा।
मिला कमाई का हथकंडा।"

सिपाहियों ने तुक्कड़ सिंह को ऊपर उठा लिया और ले जाने लगे लेकिन तुक्कड़ की कविता जारी रही,

"अरे धरती के चांद-सितारो,
तुम्हें तुम्हारे डंडे की कसम,
कविता को इस कदर तो न मारो।"

मुच्छड़ सिंह, तुक्कड़ सिंह को थाने लाने में सफल हो गए। थाने पहुँचते ही एक सिपाही को आवाज दी,

"जा तो रे, एक कप चाय ले आ।"

तुक्कड़ ने चट् से कहा,

"बड़ी प्यारी चीज है भैया
नाम है इसका चाय।
फोकट में पीयोगे तो,
लगती है फिर हाय।"

मुच्छड़ का दिमाग खराब हो गया। वह बोला, "अब तू कुछ और बोला न तो डंडे से पिटाई करूँगा।"

तुक्कड़ कहाँ मानने वाले थे। उसने कहा,

"थानेदार तेरा काम है इसलिए तू कहता है पिटाई करूँगा,
लेकिन मैं कवि हूँ, मैं बिल्कुल ही नहीं डरूँगा।
मेरा काम है कविता करना,
मैं तो कविताई करूँगा।"

तुक्कड़ की आशु कविताएँ सुनकर थाने का बाकी 'स्टॉफ' भी घबरा गया।

थानेदार से निवेदन करने लगा, "श्रीमान्, अगर हमारी माने तो इसे छोड़ दें वरना ध्वनि-प्रदूषण और बढ़ जाएगा। एक तो हम लोगों की गाली-गलौज और पिटाई की आवाज, उस पर इसकी कविता। इसे जाने दें श्रीमान्। कुछ सिपाही अगर कवि बन गए तो पुलिस महकमे के लिए अच्छी बात न होगी। पिछली बार की याद है न, कैसे दो सिपाही कविताई करने लगे थे।"

मुच्छड़ को याद आ गया। उसे लगा वह भी कवि हो जाएगा। उसने जब पान का ऑर्डर दिया था, तो तुक्कड़ की तर्ज पर ही तो कहा था,

'जा तो रे सुलेमान।
ले आ मीठा पान।'

मुच्छड़ घबरा गया। अगर वह कवि हो जाएगा तो थानेदारी कैसे करेगा। तुक्कड़ को छोड़ देने में पुलिस महकमे की भलाई तो है।

और तुक्कड़ रिहा हो गए। जाते-जाते एक कविता सुना गए,

"कविता कैद न हो सकी है विचारों में।
लोग चीख पड़ते हैं बेटा अखबारों में।"

मुच्छड़ ने बड़े साहब को सूचना दे दी कि 'तुक्कड़ सिंह वैसे तो खतरनाक आदमी है लेकिन समाज के लिए खतरनाक नहीं। दिमाग भर खराब करता है और आजकल कितने लोगों के पास दिमाग है साहब? और अपने पास तो...?

सम्मान ले लो, सम्मान...

बजरंगी पहले बहुत कुख्यात था, फिर धीरे-धीरे विख्यात होने लगा। कारण कि उसने 'रेवड़ी' बाँटने का काम शुरू कर दिया था पुरस्कारों की, सम्मानों की। कभी किसी साहित्यकार को, कभी किसी चित्रकार को। कभी किसी पुलिस अफसर को। जब उसका 'मूड' होता, तब लोगों का सम्मान करने लगता। एक ने पूछा, "आप ऐसा क्यों करते हैं? खामखां हजारों-लाखों रुपए बर्बाद हो जाते हैं।"

बजरंगी हँसा। बहुत देर तक हँसता रहा, फिर बोला, "तुम बहुत भोले हो। राजनीति नहीं समझते। शायद तुमको मेरा इतिहास भी नहीं पता। भइये, मैं पहले बहुत खुराफाती था। पुलिस वाले मुझे अच्छे से जानते हैं। एक-दो हत्याएँ भी कर चुका हूँ। सट्टे का धंधा करता हूँ। लोगों को दारू पिलाता हूँ। इस कारण समाज में अपनी 'इमेज' खराब हो चुकी थी। 'इमेज' पर लगी 'कालिख' को साफ करने के लिए कुछ तो करना ही पड़ेगा न। भोली भालीर जनता और भ्रष्ट लोगों की कृपा से खूब कमाई-धमाई भी कर रहा हूँ। अब इन पैसों का क्या करूँ। ऐशो-आराम पर कितना खर्च करूँ? इसलिए सोचा, कुछ पैसा अच्छे कामों में लगा देना चाहिए, यही सोचकर ये नया धंधा शुरू कर दिया।"

"कौन-सा नया धंधा?" किसी एक ने पूछा।

"अरे वही पुरस्कार-सम्मान वाला धंधा। धंधा क्या, गोरखधंधा कहूँ तो ज्यादा सही बात होगी। बजरंगी ने मुसकराते हुए कहा।

उधर उस पुरस्कार-सम्मान को लेकर काफी हाउस में बहस छिड़ चुकी थी।

दाढ़ी ने कहा, "सम्मानित होने वालों की संख्या घट गई है लेकिन सम्मान करने वालों की संख्या बढ़ रही है। लोगों का सम्मान करने वालों का सम्मान करना चाहिए। क्यों, क्या ख्याल है?"

चश्मा बोला, "लेकिन प्रश्न ये है कि सम्मान करने वालों की सामाजिक छवि कैसी है?"

खादी ने कहा, "छवि को मारो गोली। ये मूल्यहीनता का दौर है लल्लू, छवि को चाटोगे क्या? सम्मान की राशि देखो, उसे लपको और बढ़ जाओ आगे। अगर छवि की पड़ताल करते रहोगे तो हर पुरस्कार-सम्मान वापस करने होंगे। इक्का-दुक्का आबादी को छोड़ दिया जाए तो अधिकांश सम्मानकर्ताओं की छवि इस कदर धूमिल है कि लाख धुलाई-सफाई करो, वह चमकने से रही, इसलिए भाई, जो पुरस्कार मिलता है, उसे ले लेना चाहिए।"

दाढ़ी ने फरमाया, "तुम्हें भी कोई पुरस्कार मिल रहा है क्या?"

खादी, "हाँ याह, तुम्हें याद होगा बजरंगी दादा, चार साल पहले 'मर्डर' की सजा काटकर निकला है। तस्करी जैसे लंदी-फंदी धंधों के सहारे हजारों-लाखों कमा चुका है। उस दिन मुझसे कहने लगा, आप अच्छा लिख रहे हैं, मैं आपको दस हजार रुपये का 'उलूक-सम्मान' देना चाहता हूँ। मैं राजी हो गया। दस हज़ार काहे छोड़ दूँ?"

चश्मा बोला, "लेकिन, वे उलूक-सम्मान क्या बला है?"

खादी ने कहा, "मेरे को तो लगता है, साहित्य लेखन के माध्यम से जनता को हमारे जैसे लोग जो मूर्ख यानी उल्लू बनाते हैं, उनको ही समर्पित होगा यह पुरस्कार। बजरंगी ने उलूक सम्मान के अतिरिक्त, म्याऊँ पुरस्कार, हाऊँ पुरस्कार, दुम पुरस्कार और काक भूषण आदि न जाने कितने पुरस्कार तो शुरू किए हैं।"

दाढ़ी ने खुद को खुजाते हुए फरमाया, "पुरस्कार-सम्मान तो अच्छी बात है। प्रतिभाओं का सम्मान तो ये समाज ही करेगा। आकाश से कोई देवदूत उतर कर नहीं करेगा। लेकिन प्रश्न तो यह है कि क्या सम्मान देने वाले हाथों के इतिहास को, उनके वर्तमान को भी देखना जरूरी होना चाहिए। ऐसा तो नहीं कि हम जाने-अनजाने ऐसे लोगों के हाथों सम्मानित हो रहे हों, जिनका जीवन ही बदनाम रहा हो, जिनको समाज हिकारत भरी नजरों से देखता हो?"

चश्मा भड़का, "क्या फर्क पड़ता है। सम्मान तो सम्मान होता है, फिर चाहे वह किसी भी हाथों से दिया-लिया जाए। डाकू मानसिंह अमीरों को लूटता था और गरीबों को बाँटता था। अगर आज भी कोई गलत आदमी नंबर दो की कमाई करने के बाद गरीबों (कलाकारों, लेखकों आदि) को सम्मानित करता है, हजार-लाख रुपए बाँट देता है तो वह उसकी आत्मा का शुद्धिकरण ही तो हुआ न। ऐसा क्यों नहीं सोचते!"

दाढ़ी, "यार, तुम ठीक कहते हो। इसका मतलब ये है कि मैं भी बजरंगी दादा के हाथों 'काकभूषण' पुरस्कार ले ही लूँ।"

चश्मा, "ले लो याह ले लो, हमको भी दिलाने की कोशिश करना। हमारी

जेबें भी भर जाएँ।"

वे तीनों कॉफी हाउस की गुफा से बाहर निकले और बजरंगी दादा के इलाके की ओर बढ़ गए। वे अपने साथी, चश्मे को भी सम्मान दिलाना चाहते थे। वे तीनों बजरंगी दादा के इलाके में पहुँच गए। बजरंगी दादा के महल के सामने पहुँचते ही उन्हें एक आवाज सुनाई दी—सम्मान ले लो—सम्मान ले लो। ठीक वैसी ही आवाज जैसे सब्जी बेचने वाले लगाते हैं। उन्होंने महल के अंदर झाँका। एक आदमी ढेर सारे पुरस्कार-सम्मान सजाकर आवाज लगा रहा था। वे सबके सब बहुत खुश हो गए। आवाज लगाने वाले आदमी के पास पहुँचे। उन्होंने देखा, वह आदमी नहीं पुतला था और वहाँ रखे 'टेपरिकॉर्डर' से आवाज आ रही थी, 'सम्मान ले लो, सम्मान ले लो'।

उन्होंने आसपास निहारा। एक सज्जन दीख पड़े। उन्होंने पूछा, "भई ये सम्मान देने वाले कहाँ हैं?"

सज्जन बोले, "देना क्या, सम्मान उठाइए, रजिस्टर में नाम-पता दर्ज कीजिए और चलते बनिए, यहाँ थोक के भाव से सम्मान सामग्री रखी हुई है। रकम वाला लिफाफा उस काउंटर से मिल जाएगा।"

वे सभी मित्र गद्गद हो गए और काउंटर की तरफ तेजी से बढ़ गए, जहाँ से उन्हें एक-एक लिफाफा मिलेगा। अंदर से बजरंगी इन सबों की हरकतें देखकर हँस रहा था, बड़बड़ा भी रहा था, "ये साले कलाकार-फलाकार, लेखक-फेखक, इनके सामने पैसे फेंको, चट् से लपक लेंगे। पता भी नहीं करेंगे कि सम्मान करने वाला शरीफ है या बदमाश। बस, इसी मानसिकता का तो मुझे फायदा उठाना है। ह-ह... ह-ह... हा।"

ईमानदारों की तलाश

मैं ईमानदारों की तलाश में निकला था। एक संस्था ने मुझे यह काम सौंपा था। इसके लिए उन्होंने 'कमीशन' देने का वादा किया था। 'एक ईमानदार लाओ, सौ रुपइया ले जाओ।' मेरा दिल बल्लियों उछल रहा था। क्योंकि मुझे पूरी उम्मीद थी कि एकाध हजार रुपए तक की कमाई तो हो जाएगी। क्या लाखों की आबादी वाले शहर में दस लोग ईमानदार नहीं मिलेंगे! जब मुहिम पर निकला तो पता चला कि सारे ईमानदार भूख के शिकार हो रहे थे, इसलिए शहर से पलायन कर चुके थे। फिर भी मैं रेत से तेल निकालने की कोशशि में जुटा रहा।

एक मोटे-ताजे सज्जन मिले। मैंने पूछा, "क्यों साब, आप ईमानदार हैं?"

वह चिढ़ गए, "व्यंग्य करते हो तुम? तुम्हें कैसे पता चला कि मैं 'सिंचाई' विभाग में हूँ और जबर्दस्त भ्रष्ट हूँ?"

मैंने मुसकराते हुए कहा, "दरअसल आपका प्रश्न ही कुछ ऐसा था कि मैं चिढ़ गया। आज के जमाने में ईमानदार को तलाशना, प्रदूषित के मारे शहर में स्वच्छ पर्यावरण को तलाशना है। दिल्ली हो या मुंबई, जिसकी आत्मा का ठक्कन खोलो, बेईमान ही नजर आता है। दो-चार-छह ईमानदार कहीं मिल जाएँ, तो इस देश का सौभाग्य है बंधु! मैं तो बेईमानी की मुख्य धारा में बह रहा हूँ और जो सच है, वह साफ-साफ कह रहा हूँ। जाओ भाई अपना कीमती समय नष्ट मत करो।"

मैंने कहा, "सौ रुपइए का सवाल है। ईमानदार मिलेंगे तो ठंडी जेब गरम हो जाएगी। बेरोजगार हूँ इसलिए भिड़ा हूँ।"

मेरी रोनी सूरत देख कर बेईमानश्री को मुझ पर तरस आ गया। उन्होंने जेब से अठन्नी निकाली और हाथ पर धरते हुए कहा, "ये लो और ऐश करो।" मैंने अठन्नी में ही संतोष कर लिया और तलाश जारी रखी।

आगे बढ़ने पर एक और महानुभाव मिल गए। अपनी कीमती कार से उतर रहे थे। चेहरे से लाली टपक रही थी। मुझे लगा, इसे ही तेज टपकना कहते हैं। मैंने

उन्हें आवाज दी, "आदरणीय, आप ईमानदार हैं?"

वह बोले, "कोई शक! अपुन सौ फीसदी ईमानदार हैं। अपुन का नाम ही है ईमानदार सिंह। यानी जन्मजात ईमानदार।"

मैंने हँसते हुए कहा, "मैं नाम की नहीं, आचरण की बात कर रहा हूँ।"

ईमानदार सिंह बोले, "अच्छा-अच्छा, तो ईमानदारी का सूक्ष्म निरीक्षण करने निकले हैं आप! कहीं आप उस संस्था के एजेंट तो नहीं हैं, जिसके सारे सदस्य कुख्यात बेईमान हैं और जो इन दिनों ईमानदारों को ढूँढ़ कर सम्मानित करने के 'मूड' में हैं?"

मैंने कहा, "आप ठीक फरमाते हैं। तो आप ईमानदार हैं?"

उसके मुख से हँसी फूट पड़ी, "अरे भाई, बोलने में क्या जाता है? बोले देता हूँ कि मैं ईमानदार हूँ, लेकिन सच तो यह है कि ईमानदारी से अपना कोई छत्तीस का आँकड़ा है। वाइफ है, उसके नखरे हैं, आधे दर्जन बच्चे हैं। कम्प्यूटर-युग के, तो बंधु इनको देखना है। प्रतिस्पर्धा का जमाना है। आईएएस मार्का नौकरी के लिए पढ़ाई और रिश्वत का एडवांस बंदोबस्त करना है। ईमानदार रहूँगा तो ये सब 'महान कार्य' कैसे संभव होंगे? आदर्शवाद के हलुए और चरित्र की भेलपूरी से पेट नहीं भरता। अरे भई, किताबों की बातें किताबों तक रखो और यथार्थ का मीठा फल चखो। मैं बेईमान हूँ, तो हूँ। हाँ, बेईमानी पूरी ईमानदारी से करता हूँ। हम लोगों का एक पूरा गैंग है, जिसने शपथ ली है कि सारे गलत-सलत काम पूरी ईमानदारी से करेंगे। इस अर्थ में आप हमें ईमानदार मान सकते हैं।"

मुझे लगा, यह शख्स सचमुच में ईमानदार है। अपनी बेईमानी को डंके की चोट पर स्वीकार कर रहा है। ऐसी नस्लें आजकल मिलती कहाँ हैं? मैंने मान लिया कि ये आदमी ईमानदार है। वैसे पिछला शख्स भी ईमानदार ही था। उसने भी बोलने में पूरी ईमानदारी दिखाई थी, कहा, 'मैं बेइमान हूँ'।

एक लोफरनुमा आदमी मिला। मैंने उसकी ईमानदारी के बारे में पूछा तो कहने लगा, "मैं दो नंबर के काम ईमानदारी से करता हूँ। ये हर गलत काम का बुनियादी उसूल है कि वह ईमानदारी से किया जाए। इस तरह आजकल हर दूसरा आदमी ईमानदार है।"

मैंने पूछा, "आप करते क्या हैं?"

वह हँस पड़ा, बोला, "अरे पार्टनर, तुम तो पूछो कि हम क्या-क्या नहीं करते! तस्करी से लेकर बलात्कार तक और राजनीति से लेकर डकैती तक सब कुछ कर लेते हैं! जब जैसा पुनीत मौका हाथ लग जाए।"

ये शख्स भी अपनी काली करतूतों का खुलासा करते हुए अपनी 'ईमानदारी'

का प्रमाण दे रहा था। मुझे लगा, ऐसे ईमानदारों की सूची अलग से बनाई जानी चाहिए। मैंने बनाई, लेकिन देखते-ही-देखते संख्या हजारों में पहुँच गई। इन तमाम नामों के हिसाब से पैसा मिलता तो मैं करोड़पति और संस्था फकीरपति हो जाती, लेकिन संस्था को बेईमानी का काम ईमानदारी के साथ करने वालों की सूची नहीं चाहिए थी। उन्हें चौबीस कैरेट खरे ईमानदारों की जरूरत थी। संस्था ऐसे ईमानदारों की सूची कहीं दर्ज करना चाहती थी, ताकि भावी पीढ़ी ईमानदारी से परिचित हो सके।

ईमानदारों की तलाश में शाम हो गई। तभी एक और सज्जन टकरा गए। वह ईमानदार निकले, मगर दूसरे टाइप के।

वे कहने लगे, "मैंने आज तक कोई आर्थिक गड़बड़ी नहीं की है, चाहे तो मेरे विभाग के लोगों से पूछ लें।"

मैं चौंका, "मतलब, आप हर तरह से ईमानदार हैं?"

वह बोले, "किसी से कहना मत। मेरी हालत 'दारू पीए और बीयर से परहेज' जैसी हो गई है। मैं पैसों की गड़बड़ी नहीं करता, लेकिन चरित्र की नाव में ढेर सारे छेद हैं। बलात्कार का थोड़ा-बहुत शौक है, कुडिय़ों को दाना डालने की आदत है।"

मैं सोच में पड़ गया। ईमानदारी केवल आर्थिक मामले तक सीमित रहे या उसमें चरित्र और नैतिकता आदि भी शामिल की जाए? मुझे ऐसे अनेक 'ईमानदार' लोग मिले जो एक मोर्चे पर तो स्वस्थ थे, लेकिन दूसरे मोर्चे पर बेहद सड़े-गले थे।

एक और सज्जन मिले। बड़े धार्मिक। सुबह-शाम मंदिर जाते थे, लेकिन आर्थिक और चारित्रिक भ्रष्टाचार के बिना उन्हें जीवन नीरस लगता था।

"धर्म और भ्रष्टाचरण में वे तालमेल कैसे बिठा पाते हैं?" मेरे इस प्रश्न पर वे बोले, "ऐसा है भोलेराम कि जो धार्मिक होता है न, उसके सौ खून माफ हो जाते हैं। दिन भर बेईमानी करो, गरीबों का गला काटो, झूठ पर झूठ बोलो और अंत में भगवान् को दो-चार रुपइये का 'प्रसाद' चढ़ा दो और हो जाओ फिर से पाक-साफ और ईमानदार। नए सिरे से बेईमानी और अधर्म करने के लिए। अपने देश में ऐसी 'जातियों' की बहुलता है। करोड़ों हैं ऐसी आत्माएँ।

एक सज्जन कहने लगे, "साब, हमारा एक साथी जो है, सो बड़ा ही नेक इनसान है। वह दारू नहीं पीता, पान नहीं खाता, मांस नहीं खाता। अजकल ऐसे लोग मिलते कहाँ हैं। बहुत ईमानदार है वह। आप उससे मिल लीजिए।" मैं गद्गद। चलो रात होते-होते एक तो ईमानदार मिला। पक गए रे सौ ठो रुपये। हम उस नेक इनसान के घर पहुँचे। दूर से देखा, वह कोई अश्लील पत्रिका पलट रहे थे। हमें आता देख फौरन हरकत में आ गए। उस पत्रिका को छिपा कर हाथ में एक धार्मिक पत्रिका थाम ली और 'राम-राम' जपने लगे। हम मुसकरा पड़े। वाह क्या

ईमानदारी है! अंदर जाने की इच्छा नहीं हुई।

वापस जाने लगा तो उन्होंने आवाज दी, "आइए न, बैठिए न! मैं जानता हूँ कि आपको ईमानदारों की तलाश है। आप सही जगह पहुँच गए हैं। यह रखिए पाँच सौ रुपये और जरा ठीक से प्रचारित कीजिए मेरी ईमानदारी को। मैं ईमानदारी का पुरस्कार जीतना चाहता हूँ। खूब बेईमानी कर ली, खूब पैसा कमाया, अब ईमानदार बन चुका हूँ।"

बातचीत चल रही थी, तभी एक सुंदरी ने प्रवेश किया।

ईमानदारश्री कुछ सकुचाए। बोले, "ईमानदारी से मनोरंजन तो चल ही सकता है। अब आप निकलिए। हम लोग एक सांस्कृतिक-यात्रा पर निकलेंगे।" मैंने उनके पाँच सौ रुपये लौटा दिए। यात्रा के दौरान काम आएँगे।

मैं खाली हाथ लौट आया।

सो उस दिन पूरे दिन और रात भ्रमण करने के बावजूद एक अदद ईमानदार न मिला। इक्का-दुक्का लोग मिले भी तो कुछ मामलों में तो ठीक-ठाक थे लेकिन बहुत सारे मामलों में खाँटी बुरे थे। ईमानदार का मतलब तो सीधे-सीधे चौबीस कैरेट खरा होना चाहिए। यहाँ तो हर तरफ मिलावटी माल है।

कल फिर निकलूँगा ईमानदारों की तलाश में। आप भी चलेंगे मेरे साथ?

बुरे फँसे उधार की रकम ले कर

एक हुए थे चार्वाक।

उनका कहना था, 'जब तक जियो, सुख से जियो। उधार ले कर के घी पीयो'।

तो साहेब, चार्वाक को मान कर गुरु, हम हो गए शुरू। इस ठेठ महँगाई के जमाने में घी खाने से बाज नहीं आए। अर्थात् उधार से पीछा नहीं छूटा। इधर कमबख्त महँगाई, बीवी की फरमाइशों की तरह बढ़ती जा रही है और अपुन हैं कि खानदानी आदत से छूट नहीं पाए हैं। टीवी खरीदने से लेकर सिनेमा देखने तक के लिए उधार मांगना हमारा जन्मसिद्ध अधिकार बन चुका है। अब यह बात अलग है कि लोगबाग हमें उधारकी बजाय गाली दे कर भगा देते हैं। कुछ पाने के लिए कुछ खोना पड़ता है, भाई जान! उधार की खातिर अपनी 'बेइज्जती' खराब हो जाए तो अपुन तैयार हैं। बेशर्मी तो अब जैसे जन्मजात खासियत बन गई है हमारी।

लेकिन साहेब, इस उधारी ने तो बड़े-बड़े गुल खिलाए हैं। उधारी ने हमारा रास्ता भी बदल दिया। हमारी चाल ही बदल दी। जाना होता है बाएँ, और अचानक पैर नब्बे अंश के कोण ले कर दाएँ मुड़ जाते हैं। कारण बताऊँ? हँसिएगा मत। कारण साफ है। सामने होती है वो दुकान, जिससे लिया था हमने उधारी का सामान। कभी-कभार उन दोस्तों का मकान भी हमें राह बदलने पर मजबूर कर देता है, जिनसे हमने दोस्ती का वास्ता दे कर उधार लिया था। मुँह छिपाए घूमते रहते हैं। उधार हमारे लिए प्रेम की कैंची बन रही है।

एक बार की बात है। एक दुकानदार ने हमें उधारी का पान चबाते हुए रँगे हाथों पकड़ लिया। भाग न सकूँ इसलिए सरे बाजार बाहों में जकड़ लिया। वह शुरू हो कर इज्जत रूपी प्याज के छिलके उतारने लगा, "देखिए जनाब, आप दो महीने से मुँह छिपाए फिर रहे हैं। क्या उधारी चुकाने का इरादा नहीं? एक हफ्ते के भीतर रकम न लौटाई तो ठीक नहीं होगा समझे!?"

मैंने हँसने का असफल प्रयास करते हुए कहा, "भइये, मैं कहीं भाग तो नहीं

रहा। नहीं, आज नहीं तो कल ब्याज समेत आपकी रकम लौटा दूँगा। चार्वाक की कसम। आप जैसे अनेक शुभचिंतकों का कर्जदार हूँ। अब तक किसी की उधारी हजम नहीं की मैंने। वैसे भी मेरा हाजमा ठीक नहीं रहता। बाईगॉड! आपकी रकम परसों चार बज कर बीस मिनट और पचपन सेकेंड के बीच पटा दूँगा। मैं वचन का पक्का हूँ। अब पक्का रंग छूट जाए तो मैं क्या कर सकता हूँ। आजकल के मिलावटी युग में रंगों का कोई भरोसा नहीं रहा। कब, एकदम से चरित्र की तरह बदरंग हो जाए, कहा नहीं जा सकता। आप..."

मैं कुछ और कहना चाहता था कि उसने टोक दिया, "ज्यादा होशियारी मत दिखा पांडुरंग। सीधे-सीधे पैसा चुकाओ। परसों मैं तुम्हारा इंतजार करूंगा।"

वह आदमी चला गया, डाँट-फटकार कर पुलिस वाले की तरह।

मैंने तिरछी नजर से पान वाले की तरफ निहारा, "हें...हें...हें... क्या बुरा वक्त या गया है यार! थोड़ी सी रकम के लिए शरीफों की सफेद कमीज गंदी करने पर उतारू हो जाते हैं ये साले। जिसे देखो, शब्दों की पीक करके दिमाग लाल कर देता है।...यार एक सिगरेट तो पिला।"

मेरा सिगरेट माँगना था कि पान वाला भी भड़क उठा, "देखिए 'सिरीमान', किसी और को उल्लू बनाइएगा हाँ। हम नहीं फँसने वाला। पहले हमारा भी पुराना हिसाब-किताब निपटाइए, फिर 'सिगरेटवा' माँगिए। समझे की नाही समझे!"

उसने मुझे विरोधी दल के नेता की तरह दुत्कार दिया। मैंने वहाँ से खिसकना ही मुनासिब समझा।

सब दिन जात न एक समान। पहले अपुन की इत्ती बुरी हालत न थी। उधार देने वाले इस कदर हाथ धो कर पीछे पड़ते थे। शायद वे हाथ भी न धोते रहे हों, लेकिन आजकल तो नहा धो कर पीछे पड़े रहते हैं। कितने पतित हो चुके हैं लोग। जीवन मूल्य नष्ट होते जा रहे हैं, क्या करें, जमाना बदल रहा है।

आपको बताऊँ कि बरसात के दिनों में अपनी चाँदी रहती थी चाँदी। उधारी में लाया गया छाता उधारदाताओं से बचाए रखता था। उधार वाले सेठ की दुकान दिखी नहीं कि चट् से छाता खोला और मुँह ढँक लिया। दुकानदार को केवल छाता ही नजर आता और छाते के पीछे छिपा मैं, उधारबाज, साफ-साफ बच निकलता। लेकिन बुरे दिन को तो टपकना ही था न। टपक गया। छाते का मालिक अपना छाता छीन कर ले गया। जब-जब मुझ पर संकट के बादल मंडराए या बरसे, छाता एकनिष्ठ चमचे की तरह मेरी रक्षा करता रहा। अब न वो छाता रहा और न हीप्यारे दुलारे उधार वाले दिन! सिर पर उधार की लंबी चौड़ी रकम भूत बनकर मंडरा रही है। यमदूत की तरह आ धमकने वाले उधारदाता हैं, ढेर सारी बहानेबाजी है।

बहानेबाजी के एवज में ढेर सारी गालियाँ हैं। क्या करें, दुनिया में आए हैं तो जीना ही पड़ेगा, गालियाँ खा कर भी उधार का घी पीना ही पड़ेगा।

वैसे उधार में रुपइया लो तो, कुछ दिन बड़ी मौज रहती है। दूसरे की रकम अपनी जो बन जाती है। लेकिन जैसे ही रकम पेट्रोल की तरह उड़ती है, हमारी ज़िंदगी की गाड़ी किसी खटारे की तरह घर्र-घर्र कर के रुक जाती है। बंद मुट्ठी खुल कर खाक की हो जाती है। जाएँ तो जाएँ कहाँ? अब देगा कौन उधार यहाँ। इस महँगाई के दौर में तो हर दूसरा आदमी कर्जदार है।

हम एक सज्जन के पास पहुँचे। उधार माँगने के लिए।

वह मुझे पहचान गया। मुस्कराते हुए कहने लगा, "मैं तो आपकी ही तरफ आने वाला था।"

मैंने भी सुर में सुर मिलाया, "वाह, क्या संयोग है। मैं तो खुद आपसे मिलने चला आया।"

वह बोले, "अच्छा, पहले आप ही कहिए, कैसे आना हुआ?"

नेकी और पूछ पूछ, मैंने छूटते ही कहा, "कुछ पैसे चाहिए थे। यकीन मानिए, जब कभी पहली तारीख आएगी, उधार चुका दूँगा।"

वह मायूस हो गए। शादी के तैयार बैठी लड़की के पिता की तरह। गोया मैं उनसे दहेज माँग रहा था।

वह बोले, "दरअसल मैं खुद आपसे उधार माँगने आ रहा था। मुझे कुछ रुपये चाहिए।" अब तो मेरी हालत उस नंगे भिखारी की तरह हो गई थी जो नहाए क्या और निचोड़े क्या?

मैंने कहा, "माफ करना, मैं तो खुद अखंड कड़क हूँ।"

वह बोला, "जानता हूँ।"

मैंने चौंकते हुए पूछा, "क्या कहते हो श्रीमान?"

उसने ठहाका लगाया, "आप तो कुख्यात हो चुके हैं। फिर भी सोच रहा था, रेत से तेल निकाल कर देखूँ, लेकिन आप तो उल्टे मेरा ही तेल निकालने पर आमादा हैं। लगता है आपका उधार वाला धंधा जोरों पर है।"

मैं निराश हो कर लौट आया। हारे हुए नेता की तरह मुँह लटकाए हुए। रास्ते में किसी ने आवाज दी। मुड़ कर देखा, एक सज्जन मुझे घूर रहे थे।

मैंने सहमते हुए कहा, "म...माफ कीजिएगा, मैंने आपको पहचाना नहीं।"

वह गुर्राया, "क्यों? उधार लेते वक्त तो पूरे खानदान को पहचानते थे? मुझे यानी हरिश्चंद्र की औलाद कहते थे, फिर गायब हुए तो गधे के सिर से सींग की तरह? चुनाव जीतने के बाद नेता की तरह। दो साल से खोज रहा हूँ। आज पकड़

में आए हो। मुझे भूल गए? मुझे क्या शकुंतला समझ लिया था? दुष्यंत का बच्चा, पैसा दे, वरना चबा जाऊँ गा कच्चा।"

मैंने गिड़गिड़ा कर कहा, "मेरे पास फूटी कौड़ी नहीं है।"

वह चीखा, "निकाल यह घड़ी जो कलाई पर बाँध रखी है!"

मैं दादा टाइप के कर्जदारों से डरता हूँ इसलिए दहेज में मिली एक अदद घड़ी को जुदा करना पड़ा। अब सूनी कलाई पर घड़ी की कल्पना करते हुए भटक रहा हूँ। किसी के पास 'वक्त' नहीं जो मुझे वक्त बताए। कोई सुनता नहीं मुझ उधारखोर की फरियाद। जब मैं उधार पटाने के लिए उधार लेना चाहता हूँ। लेकिन जमाना खराब होता जा रहा है। लोग जरूरतमंद की सहायता नहीं करते। रिश्वत दे सकते हैं, उधार नहीं। हाँ, उधार माँगने में जरूर आगे रहते हैं। मुझसे भी कई लोगों ने उधार माँगा, लेकिन मैंने तो साफ इंकार कर दिया। पास में कुछ हो तो दूँ न? हर दिन कोई न कोई आता है, सुबह-सुबह और चमका-धमका कर चल देता है।

मैं दुखी हूँ। सोचता हूँ, बुरे फँसे उधार की रकम ले कर। शराब का नशा चढ़ कर उतर जाता है, लेकिन उधार के बारे में इतना ही कहना चाहता हूँ कि छूटती नहीं काफिर ये मुँह की लगी हुई।

मैं तो जैसे-तैसे उधार रोग से छूटने की कोशिश कर रहा हूँ। लेकिन आपसे एक बात पूछूँ? कहीं आप भी तो उधार-फुधार के चक्कर में नहीं फँसे हैं न?

बड़े भाग मानुष तन पावा

हमारे एक मित्र लटकनराम के शत्रु उत्पाती सिंह के परम शत्रुवत मित्र छदामीराम अकसर मनोयोग के साथ रामचरितमानस की ये पंक्तियाँ दोहराते रहते हैं, "बड़े भाग मानुष तन पावा। सुर दुर्लभ सदग्रंथहि गावा।"

सच बात है कि बड़े भाग से ही तो यह तन मिला है। वरना हम सूअर भी हो सकते थे। कूकुर भी हो सकते थे। साँप भी हो सकते थे। बिच्छू भी हो सकते थे। गिरगिट भी। लेकिन हुए मनुष्य। मिला मानुष तन। तो छदामी राम भी अक्सर अपने मनुष्य होने पर इतराते रहते थे।

मैं रह-रह कर महान् विश्वकवि तुलसी को धन्यवाद देता रहता हूँ कि 'आपने कमाल की कृति इस दुनिया को दी है। हर कोई अपने-अपने हिसाब से आपकी पंक्तियों का इस्तेमाल अपने जीवन में करता रहता है।' जैसे छदामीराम जी बार-बार प्रसन्न होकर कहते हैं, बड़े भाग मानुष तन पावा। अब यह और बात है कि बड़े भाग से यह जो मनुष्य-जीवन मिला है, उसका वह किस तरह से उपयोग कर रहे हैं। इसके बारे में उन्होंने कभी नहीं सोचा। चिंता भी नहीं की कि उनके जीवन को देखकर लोग कैसी—कैसी टिप्पणियाँ करते हैं। वह तो बस इसी में मगन है कि

बड़े भाग मानुष तन पावा।
देख इन्हें ईश्वर पछतावा।
भले जिएँ शूकर के जैसे,
हमें चाहिए केवल पैसे।
एक लक्ष्य है ज़िंदा रहना,
पैसे खातिर जीना-मरना।

भगवान् की कृपा से मनुष्य योनि में जन्मे और इस वाक्य को तकियाकलाम की तरह इस्तेमाल करने वाले छदामीराम से मिलने एक दिन हम उनके घर पहुँच गए, तो देखते क्या हैं कि वे घर के सामने खड़े एक दीनहीन भिखारी को गरिया

रहे हैं। उसकी माँ-बहन के साथ गालियाँ दे कर कुछ अजीब किस्म का संबंध स्थापित कर रहे हैं।

कुछ देर बाद तो वह घर से एक डंडा लेकर आए और भिखारी को चमकाने लगे,

"साले...(यहाँ दो भयंकर गालियाँ) आइंदा से तू इस इलाके में दिखा तो यह डंडा... कहाँ जाएगा, तुझे खुद पता नहीं चलेगा। चल... भाग यहाँ से।"

भिखारी इतने बड़े खतरनाक गुंडेटाइप के आदमी को देखकर भाग खड़ा हुआ।

भिखारी को भागते हुए देख मेरे मन में भी आया कि मैं भी बाहर खड़ा होऊँ, लेकिन फिर सोचा, मैं भिखारी तो हूँ नहीं। उनका परिचित हूँ। शायद मुझसे सलीके से पेश आएँगे। यही सोच कर हमने अपना स्कूटर उनके घर के किनारे खड़ा करके नमस्ते ठोक दिया।

बहुत दिन के बाद मुझे देख कर वह हौले से मुस्कुराए टाइप के लगे और बोले, "ओह, तो आप हैं। आइए।"

मैंने कहा, "आपकी इस मधुर वाणी को सुनकर जान में जान आई, वरना जिस तरह का व्यवहार आप उस भिखारी से कर रहे थे, मुझे लगा मेरी भी गति वही होनी होनी है।"

मेरी बात सुनकर छदामीराम निर्विकार भाव से बोले, "क्या करें भाई,

तुलसी इस संसार में,
भाँति-भाँति के लोग।
सबसे हँस मिल बोलिए,
नदी-नाँव संजोग।"

इतना बोलकर वह मुझे घर के भीतर ले गए। मैं भी उनके पीछे-पीछे हो लिया।

हम बहुत देर बैठे रहे। वह भी खामोश। हम भी खामोश। मैं सोचता रहा कि बंदा अब शायद कहे कि पानी पीएँगे या चाय बनवाऊँ, लेकिन ऐसा कुछ हुआ नहीं। वे 'बेहतर मनुष्य कैसे बनें' नामक किताब के पन्ने पलटते रहे। मैं उनके सामने चिरकुट जीव बनकर बैठा रहा। कुछ देर तो बर्दाश्त हुआ, फिर लगा कि अब बैठने कोई मतलब नहीं इसलिए खड़ा हो गया।

मैंने कहा, "चलता हूँ।"

वह गंभीर बने हुए बोले, "अच्छा, तो निकल रहे हैं? नमस्ते। फिर आइएगा। आज अच्छी बैठक हो गई।"

मैंने मुस्कुराते हुए कहा, "सचमुच, लाजवाब बैठक हुई। आपने पानी भी पिलाया, चाय भी पिलाई। बातों की मिठाइयाँ भी परोसी। दिन सार्थक हो गया।"

मुझे लगा कि मेरी बात सुनकर वह शर्मसार-से कुछ हो जाएँगे, लेकिन कमाल है, वे हुए ही नहीं। उल्टे कहने लगे, "क्या करें। बड़े भाग मानुष तन पावा। इसलिए जब तक ज़िंदगी है प्रेम से रहना है। हँसी-खुशी यह जीवन कट जाए और क्या। आप क्या कहते हैं?"

मैंने मुस्कुराते हुए कहा, "सुना है कि आप तुलसीदास के बड़े भक्त हैं। बार-बार यह पंक्ति दोहराते हैं, 'बड़े भाग मानुष तन पावा'। तो मैं भी तुलसी का परम् भक्त हूँ। मैं तुलसी का यह दोहा अकसर दोहराता हूँ कि

'आवत ही हरषै नहीं, नैनन नहीं सनेह।
तुलसी तहाँ न जाइए, कंचन बरसे मेह'।

कैसी हैं ये पंक्तियाँ?"

मेरी बात सुन कर वे कुछ सोचने लगे। वैसे चेहरे के भाव गंभीर हो गए थे।

फिर बोले, "अच्छी है। कुछ -कुछ समझ में आया, कुछ-कुछ नहीं। हमको तो बस एक ही पंक्ति याद हो सकी है, 'बड़े भाग मानुष तन पावा'। बड़ी किस्मत थी भाई कि हम मनुष्य बने। कई बार सूअरों को देखता हूँ, तो घबरा जाता हूँ। भगवान का धन्यवाद देता हूँ जिसने मुझे मनुष्य बनाया"

उनकी बात सुनकर मैं हँस पड़ा।

मैंने कहा, "माफ़ कीजिएगा, भगवान् ने आपको अभी केवल आदमी बनाया है। मनुष्य होने के लिए अतिरिक्त बड़ी मशक्कत करनी पड़ती है भाई।"

छदामीराम ने कहा, "अरे, मैं तो अब तक अपने आप को मनुष्य ही समझता था। तो क्या मैं अभी तक आदमी ही हूँ?...मनुष्य कब बनूँगा?"

मैंने कहा, "मनुष्य बनने में बहुत अधिक कठिनाई नहीं है। बहुत सरल काम है, लेकिन यही काम लोगों के लिए बड़ा कठिन हो जाता है। जैसे आपके घर के सामने कोई भिखारी आया, तो आप उसे हाथ जोड़कर विदा कर सकते हैं। उसे गंदी-गंदी गालियाँ देकर, डंडे से भगाने के बजाय हम प्रेम से भी विदा कर सकते हैं। आपके घर कोई आए, तो उसे प्रेम से बिठा कर बात करनी चाहिए। चाय-नाश्ता नहीं करा सकते, तो कम-से -कम उसे पानी तो पूछना ही चाहिए। जैसा तुलसीदासजी ने कहा है, 'बड़े भाग मानुष तन पावा, सुर दुर्लभ सदग्रंथहि गावा'। तो यह मनुष्य जन्म खुश होने भर से सार्थक नहीं होगा, उसके लिए हमें वैसा काम भी करना होगा। मुझे पूरा विश्वास है कि आप अपने मनुष्य जीवन को इसी तरह सार्थक कर रहे होंगे।"

मेरी बात सुनकर वे अपने अतीत के व्यवहारों का मंथन करने लगे।

उन्हें लगा कि अभी मैं ठीक से आदमी भी कहाँ हो पाया हूँ। मनुष्य होना

तो बहुत दूर की बात है।

वह धीरे से बोले, "आपकी बातों में दम है। अब मैं कोशिश करूँगा कि अपने आप को मनुष्य की श्रेणी में ले आऊँ। देखो, अगर कर सका तो। आपने जिन बातों के लिए कहा है कि वे बहुत आसान है लेकिन मैंने अनुभव किया है कि मेरे लिए यह सब करना बड़ा कठिन हो जाता है। मैं किसी को देख करके मुस्कुरा नहीं पाता। कोई मुझसे कुछ माँगने आता है, तो मैं भड़क जाता हूँ। भिखारी आए तो फटकार देता हूँ। जरूरतमंद आए तो पैसे होने के बावजूद बहाना कर देता हूँ। किसी से सीधे मुँह बात ही नहीं करता। लेकिन मुझे सोचना पड़ेगा कि मनुष्य तन की सार्थकता के लिए अब क्या-क्या करना है।"

मैंने कहा, "बड़ी खुशी की बात है कि आप इस दिशा में सोच रहे हैं। उम्मीद करता हूँ कि कुछ वर्षों में आप सफल भी हो जाएँगे।"

मेरी बात सुनकर छदामीराम हँस कर बोले, "अच्छी खिंचाई करते हैं आप। आपके वर्षों को मैं मिनटों में तब्दील करने की कोशिश कर रहा हूँ। आइए न, पानी पीकर ही जाइएगा।"

वह मुझे जबरदस्ती घर के भीतर ले गए। पानी का एक गिलास सामने रख दिया। साथ में गुड़ की डली, फिर मुस्कराते हुए बोले, "इसे खाइए और पानी पीकर ही वापस जाइए।"

मैंने कहा, "अरे वाह, आप तो फौरन ही मनुष्य हो गए।"

मेरी बात सुनकर उन्होंने जोरदार ठहाका लगाया।

मैंने भी उनका साथ दिया।

उसके बाद मैंने कहा, "अब यह पंक्ति आपके लिए सौ परसेंट सही हो गई कि बड़े भाग मानुष तन पावा, सुर दुर्लभ सदग्रँथहिं गावा।" तुलसी बाबा से क्षमा माँगते हुए इसमें मैंने भी जोड़ देता हूँ। देखें,

सज्जन हो कर पुन्न कमाओ।
भले कभी मंदिर मत आओ।
मंदिर जाओ तब है उत्तम।
जब तुम बन पाओ पुरुषोत्तम।

छदामीराम मेरी पंक्तियाँ दुहराने लगे।

तभी बाहर से किसी की आवाज़ आई, "भूखे को कुछ मिल जाए मालिक।"

छदमीराम गुस्से में भर कर बाहर निकलने लगे। तब तक एक हिंसक और

अश्लील गाली भी उनके मुँह से निकल गई, लेकिन तभी अचानक उन्हें याद आया कि अरे, वह तो सुर-दुर्लभ मनुष्य योनि में जन्मे हैं, और सुधरने का संकल्प भी कर चुके हैं।

वे फौरन ही मनुष्य बने और भिखारी को आवाज़ दी, "ठहरो बाबा, कुछ ले कर आता हूँ।"

इतना बोल कर वे मेरी तरफ देखे और हँस पड़े।

मैंने इस बार केवल मुस्कान फेंक कर ही काम चलाया।

मौत को पद्मश्री!

हमने जैसे ही यह सूचना दी कि "हमारे मित्र रामलाल का अचानक निधन हो गया है", तो हमारा मित्र श्यामलाल दुखी हो गया। उसके चेहरे पर तनाव की लकीरें दिखाई देने लगी।

मैंने कहा, "मैं समझ सकता हूँ कि तुम अपने मित्र के निधन की सूचना से दुखी हो। तनावग्रस्त हो गए हो।"

हमारी बात सुन कर मित्र बोला, "मैं दोस्त के निधन से तनावग्रस्त नहीं हुआ बल्कि इसलिए इसलिए नहीं हुआ बल्कि इसलिए कि कल को हम भी अचानक मर सकते हैं।"

मैंने हँसते हुए कहा, "तुम भी मर सकते हो। हम भी मर सकते हैं। और जो बैंकों का करोड़ों-करोड़ों डकार कर और देश छोड़कर भाग जाते है, वे भी मर सकते हैं बन्धु। मरना तो तय है है। जिस दिन हम जन्म लेते हैं न, मरने की तारीख और कैसे मरेंगे, यह सब भी उसी दिन तय हो जाता है। यह और बात है कि उस तारीख का पता हमें नहीं होता और हम इसी मुगालते में तमाम तरह के कर्म-कुकर्म करते रहते हैं कि सब मर जाएँगे, एक हम ही हैं, जो अमर रहेंगे।"

मेरी बात सुनकर मित्र घबराते हुए बोला, "म...म...त...ल...ब... मैं भी कभी भी मर सकता हूँ?"

मैंने कहा, "जी हाँ, आप कभी भी मर सकते हैं। अभी हम से बात कर रहे हैं। अभी थोड़ी देर बाद ही मर सकते हैं। घर वालों से फोन करके बात करेंगे कि मैं दस मिनट में आ रहा हूँ लेकिन कोई गारंटी नहीं कि आप दस मिनट बाद घर पहुँच ही जाएँ।"

मित्र घबराते हुए बोला, "न...न ही, ऐसा नहीं हो सकता। तुम मुझे डरा रहे हो।"

मैंने हँसते हुए कहा, "यह मेरे साथ और तुम्हारे साथ भी हो सकता है।

किसी के साथ भी ऐसा हो सकता है। कितनी घटनाएँ तुमको सुनाऊँ। लोगों ने न जाने कैसी-कैसी योजनाएँ बनाई और पलक झपकते पंचतत्व में विलीन हो गए। इसलिए मेरे भाई, मौत से सबक लो। और डरना भी नहीं। उसके आगमन के लिए हर घड़ी तैयार रहो। बाकायदा हाथ जोड़कर उसका स्वागत करो और कहो कि हे मृत्यु रानी, तुझे जब आना है,तब आ जाना।"

"लेकिन मैं तो अभी और जीना चाहता हूँ।" मित्र बोला, "अभी मैंने जीवन का आनंद ही कहाँ लिया? अभी तो मैं लोगों को निपटाने-पलटाने मैं ही लगा हुआ हूँ। और जब से फेसबुक और वाट्सएप आया है, तबसे तो और अधिक खुराफाती हो गया हूँ। किसी को 'ब्लॉक' कर देना, कभी कोई घटिया विचार प्रस्तुत करना, लोगों की निंदा करना, ऐसे ही बड़े-बड़े कामों में व्यस्त हूँ। इस कारण भयंकर तनाव में भी रहता हूँ। इन सब से फुर्सत पाऊँ, तो जीवन का सुख मिले।"

मैंने कहा, "पगले, जीवन का सुख तू पल भर में ही प्राप्त कर सकता है। लेकिन तू अपनी हरकतों से तो बाज आए। तू साँस कम लेता है, पॉलिटिक्स अधिक करता है। यह काम टुच्चे नेताओं के लिए छोड़ दे। तू नेक मनुष्य बना रह। जो तेरा जो झंडा न उठाए, तो भी तू उसे अपना समझ। गुटबाज़ी मत कर। कटु व्यवहार मत कर। मिठलबरा मत बन। तू अकसर ही सब से बेमतलब में पंगे लेता रहता है। ये धंधे छोड़ दे। देख, तुझे जीवन का परम आनंद मिलेगा।"

मित्र बोला, "मुझे अनावशयक उपदेश मत दो। परमानंद तो मुझे जिस काम में मिलता है, वह जारी रहेगा। का कल्लोगे? हम जो कर रहे है। इससे बढ़कर परमानंद और क्या हो सकता है?"

मैंने हाथ जोड़ते हुए कहा, "तो तुम लगे रहो इसी काम में मुन्ना भाई। तुम्हारे पास मौत भी नहीं फटकेगी।"

मेरी बात सुनकर मित्र प्रसन्न हो गया और नाचने लगा। नाचते-नाचते उसकी सांस फूल गई, तो वह बैठ गया। बुरी तरह से हाँफ रहा था।

कुछ देर सुस्ताने के बाद बोला, "यार, मैं खुराफाती जीव हूँ। ऐसे अनेक लोग पद्मश्री पा गए। और हर बार किसी अन्य का हक झटकने में लगे रहते हैं। मैं भी उसी लेबल का कलाकार हूँ। क्या मुझे एक दिन पद्मश्री मिलेगी? बहुतों को मिल चुकी है। मैं भी अपने किस्म का बड़ा कलाकार हूँ।"

मैंने कहा, "अगर इस दुनिया में किसी को पद्मश्री मिल सकती है, तो मृत्यु को मिल सकती है। यह सबसे बड़ी कलाकार है। इसे ही पद्मश्री दे देनी चाहिए। वह पता ही नहीं चलने देती, और आत्मा को परमात्मा तक पहुँचा देती है।"

मित्र ने हाथ जोड़ कर कहा, "भगवान से लिए मौत की बात मत किया करो

भाई। अभी हम सौ साल तक जीएँगे।"

मैंने कहा, "तुम्हारा कॉन्फिडेंस गजब का है पार्टनर।"

दूसरे दिन क्या हुआ, मैं नहीं लिखना चाहता।

एक अपूरणीय क्षति

छदामीराम जब तक ज़िंदा थे, समाज के लिए सिरदर्द बन हुए थे।

अपनी हरकतों से न जाने कितने लोगों को क्षति पहुँचाते रहे। शारीरिक क्षति तो नहीं पहुँचाई लेकिन मानसिक क्षति अकसर पहुँचाते थे। गुटबाजी की कला में भी पारंगत थे। झूठ बोलने में माहिर थे। जोड़-तोड़ और मैं-मैं की कला के प्रणेता के रूप में भी लोग उन्हें देखते थे। बहुत से लोग उन से त्रस्त रहा करते थे। अपना खेल छोड़ कर एक दिन वह इस असार-संसार से विदा हो गए। लेकिन अपने यहाँ अच्छी परंपरा है कि मरने वाला आदमी फौरन महत्वपूर्ण हो जाता है। रावण से लेकर गोडसे तक के चाहने वाले कम नहीं हैं। आजकल तो माँ दुर्गा के खिलाफ भी लोग खड़े हो जाते हैं और महिसासुर वध पर आँसू बहाते हैं। यह मज़ेदार लोकतंत्र है भाई। सबको सोचने और कुछ भी बोलने का फुल अधिकार मिला हुआ है।

कई बार ऐसे होता है कि किसी गलतकिस्म के आदमी की मौत की ख़बर सुनकर अचानक कुछ लोग बेचैन हो जाते हैं। दरअसल बेचैनी का असली कारण यह भी होता है कि हाय-हाय, वह चला गया, अब लगता है, हम भी चले जाएँगे। मनुष्य घबराने लगता है। अपनी घबराहट को वह सार्वजनिक नहीं करता। लेकिन भीतर-ही-भीतर भयंकर रूप से घबराता रहता है। जो व्यक्ति चला जाता है, उसके बारे में शोक-सभा में एक जुमला लगभग सभी दोहराते हैं कि "फलाने जी के जाने से एक अपूरणीय क्षति हुई है, जिसकी भरपाई मुश्किल है।"

उस दिन एक शोक-सभा में मैं भी शामिल हुआ।

जो छदामीराम मनुष्य-योनि से मुक्त हुआ था, उसके बारे में सभी जानते थे कि आदमी खतरनाक है और उठापटक का खेल करता रहता है। लेकिन चमत्कार हो गया। उसकी शोक-सभा में हर व्यक्ति उसकी तारीफ कर रहा था। यह देख कर मुझे अच्छा लगा कि मरने वाले के प्रति कहीं कोई राग-द्वेष नहीं दिखाई दे रहा था, वरना कुछ निर्मम किस्म के यथार्थवादी निंदा भी करने लगते है। मैं घबरा रहा था

कि यहाँ भी कोई ऐसा-वैसा कोई सीन न क्रिएट हो जाए। जब कोई रहा ही नहीं, तो काहे का शिकवा-गिला? रहता तो उसको सब गरियाते ही रहते। गरियाते भी थे कि "वह ऐसा है... वैसा है।...ऐसा करता है...वैसा नहीं करता", आदि-आदि। लेकिन अब चला गया, तो चला गया। अब किसी का क्या कर लेगा।

एक शोक सभा में ऐसा ही हुआ था। एक वक्ता मृतक का मित्र था। उस के बारे में बोल रहा था, "बड़ा अच्छा था बेचारा। जब भी दारू पीता था, तो अपने मित्रों को भी साथ में ले लिया करता था। अगर वह गाली देता था तो फिर देता था। कोई लिहाज नहीं। कोई आडम्बर नहीं। उसका जीवन खुली किताब की तरह था। किसी लड़की के साथ भी अगर वह घूमता था, तो संकोच नहीं करता था। उसने अपने सामने किसी को कुछ नहीं समझा और इसमें कोई बुराई नहीं। सबको अधिकार है। तो फलाने जी ने भी यही किया। वे आगे बढ़ते रहे। भले ही दूसरों को धकियाते रहे। यह तो अपनी-अपनी प्रतिभा है। आप किसी को धक्का दे सकते हैं, तो दें। किसने रोका है?"

गनीमत है छदामीराम की शोकसभा में ऐसा कुछ नहीं हुआ।

सभी ने अच्छा-अच्छा ही बोला। सभी जन गंभीर मुख-मंडल बना कर बैठे थे और अपने-अपने भाषण में सब एक वाक्य जरूर दोहराते रहे थे कि "छदामीराम के जाने से बड़ी ही अपूरणीय क्षति हुई है।" जबकि अनेक लोग इस बात को अच्छे-से समझते हैं कि कोई क्षति-वती नहीं हुई, वरन् रास्ते का एक काँटा साफ हो गया है। लेकिन ऐसा बोलना खतरे से खाली नहीं था, क्योंकि सभी उस पर चढ़ बैठते कि "कितना बद्तमीज है, मूर्ख है। शोकसभा का शिष्टाचार भी इसे पता नहीं। अरे, कब कहाँ, क्या और कितना बोलना चाहिए, यह तो समझना चाहिए। ऐसा कोई बोलता है भला? ऐसी विपरीत बातें तो कोंटे में या अकेले में बोलने की परम्परा रही है।" इसलिए शोकसभा में हर समझदार व्यक्ति मन की बात मन में ही रखता है और मृतक के बारे में कुछ ज्यादा ही बढ़ा-चढ़ाकर भावनाएँ व्यक्त करता है।

शोकसभा में बोलते हुए श्यामलाल को वह दिन याद आया कि कैसे एक बार छदामीराम के साथ मारपीट की नौबत आ गई थी। दोनों ने एक-दूसरे की कॉलर भी पकड़ ली थी। गंदी-गंदी गालियों के साथ एक-दूसरे को संबोधित भी किया था।

लेकिन छदामीराम के बारे में बोलते हुए श्यामलाल ने शिष्टाचार का ध्यान रखा और कहा, "दोस्तो, छदामीराम मेरे परम मित्र थे। आप सबको पता ही है। वह जब भी मिलते थे, बड़े प्यार से मिलते थे। बड़े ही मृदुभाषी थे। मुझे देख कर मुस्कुराते थे और लपक कर सीधे गले लगा लिया करते थे। बड़े ही प्रेम से मेरी कॉलर खींच कर हालचाल पूछते थे और कहते थे, मेरे लायक कोई काम हो, तो

जरूर बताएँ। मैंने उन्हें कोई काम नहीं बताया। बता देता, तो मेरा काम करवा देते। ऐसे महान् आत्मा थे छदामीरामजी।"

इतना बोल कर के जब वह बैठ गए, तो उनकी आत्मा बहुत हँसी और धीरे से चिकोटी काट कर बोली, "तुम भी कम कलाकार नहीं हो। बातें बनाना तो कोई तुमसे सीखे। तुम्हारे काम में छदामीराम अकसर अड़ंगा लगाता था, लेकिन तुम उस सत्य को पचा गए। तुम धन्य हो। जब कभी तुम इस संसार से विदा होगे, तो तुम्हारे बारे में भी लोग कहेंगे कि उनके जाने से बड़ी अपूरणीय क्षति हुई है।"

श्यामलाल मन-ही-मन हँस पड़ा और फुसफुसाया, "चुप कर री आत्मा, तू भी न बस छेड़ती रहती है।"

शोकसभा का केंद्रीय जुमला यही था, "अपूरणीय क्षति।"

दूसरे दिन अखबारों में भी शीर्षक था, "छदामीराम के निधन से समाज की जो अपूरणीय क्षति हुई है, उसकी भरपाई संभव नहीं।"

साँपों की उदारता

बहुत पहले की बात है। पाषाण काल की। जब साँपों में जहर की मात्रा बहुत अधिक हुआ करती थी। मनुष्य नंग-धड़ंग रहते हुए अपनी बिरादरी के साथ जंगल में शिकार की तलाश में इधर-उधर घूमा करता था। जहरीले साँपों को देखकर दूसरे लोग उनसे दूर भागते थे। फिर बाद में साँपों की पूजा करने लगे।

अपने को पूजनीय होते देख साँपों के नेता सर्प शिरोमणि ने एक दिन बैठक बुलाई और कहा, "हमारे भीतर जहर का भंडार भरा हुआ है। हमें अपनी इस पूँजीवादी (शब्द बिल्कुल यही नहीं रहे होंगे, भाव यही था) और अति संचय की मानसिकता से बाहर निकलना चाहिए। अपना ज़हर दूसरे लोगों में बाँट कर भी उपकार करना चाहिए।"

सभी साँपों को सर्प शिरोमणि का आइडिया बहुत पसंद आया।

एक सपोले ने कहा, "बेचारा बिच्छू इधर-उधर भटकता रहता है। थोड़ा-बहुत जहर हम उसे भी दे सकते हैं।"

सर्प शिरोमणि ने कहा, "बिल्कुल सही है। उसको भी दे दिया जाए।"

एक -एक करके अनेक जानवरों के नाम सामने आते रहे और साँपों ने उदार होकर अपने शरीर के जहर को बाँटना शुरू किया।

जब साँपों के जहर का स्टॉक खत्म होने लगा, तो सर्प शिरोमणि ने कहा, "हम लोगों ने आज बहुत बड़ा काम कर दिया। अपने भीतर के जहर को हमने उदार होकर अनेक जीवों तक पहुँचा दिया। अब क्या किया जाए।"

तभी एक समझदार सँपोले ने कहा, "आदरणीय, वह जो दूर खड़ा एक मनुष्य जाति का एक जीव दिखाई दे रहा है। क्या उसे भी हम अपना ज़हर का दान सकते हैं?"

सर्प शिरोमणि ने कहा, "जरूर दे सकते हैं। चलो, हम उसके पास चलते हैं और पहले उससे पूछते हैं कि वह हमारे ज़हर को ग्रहण करना पसंद करेगा या नहीं।"

सारे सर्प उस मनुष्य के पास पहुँच गए। मनुष्य के हाथ में डंडा था इसलिए साँपों के आने पर भी घबराया नहीं। उसे यह तो पता था कि साँपों के अंदर जहर होता है और ये जिसे भी डसते हैं वो आदमी मर जाता है। मनुष्य के मन में यह भाव रह-रहकर आता था कि काश, उसे भी जहर का वरदान मिल जाता। तब किसी भी आदमी को डंडा-हथौड़ा, पत्थर आदि से मारने की बजाय थोड़ा-सा काट देते, तो उसका काम तमाम हो जाता। लेकिन क्या किया जा सकता था। ज़हर के अभाव में मनुष्य हीनभावना का शिकार होकर जंगल में दुखी होकर विचरण कर रहा था।

सर्प शिरोमणि ने कहा, "हे मनुष्य, हम तुम्हारे ऊँचे-पूरे व्यक्तित्व से बहुत प्रभावित हैं इसलिए हम चाहते हैं कि हमारे भीतर जो कीमती जहर है, उससे हम तुमको भी लाभान्वित करें। कहो, क्या तुम्हें हमारा प्रस्ताव मंजूर है?"

मनुष्य ने चहकते हुए कहा, "सर्पशिरोमणि जी, यह तो आप सब ने मेरे मन की बात कह दी। बहुत दिन से मेरे मन में चाहत थी कि मेरे अंदर भी कुछ ज़हर समा जाए लेकिन यह संभव नहीं हो रहा था। आज वह शुभ दिन आया है, जब आपने इतना सुंदर प्रस्ताव मेरे सामने रखा। मुझे आपके जहर की सख्त आवश्यकता है। मैं उसे सहर्ष ग्रहण करना चाहता हूँ।"

इतना बोल कर मनुष्य ने हाथ जोड़ लिया। सर्प शिरोमणि ने कहा, "हे मानव! तूने यह जो जहर प्राप्त करने क़ी सुंदर और महान इच्छा दर्शाई है, उसे सुनकर हम सब-के-सब प्रफुल्लित हो गए हैं। हम सब तुम्हारे भीतर जहर का संचार कर देंगे।"

इतना सुनना था कि मनुष्य ने कहा, "लेकिन यह तो बताइए, सर्पशिरोमणि जी, कहीं ऐसा तो नहीं होगा कि आपका ज़हर प्राप्त करते ही मेरे प्राण-पखेरु उड़ जाए।"

सर्प शिरोमणि ने मुस्कुराते हुए कहा, "नहीं, ऐसा नहीं होगा। हम में से कोई एक आपके दिमाग़ और हृदय को हल्का-सा डसेगा और थोड़ा-सा जहर अंदर प्रवेश कराएगा। उससे आप मरेंगे नहीं, वरन यह जहर जीवन भर आप के काम आता रहेगा। बोलोगे तो जहर...काटोगे तो जहर।"

सर्प शिरोमणि की बात सुनकर मनुष्य आश्वस्त हो गया और बोला, "तब ठीक है। आपके जहर का स्वागत है। अब मुझे क्या करना होगा।"

सर्प शिरोमणि ने कहा, "आप आँखें बंद कर लें और ध्यान मग्न हो जाएँ। हमारा सबसे खतरनाक साँप आपके दिमाग और दिल को हौले से डसेगा। उसके बाद आप हमारी तरह ही जहरीले हो जाएँगे।"

मनुष्य ने वैसा ही किया। वह कुछ-कुछ उदारवादी किस्म का था इसलिए अपने कुछ अन्य साथियों को भी उसने आवाज दी,

ओ ओ...ओ...ओ।

सब दौड़ कर पहँच गए। फिर सबने आँखें बंद कर ली। तभी करैत आदि जहरीले साँप आगे बढ़े और वहाँ उपस्थित सभी मानवों को बारी-बारी से डस लिया। कुछ देर बाद मानवों ने आँखें खोली और मुस्कुराते हुए इधर-उधर देखा। सब ने साँपों का आभार ज्ञापन किया। उनको प्रणाम किया। उसके बाद सभी साँप अपने-अपने रास्ते चले गए। उसके बाद मनुष्य समाज जहर युक्त हो कर मज़े से रहने लगा। धीरे-धीरे मनुष्य का कुनबा बढ़ता गया और जंगल से निकलकर नगरों तक फैल गया। आज भी आदिम मनुष्य की संतानें गर्व से उस दिन को याद करती हैं, जब सर्पों ने अपनी उदारता दिखाकर मनुष्य के पूर्वजों को जहर का दान किया था। जो आज भी खूब काम में आ रहा है।

लेकिन वक़्त-वक़्त की बात। साँपों के भीतर का जहर कम होता-होता एक दिन पूरी तरह से ख़त्म हो गया। वे बड़े चिंतित हुए तो बूढ़े हो चुके एक नये सर्पशिरोमणि ने सुझाव दिया कि क्यों न शहर जा कर किसी मनुष्य से जहर माँग लो। शायद वो दे दे।

सुझाव पसंद आ गया तो कुछ साँप शहर आ गए। रास्ते में एक आदमी दिखा तो साँप उनकी तरफ बढ़ा। यह देख कर आदमी एक डंडा ले कर उसकी तरफ दौड़ पड़ा।

साँप जान बचा कर भाग गया। लगभग सभी साँपों के साथ ऐसा हुआ।

एक साँप ने मानव-स्वर में कहा, "हमारे पूर्वजों से तुमको जो जहर मिला था, उसका एक अंश हमको भी दे दो न।"

आदमी ने सिर पर टोपी पहन रखी थी। उसे उतार कर वह बोला, "वाह बेटे, तुमको अपना जहर दे दें तो हम कर चुके राजनीति? जाओ भाई, जाओ। किसी और से याचना करो। हमें अकसर जहर की जरूरत पड़ती रहती है।"

साँप जहाँ भी जाते, निराशा हाथ लगती।

आखिर वे सब दुखी मन के साथ जहरविहीन हो कर जंगल की ओर लौट गए। यह और बात है कि कुछ साँप जो जहरीले मानवों के इर्द-गिर्द रहते थे, उनको कुछ-कुछ जहर-सुख मिलता रहा और वे सब शहर में ख़ुशी-ख़ुशी जीवन व्यतीत कर रहे थे।

तीन पुलिसिया दृश्य

जैसा कि पूरा देश जानता है। भुक्तभोगी जानता है। जिसने देखा, वो जानता है।

पुलिस-चरित्र को भला कौन नहीं जानता?

इस चरित्र की जितनी व्याख्या करो, कम है। न जाने कितनी पीड़ा-कथाएँ दर्ज हो जाती हैं। पुलिस डंडे से लेकर थाने के रजिस्टर तक। हे पाठक! समय-समय पर हमने आपको पुलिस के अत्याचारों से अवगत कराकर आपके ज्ञान में इजाफा किया है। आपको चर्चा के लिए अनेक बिंदु प्रदान किए हैं। दरअसल पुलिसिया अत्याचार उस दलदल की तरह है, जहाँ धँसने केबाद केवल बदबू और अंततः मौत के सिवा कोई रास्ता ही नहीं बचता। अत्याचार के खिलाफ यकायक कोई प्रतिरोध न भी कर पाए तो क्या, अगर उसके बारे में सुन-पढ़ भी लिया जाए तो छाती जुड़ा सी जाती है। वो क्या तो कहते हैं न कि रो लेने से गम हल्का हो जाता है। थोड़ा-थोड़ा रोना जरूर चाहिए। वैसे तो अब कदम-कदम पर रोना ही रोना है। हँसने की गुंजाइश ही नहीं रही। आइए, मैं भी कुछ दृश्य पेश करूँ, जहाँ पुलिसिया-चरित्र का कुछ खुलासा होगा। (पुलिसिया अत्याचार कहना ठीक नहीं।

दृश्य-एक

बस स्टैंड। आम आदमी की जेब पर डाका डालने के बाद सिपाही बड़बड़ाया, "कहाँ जा रहा है यह देश? साला सफर के लिए निकला है और हजार रुपये भी नहीं है इसके पास। (फिर कुकुराहट-स्वर में) "क्यों बे, कहाँ है और माल? जल्दी निकाल साले।"

"और कुछ नहीं है हुजूर। बस सौ रुपये किसी तरह जमाकर इलाहाबाद जा रहा हूँ। वहाँ पिताजी का श्राद्ध करना है। सारा पैसा तो तुमने लूट लिया। अब वहाँ

जा कर बिना पैसे मेरा काम कैसे होगा।"

वह आम आदमी था, जो अक्सर रोता पाया जाता है। आज भी रो-रोकर अपनी बात कह रहा था।

दूसरे सिपाही ने पहले लुटेरे सिपाही से कहा, "यार, सारा रुपया हमीं लूट लेंगे, तो इलाहाबाद के पंडे बेचारे क्या करेंगे? घास छीलेंगे? अपने देश वालों को भी तो जाने-खाने देना चाहिए। ऐसा करते हैं, पचास रुपये वापस कर देते हैं। बेचारे आम आदमी का झटका ठीक नहीं। इसे हलाल करने का अलग ही सुख है। हम लूटें, फिर पंडे लूटें। बाँट के खाओ इस दुनिया में।"

"ठीक कहते हो तुम। पचास रुपया वापस कर देता हूँ लेकिन वो अपनी विदेशी दारू का क्या होगा। बोतल तो सौ रुपये में आती है। वो देखो साल्ला, बुढ़वा चला आ रहा है गठरिया दबाए। जरूर होगा माल उसकी गठरिया में। अभी करता हूँ जुगाड़... अबे ओय बुढ़ऊ, रुक! का रखा है इस गठरी में? खोल तो जरा!"

"कु...कुछ नहीं साहेब। कपड़ा-लत्ता है, बस।"

"मैं कहता हूँ खोल, वरना जानत नाहीं का ई डंडा तुम्हारे... समझे कि नाहीं?"

आखिरकार गठरी खुल गई।

फटे-चिथड़े के बीच कुछ रुपये दिख गए तुड़े-मुड़े। तभी उस बूढ़े आदमी के ठीक पास सामने वाली होटल से किसी ने हड्डी का टुकड़ा फेंका तो एक कुत्ता तेजी से दौड़कर उसे अपने मुँह के हवाले करके चबाने लगा। सिपाही के काम में बाधा पहुँची।

उसने कुत्ते को एक लात मारी, "साले को अभीच्चै मरना था मेरे इलाके में?... हूँऽऽ तो बस इतने रुपये हैं? तुम सब भुक्खड़ हो गए हो का बे? ठीक है, चलेगा। अच्छा अब अपना रास्ता नाप।"

"ऐसा जुल्म न करो साहेब! बच्ची बीमार है। सरकारी अस्पताल में भर्ती है। आप लूट लोगे तो दवाई के पैसे कहाँ से लाऊँगा!" आम आदमी ने गिड़गिड़ाते हुए कहा।

सिपाही गुर्राया, "हमने सबका ठेका नहीं लिया है। जाओ, अपना रास्ता नापो, वरना एक सौ इंक्यावन में अंदर कर दूँगा। समझा न?"

वह बूढ़ा आदमी रोते हुए आगे बढ़ गया।

इसके बाद के दृश्य की कल्पना करें भी तो कई मार्मिक दृश्य आँखों के सामने तैर जाते हैं। आप जो कल्पना करना चाहें, कर सकते हैं। मैं तो बस, यही कल्पना करता हूँ कि वह बूढ़ा आदमी थोड़ी देर बाद लौटता है और काँपते हाथों से एक पत्थर उठाकर उस सिपाही के सिर पर दे मारता है। हालांकि ऐसा हुआ नहीं,

लेकिन संभावना से कैसे इंकार किया जा सकता है। जैसे उन दो सिपाहियों क पूरी संभावना लग रही थी कि कोई न कोई मुर्गा फँसेगा और फँसा भी।

"हूँ... तो हो गए न पूरे सौ।" हँसी की उल्टी।

"और क्या! देशभक्ति जन सेवा का कुछ न कुछ तो फायदा मिलता ही है।" दूसरे ने हँसी थूकी।

फिर वे दोनों वर्दी पहने हुए डंडा लबराते हुए, उस होटल में जाकर बैठ गए। जहाँ से किसी ग्राहक ने हड्डी का टुकड़ा बाहर फेंका था। वे दोनों सिपाही दारू पी रहे थे। देश की मर चुकी पुलिस व्यवस्था के प्रतीक थे, हालांकि कहने को जी रहे थे।

दृश्य दो

रूपवतिन बाई। गाँव जाने के लिए निकली लेकिन बस छूट गई।

रात की आखिरी बस थी। औरत जात। वापस कहाँ जाएगी। बस स्टैंड में ही क्यों न रुक जाए। दारू पीते हुए सिपाहियों की दृष्टि ने रूपवतिन बाई को शिकार के लिए सर्वथा योग्य पाया। सिपाहियों की भेडिय़ा-दृष्टि उस महिला-हिरन को घूर रही थी। आखिरकार वह शिकार करने में कामयाब हो ही गए। वही धौंस, अंदर कर देने वाली। चोरी का माल ले जा रही थी, जैसा आरोप।

अस्मत के रक्षक ही
भक्षक थे।
सिपाही के वेश में
आदमी तो थे नहीं,
तक्षक थे।

दृश्य तीन

"क्यों बे, कल्लू! हफ्ता देना बंद क्यों कर दिया?"

"क्योंकि मैंने दारू बेचना बंद कर दिया।"

"तो शुरू कर न, कौन रोकता है तुझे।" (साथ में माँ की गाली भी ध्वनित हुई)"

"देखो, जुबान को लगाम दो।"

"अच्छा! नहीं तो क्या कर लेगा?"

"जो मन में आएगा। अच्छा अभी तो जाओ यहाँ से। धंधा खराब मत करो।"

सिपाही लौट गया। जैसे कोई तंदरुस्त भिखारी भगा दिया जाता है दरवाजे से। लेकिन सिपाही है सो बदला तो लेगा ही न। तो क्या करे? योजना तैयार। सिखा पढ़ा कर दो शातिर बदमाश होटल में भेज दिया। दारू पीने लगे। तभी पहुँचा सिपाही इंस्पेक्टर के साथ।

"देखिए साब, मैं कहता था न ये साला दारू पिलाता है होटल में।"

कल्लू दंग रह गया। समझ गया अब। थाने गया। इंस्पेक्टर को दो सौ रुपये देकर वापस लौट आया।

इंस्पेक्टर ने कहा, "जब तक मैं हूँ, चिंता मत करो। सब कुछ चलने दो। क्या सोच रहे हो? दारू पिलाना फिर शुरू कर दो। अपने को भी सहूलियत हो जाएगी न।"

कल्लू सोचने लगा, "हाँ, ठीक तो है। फिर से शुरू कर देता हूँ शराब पिलाना। सुख से रहूँगा।"

और वह सचमुच सुख से रहने भी लगा। पुलिस वाले भी उसके दोस्त बन गए।

गलत कामों को संरक्षण जारी है।

अपने सिस्टम की बलिहारी है।

जन्म से पहले ही शपथ-ग्रहण

अब तो लगता है कि बच्चे के जन्म से पहले ही उसके शपथ-ग्रहण का नया ट्रेंड चलाना पड़ेगा।

शपथ-ग्रहण की बात करते ही हमारे कुछ मित्रों के कान खड़े हो जाते हैं। राजनीति के जो भूतपूर्व हैं, वे अपने घपलेवाले सुनहरे दिनों की याद में खो जाते हैं। अहा, वे भी क्या दिन थे जब सुबह घोटाले, शाम घोटाले किया करते थे। अब तो बस यादें ही शेष हैं। जन्म से पहले ही शपथग्रहण के बारे में जब चर्चा करने लगा तो एक सज्जन को लगा हम किसी खास राजनीतिक परिवार के अजन्मे शिशु की ओर इशारा कर रहे हैं। वैसे कुछ कहा नहीं जा सकता। आजकल जिस स्तर पर चमचागीरी हो रही है, उसे देखते हुए कुछ भी असंभव नहीं। वैसे ऐसा कुछ नहीं है। हम राजनीति नहीं, इस बलात्कारी दुनिया से त्रस्त हो कर उपजे एक नये फंडे की बात कर रहे हैं।

हुआ यूँ कि पिछले दिनों एक घर में जब शिशु का जन्म होने लगा तो पंडित ने अचानक आवाज लगाई, "ठहरो, अभी नहीं।"

लोग चौंक पड़े, "अभी नहीं, तो फिर कब? सारी तैयारी हो चुकी है। शिशु दुनिया में आने की जिद कर रहा है। तेजी के साथ हाथ-पैर मार रहा है और आप कह रहे हैं कि अभी नहीं?"

पंडिज्जी बोले, "पहले इसे एक शपथ दिला दी जाए।"

लोग हँस पड़े, "अरे पंडिज्जी, बच्चे को अभी धरती पर तो अवतरित होने दीजिए। पहले आएगा, फिर बड़ा होगा। उसके बाद देखेंगे कि ये किस दल में जाता है। फिर वो चुनाव लड़ेगा। चुनाव जीतेगा, तब तो शपथ ग्रहण समारोह होगा। पंडिज्जी, आप भी पुलिसवालों की तरह एकदम जल्दी-जल्दी लाठी घुमाने लगते हैं।"

पंडिज्जी हँसे और बोले, "मैं जो कह रहा हूँ, उसे समझिए, फिर बात कीजिएगा।"

पंडिज्जी पारिवारिक सलाहकार थे इसलिए सब चुप हो गए। जैसे हाईकमान के सामने बड़े-बड़े सिंह भी मौनी बाबा बन जाते हैं। पंडिज्जी गर्भस्थ शिशु के पास पहुँच कर गंभीर-स्वर में काव्यात्मक-शैली में बोलने लगे,

"ओ आनेवाले शिशु,
पहले तू शपथ ले और मेरे साथ दुहरा कि
मैं धरती पर आने के बाद
हर लड़की को अपनी बहन समझूँगा...
और हर औरत को
अपनी माँ की तरह पूजूँगा।"

भावी शिशु का पिता हँस पड़ा, "पंडिज्जी, बच्चे को आप की यह नई और अनोखी शपथ याद कैसे रहेगी? हमें तो आज का पाठ कल याद नहीं रहता।"

पंडिज्जी बोले, "इस देश की बुरी हालत का एक कारण यह भी है कि हम सब अपने-अपने पाठ भूल चुके हैं। वे पाठ जो याद रह जाते तो देश कहाँ-से-कहाँ पहुँच गया होता। पुलिस को पढ़ाया था, देश का रक्षक बनना, वो भक्षक बनने लगी। नेताओं से कहा था सेवा करना, ससुरे मेवा खाने लगे। अफसरों से कहा था, नौकर बन कर काम करना मगर वे मालिक बन कर छाती पर सवार हो गये। माँ से कहा था, बच्चे की सेवा करना मगर कुछ माताएँ बच्चे को आया के हवाले करके किटी पार्टी एँजाय करने चली गई। मतबल ये कि जिसका जो पाठ था, वो उसे भूल गया। लेकिन इस बच्चे को पाठ याद रहेगा, ऐसी उम्मीद है। जैसे अभिमन्यु को पाठ याद हो गया था न, इसे भी याद रहेगा। लेकिन इसके लिए जरूरी है कि आप को भी यह शपथ याद रहे।"

भावी पिता ने पूछा, "तो क्या आप बच्चे की कुंडली नहीं बनाएँगे?"

"कुंडली भी बनाएँगे, लेकिन पहले मैं शपथ ग्रहण कराऊँगा, क्योंकि अपना हिंदुस्तान अब रेपिस्तान जैसा होता जा रहा है। यहाँ बलात्कारियों की संख्या तेजी से बढ़ रही है। इसे रोकने के लिए जरूरी हो गया है कि इस देश में जन्म लेनेवाले बच्चे को इसी तरह की शपथ दिलाई जाए।"

"लेकिन आप ऐसा गलत क्यों सोच रहे हैं कि मेरा बच्चा राजनीति में ही जाएगा? सुना है वहाँ जाने वाले अधिकतर लोग बलात्कारी किस्म के होते हैं। मेरा बच्चा उधर नहीं जाएगा, इसलिए इसके बलात्कारी होने का कोई खतरा नहीं है।"

भावी पिता ने आश्वस्त किया, तो पंडिज्जी मुस्करा कर बोले, "ऐसा है भोले, जानता हूँ कि यह राजनीति में नहीं जाएगा। लेकिन अब ऐसे कु-कर्म कुछ नेताओं के अलावा दूसरे लोग भी करने लगे हैं। बस या ट्रेन में चढ़ते ही कुछ आदमी अचानक

भेड़िये बन जाते हैं। लड़की देखी नहीं कि उनके भीतर का दानव आकार लेने लगता है। फिर इनके लिए क्या चार साल और क्या चालीस साल। ये लोग दिखते मनुष्य की तरह हैं मगर हरकतें शैतानों-सी करते हैं। मैं यहाँ फिर साफ कर दूँ कि जब शैतान कह रहा हूँ तो यह किसी नेता की तरफ इशारा नहीं है। आजकल यही सबसे बड़ा खतरा है कि अगर आपने भेड़िया अथवा शैतान कहा तो कुछ नेता या पुलिस वाले भी फौरन नाराज हो जाते हैं। दिल पर लेने लगते हैं। नेता दिल पर ले लेते हैं। मगर अपना दिल है कि मानता नहीं और शैतान को याद करता ही करता है। आज़ादी के बाद जैसे-जैसे राजनीति में घोटालेबाज बढ़ते गए। नेताओं में यह समझ-दोष भी भयंकर रूप लेने लगा कि कवि-लेखक नेता-अफसर अथवा पुलिस को ही निशाना बनाते हैं। तभी तो दुष्यत को कहना पड़ा था,

मत कहो आकाश में कुहरा घना है
यह किसी की व्यक्तिगत आलोचना है

..लेकिन इधर का अनुभव यह बताता है कि कुछ नेता ऐसे भी पाए जाते हैं जिनकी तुलना शैतान से भी नहीं की जा सकती। अनेक तरह के शैतानों का घोल मिला कर जो प्रजाति बनती है, उसे अब नेता कहने लगे हैं। इसलिए मैं नेताओं की बात नहीं करता। मैं तो आदमी को इंसान बनाने के लिए शपथ दिलाता रहता हूँ।"

"लेकिन हर कोई बलात्कारी नहीं होता।"

एक सज्जन ने असहमति जताई, तो पंडिज्जी बोले, "जानता हूँ कि हर कोई बलात्कारी नहीं होता लेकिन क्या करोगे, जमाना खराब है। यह भयंकर बलात्कारी-समय है। साहित्य से ले कर सिनेमा तक में माँ-बहिन की जो गत हो रही है, वो किसी से छिपी नहीं है। नंगई को आधुनिकता बता कर परोसा जा रहा है। कुछ लोग तो गालियाँ इस तरह बकते हैं, जैसे राम-नाम का जाप कर रहे हों। नंगई भोजन की तरह जरूरी हो गई है। लड़के तो लड़के, अब कुछ लड़कियाँ भी कम नहीं हैं। इसलिए इस कपड़ा खोलू समय से जूझने के लिए जरूरी है कि जो शिशु दुनिया में आनेवाला है, उसे सदाचारण का पाठ पहले से ही पढ़ा दो। लड़का-लड़की दोनों को पाठ पढ़ाना है, मगर लड़कों को ज्यादा जरूरी है क्योंकि लड़कियाँ ज्यादा समझदार होती हैं।"

पंडिज्जी की बात सुन कर सब लोग गद्गद हो गए।

वहाँ खड़े कुछ और लोगों ने कहा, "पंडिज्जी, हमारे घर भी पधारिये और एक बार हमारे यहाँ के गर्भस्थ शिशु को भी शपथ दिला दीजिए। इस देश को बचाने के लिए जितनी कोशिश हो, करनी चाहिए। वरना ये हिंदुस्तान हिंदुस्तान नहीं, अजीबिस्तान बन जाएगा।"

पंडिज्जी बोले, "आप की बात सुन कर एक और आइडिया आया है दिमाग में। भावी शिशु के शपथ के लिए कुछ और बातें जोड़ देना चाहता हूँ।"

हर कोई पंडिज्जी की ओर निहारने लगा।

पंडिज्जी ने कुछ लिखा और बोले, "अब शपथ में कुछ परिवर्तन करके एक बार फिर दुहरा देता हूँ कि 'मैं भावी शिशु, यह शपथ लेता हूँ कि धरती पर आने के बाद हर नारी को अपनी माँ-बहन समझूँगा।... अपना हर भला काम पूरी ईमानदारी से करूँगा।...कभी कोई घोटाला भी करूँगा... और इस देश को ऐसा स्वर्ग बनाऊँगा कि लोग स्वर्ग में तो रहें मगर खुद को स्वर्गवासी न समझें। संविधान में संशोधन करके अब यह शपथ अनिवार्य कर दी जाए। तभी बलात्कार और घोटालाविहीन भारत की नींव पड़ सकेगी।"

पंडिज्जी के शपथ ग्रहण प्रस्ताव पर सब प्रसन्न हो गए लेकिन पास ही खड़े एक कुँवारे ने पूछा, "पंडिज्जी, आपके कहने पर अगर सबको बहन समझूँगा तो मैं जीवन भर किस्मत का मारा यानी कुँवारा का कुँवारा रह जाऊँगा।"

पंडिज्जी हँसते हुए बोले, "चलो, तुम्हारे लिए शपथ ग्रहण में एक ऑप्शन डाल देते हैं। तुम कहो कि जिस लड़की से मेरी शादी होगी, उसे छोड़ कर बाकी को बहन समझूँगा। ये ठीक रहेगा?"

लड़के ने शरमाते हुए कहा, "जी हाँ, ये ठीक रहेगा।"

बातचीत चल ही रही थी कि टीवी पर ब्रेकिंग न्यूज नजर आने लगी,

'फिर हुई एक युवती शर्मशार..
भेड़ियों ने किया सामूहिक बलात्कार...
राजधानी में हाहाकार..
कहाँ है सरकार?'

वहाँ खड़े सारे लोग विचलित हो गए और पंडिज्जी से बोले, "आपकी यह शपथ बहुत जरूरी हो गई है।"

हिंदी इज अवर मदर टंग

"फ्रेंड्स, आज हिंदी डे है। हम सब लोग इसे सेलिब्रेट करने यहाँ जमा हुए हैं। हिंदी हमारी नेशनल लेंगुएज है। इसका फ्यूचर तभी ब्राइट होगा, जब हम सब लोग इसके लिए फाइट करेंगे। हिंदी के डेवलपमेंट के लिए टाइम-टू-टाइम काम्पीटीशन वगैरह भी होते रहने चाहिए ताकि ज्यादा-से-ज्यादा स्टूडेंट्स इन्वाल्व हों और हिंदी से अटैच हो सकें। आज के इस ओकेज़न पर मैं तो बस इतना ही कहना चाहूँगा कि बिना डिवोशन के हम लोग अपने ऐम तक नहीं पहुँच सकते। नेवर..।"

तालियाँ... तालियाँ... तालियाँ...।

छदामीराम का लेक्चर खत्म और तालियाँ शुरू। उनके लेक्चर से तो मैं भी काफी इम्प्रेस हुआ।

मैंने छदामीराम को बधाई दी और बातचीत का सिलसिला शुरू हो गया।

"आपने बहुत अच्छा लेक्चर दिया। आप जैसे दो-चार महानुभाव और जन्म ले लें न इस धरा पर, तो हिंदी भाषा का कल्याण ही हो जाएगा।"

मैंने उन पर मखमली प्रहार किया। लेकिन वे अभी-अभी तालियों का कर्ण-सेवन कर के ही उबरे थे इसलिए असर ही नहीं हुआ। इसके गूढ़ार्थ को वह समझ नहीं पाए और बोले, "आप करेक्ट फरमाते हैं। हिंदी हमारी मदर टंग है। एंड यू नो, बेचारी आज कितनी बैकवर्ड हो कर रह गई है। इंग्लिश के सामने हिंदी को आखिर पूछता ही कौन है। लेकिन हमारे जैसे सन ऑफ इंडिया के रहते हिंदी का कोई नुकसान नहीं हो सकता।"

"बहुत खूब।' मैंने कहा, "हिंदी के लिए आप क्या कर रहे हैं?"

"मैं? टाइम-टू-टाइम पर लेक्चर देते रहता हूँ। बस। इससे अधिक व्हाट कैन आई डू?"

"अपने बच्चों को हिंदी माध्यम से पढ़ाते होंगे?"

"बाई गॉड, मैं झूठ नहीं बोलूँगा।' वह बोले, "मैं अपने बच्चों को कॉन्वेंट

स्कूल में पढ़ाता हूँ क्योंकि अगर ऐसा न किया तो हमारे बच्चे बैकवर्ड ही रह जाएँगे। आजकल सारे इम्पार्टेंट इग्ज़ाम तो इंग्लिश में ही होते हैं या फिर इंग्लिश में बोलने या लिखने वालों को ही आजकल इम्पोर्टेंस मिलता है। यू नो। अगर बच्चों को हिंदी से पढ़ाया तो वे क्या बनेंगे? क्लर्क आर प्यून। इंग्लिश मीडियम से पढ़ेंगे तो अफसर बनेंगे, नंबर दो की कमाई करेंगे और ज़िंदगी भर ऐश करेंगे, ऐश।"

"इसका मतलब ये हुआ कि आप कथनी-करनी में अंतर रखने वाले हैं।" मैंने उन्हें हौले से घूरा। वह मुस्करा कर बोले—

"यहीच्च हो रहा है। आजकल डबल स्टैंडर्ड इज अवर नेशनल कैरेक्टर। दोहरा मापदंड तो हमारा राष्ट्रीय चरित्तर होते जा रहा है। कौन बच पाया है इससे। ऐं? कौन बच पाता है? फिर मैं क्यों अलग-थलग रहूँ? मैं अपने बच्चों को हिंदी स्कूल में भर्ती करके आखिर क्या पाऊँ गा? मैं अपने बेटों को बाबू नहीं बनाना चाहता हूँ।"

"साहेब बनने से क्या फायदा होगा?"

"प्रॉफिट-ही-प्रॉफिट है मैन!' छदामीराम बोले, "हमारे घर में सारी सुख-सुविधाएँ रहेंगी। फ्रिज, कलर टीवी, वॉशिंग मशीन, बेशकीमती कार। यू नो, इंग्लिश जानने वाले के लिए प्रोग्रेस के सारे रास्ते ओपेन रहते हैं। हिंदी वालों के सारे रास्ते क्लोज हो जाते हैं। इसलिए बंधु, मेरी मानो तो ढोंगी बन जाओ। बाहर हिंदी की बात करो और भीतर इंग्लिश का साथ करो। हिंदी को दासी बनाओ और इंग्लिश को घर की मालकिन। तभी तुम्हारा और तुम्हारी होल फैमिली का कल्याण होगा।"

"लेकिन ऐसा ढोंग तो मुझसे होने से रहा।" मैंने कहा

"तुम डरो मत मैन।' हिंदी प्रेमी बोले, 'शुरू-शुरू में ऐसा होता है। अंतरात्मा नामक चीज जो है न, वह तुम्हारे भीतर। वह बड़ी भयानक चीज़ है। वह कचोटती है, दुत्कारती है लेकिन धीरे-धीरे इसे कुचलो। तुम पाओगे कि वह मर रही है। एक दिन मर भी जाएगी। तब तुम्हें किसी बात की कोई तकलीफ नहीं होगी। एक दिन तुम खुद ब खुद नंबर एक के शातिर हो जाओगे। हिंदी का खाओगे और इंग्लिश के गुण गाओगे।"

"लेकिन ऐसा करना क्या ठीक होगा? हमारे वीर शहीदों ने क्या इसी दिन के लिए अपना बलिदान किया था कि एक दिन इस आज़ाद देश की अपनी भाषा तक नहीं बन पाएगी। जिस देश की अपनी भाषा न हो, उस देश के सम्पूर्ण विकास की बात आपको बेमानी नहीं लगती?"

छदामीराम हँसे, "तुम ज्यादा इमोशनल हो रहे हो। इसकी जरूरत नहीं है। भई, अँगरेज़ मर गए मगर उनकी औलादों को तो ज़िंदा रहना चाहिए न? लुक ऐट

मी। हमको देखो। हम चेहरे से काले नज़र आते हैं, तो क्या? हम जैसे हजारो लोगों में अँगरेज़ी की आत्मा उतर आई है। अँगरेज़ जैसा कल्चर जीते थे, ठीक वैसा ही कल्चर हम जी रहे हैं और सोच रहे हैं कि यही है राइट च्वाइस अहा। इंग्लिश बोलो, उसी कल्चर में रहो, तो अच्छा खासा इम्प्रेशन पड़ता है लोगों में। सब समझते हैं, सीधे इंगलैंड से चला आ रहा है। कुछ लोगों को अँगरेज़ों से आजादी मिली, हमारे जैसे लोगों को गुलामी की परसादी मिली। इस परसादी को जीवन भर चाटना है।"

हम दोनों की बातें मेरा मित्र गरीबदास सुन रहा था।

वह बोला, "क्या ऐसे छदामीरामों के रहते देश सचमुच आजाद हो पाया है? अपनी राष्ट्रभाषा या अपने ही देश की विभिन्न भाषाओं को प्रोत्साहित करने की बजाय विदेशी भाषा को ही अपने जीवन का हिस्सा बना लेने वाले ऐसे लोगों का क्या किया जाए?"

"बात ठीक है, लेकिन हम लोग कर ही क्या सकते हैं?" मैंने कहा।

"बहुत कुछ कर सकते हैं, लेकिन जिनमें दम होता, वही कुछ कर सकते हैं।' गरीबदास बोला, "ऐसे लोगों के खिलाफ़ अभी एक लड़ाई और बाकी है। अब नारा लगाया जाना चाहिए, काले अँगरेजो...भारत छोड़ो। भारतीय भाषाओं का हक मारने वाली मुई अँगरेज़ी... भारत छोडो़। कोई भी भाषा बुरी नहीं होती। बुरा होता है भाषा का गुलाम हो कर देश की आजादी पर प्रश्नचिन्ह लगा देना। छदामीराम के हिंदी वाले भाषण पर खूब तालियाँ पिटी थीं। छदामी कब पिटेंगे? ऐसे अनेक नकली लोग असली लोगों का हक मार रहे हैं। हिंदी की आड़ में अँगरेज़ी का जहरीला झाड़ बढ़ते-बढ़ते सत्तर साल का हो गया है। इस झाड़ की जगह हिंदी का बरगद लगाने के लिए, छदामीराम जैसे लोगों को पहचान कर ठीक करना जरूरी है। तभी भारत का, भारत की राष्ट्रभाषा का सच्चा कल्याण होगा।"

गरीबदास की बात में दम है। लेकिन सच कहें, तो अपने में दम नहीं।

सो हम हमेशा की तरह दाँत निपोरते हुए आगे बढ़ गए।

मै जूता हूँ

मै जूता हूँ। दुनिया भर में मेरी धूम है। टीवी चैनलों की तरह मेरी टी.आर.पी भी बढ़ती जा रही है। दिल्ली से ले कर लन्दन तक चलता हूँ। हर कहीं इस वक्त जूते का बूम है। धूम-ही-धूम है। जो नेता-अफसर या लोग अकड़ में रहते हैं, उन सब की अकड़ को ख़ाक में मिलाने वाला अहिंसक हथियार हूँ मैं। सड़क से ले कर संसद तक शान से चलता हूँ। चरणों में रहता हूँ मगर वक्त आने पर लोगों के सिरों की शान बन जाता हूँ। मैं जूता हूँ।

अरे नेताओ, मुझे पहचानो। वैसे तो मैं खामोश रहता हूँ, लेकिन जब किसी के काम आता हूँ तो उसका काम तमाम कर देता हूँ। नेता मुझसे डरते हैं। क्योंकि उनको लगता है, मै कभी भी, कहीं भी उनका सार्वजनिक रूप से अभिनन्दन कर सकता हूँ। मैं कल भी चलता रहा, आज भी चल रहा हूँ और भविष्य में भी चलता रहूँगा।

मैं जूता हूँ, शान से जीता हूँ।
कभी हारा नहीं, हर घड़ी जीता हूँ।
भले ही पैरों में जुता रहता हूँ।
लेकिन जब अपनी पर आता हूँ।
तो सीधे सिर पर वार करता हूँ
और सुखिरूयों में आ जाता हूँ।
जो चलता है, उसका नाम है जूता।

जो चलता है, उसका भी नाम होता है। और जिस पर चलाया जाता है, वह भी चर्चा में आ जाता है। यह और बात है कि बेचारा जीवन भर शरमाया-शरमाया-सा घूमता है। जूता प्राप्त व्यक्ति वह जहाँ कहीं भी जात है, लोगों के लिये तमाशा बन जाता है। लोग अपने बच्चों का मनोरंजन करने के लिये बताते हैं, "देखो बेटा, वो

आदमी जो वहाँ खड़ा है, उसके सिर पर पिछले दिनों एक जूता पड़ा है।"

जिज्ञासु बच्चा पूछता है, "उसे जूता क्यों पड़ा?" तो पिता बताता है, "जो जस करहि, सो तस फल चाखा।"

तो मैं जूता हूँ। मुझसे बच कर रहना रे बाबा, बचके रहना रे।

ऐसा कोई काम मत करना कि मुझे चलना पड़े। मैं सदियों से अपनी कला का प्रदर्शन करता रहा हूँ। मजनुओं के सिरों को मैं गंजा कर चुका हूँ। गुंडों की धुनाई कर चुका हूँ। आजकल नेताओं को चुन रहा हूँ, और उनके सिर धुन रहा हूँ।

अब आप कहेंगे कि हे श्रीमान् जूते, तुम इतने निर्मम क्यों हो गए हो? तो मैं पूरी विनम्रता के साथ कहना चाहता हूँ कि मैं केवल जूता नहीं हूँ, जनभावनाओं की चर्म-अभिव्यक्ति भी हूँ। चरम-अभिव्यक्ति भी हूँ। इसलिए सबको सावधान कर रहा हूँ कि कोई ऐसा काम मत करों कि मुझे पैरों से निकलकर सिर तक आना पड़े। मैं जब तक पैरों में हूँ, इज्ज़त बचाने के काम आता हूँ। और अगर किसी के सिर पर आ गया तो उसकी इज्ज़त का हरण कर लेता हूँ। हालाँकि कभी-कभी मैं किसी-किसी सनकी व्यक्ति के पागलपन का शिकार भी हो जाता हूँ, मगर ज़्यादातर मौकों पर मैं बिल्कुल सही चलाया जाता हूँ। देश की जनता भी स्वीकार करती है कि जिन-जिन लोगों का अभिनंदन किया, बिल्कुल ठीक किया है। मगर अपने दुरुपयोग पर बड़ा दु:ख होता है, आत्मग्लानि होती है कि लोग मेरा कैसा-कैसा इस्तेमाल करते हैं। मुझे पैरों का श्रृंगार बनाए रखें। किसी के सिर पर न सजाएँ। लेकिन किस-किस को समझाया जाए। लोग बड़ी हिंसा नहीं करना चाहते। बस, जूता चला कर संतुष्ट हो जाते है। मतलब यह कि जन-अभिव्यक्ति का एक माध्यम जूता भी बन गया है।

मैं अपने इस नये-पुरातन उपयोग पर दुखी तो रहता हूँ। मगर क्या करूँ। सस्ता, सुंदर और टिकाऊ प्रतिरोध यही है कि मुझे उछाल दिया जाए। मै अपने विविध-उपयोग पर खुश भी हूँ। सोचता हूँ कि लोगों के गुस्से की अभिव्यक्ति का कितना सस्ता साधन हूँ। नेता मुझसे साबधान रहे, गुंडे मुझसे बच कर चलें। मैं कभी भी, कहीं भी उनका अभिनंदन कर सकता हूँ। वे ऐसा कोई काम ही न करें कि मैं चरन से बाहर निकलकर सिर तक जा पहुँचूँ।

मैं जूता हूँ। मेरी सामाजिक हैसियत को पहचान लें
और सावधान रहें। इनसान रहें, बस इनसान रहें।

साहित्य में इन दिनों दलित-विमर्श और स्त्री-विमर्श में इक बूम-सा आया

हुआ है। जिधर देखो, यही दो विमर्श हो रहे हैं। इन सबके बीच अब एक तीसरा विमर्श भी सिर उठा रहा है। और वह है जूता-विमर्श। इन दिनों जूते भी चल रहे हैं और उन पर विमर्श भी हो रहा है। संसद से लेकर सड़क तक।

पहले जूते केवल पैरों के काम आते थे, अब लोग इन्हें हथियार की तरह भी इस्तेमाल करने लगे हैं। आवश्यकता अविष्कार की जननी होती है। जब सामने वाले किसी शातिर पर प्रहार करना हो और भयंकर हिंसा का सहारा न लेना हो तो जूता बड़ा ही सात्विक किस्म का हथियार कहा जा सकता है। जूते से खून भी नहीं निकलता मगर सामने वाले की इज्जत की वॉट तो लगा ही देता है। बशर्ते सामने वाले के पास इज्ज़ात या आत्म-सम्मान नामक दुर्लभ चीज मौजूद भी हो। जिनके पास ऐसी फालतू चीजें नहीं होती, वे मुसकरा कर कहते हैं, ये सब तो चलता रहता है भाई। ऐसा कौन है जो जूते नहीं खाता। समाज में तरह-तरह के लोग होते हैं। किसी ने जूते उछाल ही दिए तो उसने अपना ही नुकसान किया। उसे नया जूता खरीदना पड़ा। आर्थिक नुकसान हुआ कि नहीं? और रही बात किसी ने जूता घुमा ही दिया तो कोई बात नहीं। अमरीका के राष्ट्रपति तक खा चुके हैं, तो हम किस खेत की मूली हैं।

उस दिन दो क्षेत्रीय नेता जाम से जाम टकराते हुए आपस में बतिया रहे थे।

एक बोला, "पहले लोग जूते खाते थे, तब राजनीति में आते थे। अब राजनीति करते हैं और जूते खाते हैं। क्यों, तुझ पर किसी ने कभी जूते-चप्पल नहीं फेंके?"

दूसरे ने ठंडी साँसे भरते हुए कहा, "हमारी ऐसी किस्मत कहाँ है साहब। हम तो ठहरे क्षेत्रीय नेता। जिस दिन विश्व या राष्ट्रीय स्तर के हो जाएँगे, हमें भी जूते-चप्पल मिलने लगेंगे। अभी तो बहुत टाइम है।"

पहले नेता ने कहा, "वैसे, बहुत पहले एक बार मैं राष्ट्रीयस्तर का हो चुका हूँ।"

दूसरा, "क्या किसी सभा में आपने भी जूते-चप्पल खाने का सुख लूट चुके हैं?"

पहला, "नहीं-नहीं। मैं अपनी दिलरुबा दिल्लीवाली के साथ बंद कमरे में कुछ काम की बातें कर रहा था कि मुहल्ले वाले आ धमके। साले, बैकवर्ड लोग। बस, चलने लगे जूते-चपप्ल। गनीमत है कि इलेक्ट्रॉनिक मीडिया वाले नहीं पहुँचे थे वरना बैठे-ठाले प्रो. मटुकनाथ जैसा अंतरराष्ट्रीय हो जाता।"

दूसरा हँस पड़ा, "ऐसे जुतियाए जाने में मज़ा नहीं है। मज़ा तो तब है, जब कोई आमसभा हो रही हो और आप पर कोई जूते फेंक दे। फौरन ख़बर बनती है।"

पहले ने कहा, "एक काम हो सकता है। कल तुम कहीं, एक सभी आयोजित करो और भीड़ में अपना एक आदमी बैठा दो। मीडिया वालों को भी बुलवा कर रखो। जैसे ही तुम्हारा भाषण शुरू हो, थोड़ी देर बाद ही तुम्हारा आदमी तुम पर

जूते या चप्पल फेंक दे। बस, देखो, खबर बन जाएगी।"

दूसरे को सुझाव पसंद आया। उसने कहा, "ऐसा ही करूँगा। लेकिन मीडिया वाले छापें तब तो? ये लोग तो बड़े-बड़े लोगों से नीचे ही नहीं उतरते।"

पहला नेता समझदार किस्म का था। बोला, "यह सेटिंग का ज़माना है। हर चीज मैनेज करनी होती है। मीडिया को भी मैनेज करना पड़ेगा। ये काम मैं कर लूँगा। वैसे भी मेरा दलाली का धंधा है।"

दूसरे नेता ने पूछा, "तुम दलाली करते-करते नेतागीरी में आ गए या नेतागीरी करते-करते दलाली करने लगे?"

यह गूढ़ प्रश्न था। पहले नेता को कुछ याद ही नहीं आया। वह कहने लगा, "लगता है कि दलाली और नेतागीरी दोनों साथ-साथ चलते रहे हैं। खैर, ये तो कहो, मेरा काम हो जाएगा न?"

दूसरा बोला, "बिल्कुल, तुम्हारा काम तमाम हो जाएगा।

पहला, "व्हॉट डू यू मीन बाई मेरा काम तमाम हो जाएगा, क्या मतलब? मैं साला काम से गया?"

दूसरा, "अरे, तुम्हारा काम तमाम मतलब तुम्हारा तमाम काम हो जाएगा।"

पहला, "यार, लोगों को ये क्या होता जा रहा है। जिसे देखो, जूते-चप्पल फेंकने का काम करने लगा है।"

दूसरा हँसते हुए बोला, "यह नये किस्म की गाँधीगीरी है। हम लोग भी तो इसी लायक होते जा रहे हैं।"

पहला, "क्या मतलब?"

दूसरा, "मतलब साफ़ है। जनता के मन को समझो। और कुछ ऐसा करो कि जनता खुश रहे। महँगाई बढ़े और जूते न चलें? भ्रष्टाचार बढ़े और विरोध में कहीं चप्पल भी न चले? अब यह सब तो होने से रहा। अभी तो ये अँगड़ाई है। बाद में कठिन चढ़ाई है।"

पहला, "यार, तुम्हारी बातें सुन कर डर लगने लगा है। समझ में नहीं आ रहा कि राजनीति में रहें या दलाली के धंधे में ही लगे रहें।"

दूसरे ने बत्तीसी दिखाते हुए कहा, "नो रिस्क, नो गेन। समझे मैन?"

बात लाख टके की थी। पहले ने सिर हिला दिया।

सुनो, सुनो, मुनादी सुनो...

सुनो, सुनो सुनो! खल्क भोले-भालों का। हुक्म बदमाशों का।

सुनो, मुनादी सुन। कलाकारो, साहित्यकारो, पत्रकारो, नाटककारो यानी तमाम बेकारो। जो कहेगा सत्य, मारा जाएगा। जो दिखाएगा आईना, मारा जाएगा। फोड़ दिया जाएगा उसका आईना क्योंकि बहुत सारे शातिर लोग—

आईने से जब कभी टकराते हैं
अपनी सूरत देख के घबराते हैं।

तो बिगड़ी सूरत वालों का हुक्म है कि सुधर जाओ कला के ठेकेदारो, खुद्दारो, वरना मिट जाओगे। नाटककार सफदर हाशमी की तरह या फिर भोगते रहोगे यातना-शिविर खुद-ब-खुद और कर लोगे खुदकुशी कवि गोरख पांडेय की तरह। तो खुली है मुनादी मेहरबानों, कदरदानों, कटी जुबानो। बैठे रहो मौन, फिर तुम्हें छेड़ेगा कौन? 'न काहू से दोस्ती, न काहू से बैर' वाली लकीर पर चलो। जुबान लेकर भी गूंगे होने का भ्रम पालकर खुद को छलो। याद रखो, जब भी खोलोगे जुबान, करोगे प्रतिकार तो मार दिए जाओगे। इसलिए चुप रहो और ऐश करो। भोगो सत्ता का सुख। भूल जाओ देश और समजा का दुख। तमाम दुखदायी ईवषय के लिए मौजूद है कॉफी हाऊस या फिर सजा-सँवरा बैठक कक्ष।

मत निकलो बहर उठाकर
विरोध का झंडा।
जाने कब पड़ जाए तुम्हारे सिर पर
कोई शक्तिशाली डंडा।

बचो। गूँगेपन का इतिहास रचो। सीख लो सबक हत्याओं से। डरो जरा आत्महत्याओं से। जब भी 'हल्ला बोलो' की रट लगाओगे, बेमौत मारे जाओगे।

आखिर कब तक जागरण की मुहिम चलाओगे। एक दिन खुद हमेशा के लिए सुला दिए जाओगे। दूसरा विरोधी गर जन्मा भी तो कुछ नहीं बिगड़ेगा मुस्टंडों का। सिक्का तो चलता ही रहेगा, कुरसी-घाट के पंडों का। इसलिए कहना मानो हमारा, हम चाहते हैं 'भला' तुम्हारा।

कलाकारो, कलमकारो,सुनो,
बंद करो अपनी बौद्धिक लड़ाई।
मान लो डंडे की खुदाई।
पैसा और नाम दोनों ही पाओगे।
'कुछ साल के लिए अमर' हो जाओगे।
हुकम है कुर्सी का। बाँध लो गाय-गोरू की तरह
बुद्धिवादियों को अपने तबेले में।
सबको पटाओ एक-एक करके अकेले में।
रचो ऐसा, जो कुर्सी नहीं, हवा को करे नंगा।
भड़काए साम्प्रदायिक दंगा।

रचो ऐसा कि कविता बिम्ब के नये प्रतिमान गढ़े। रचो कहानी दुर्बोधता की परवान चढ़े। नाटक खेलो ऐसा कि जनता हँसे और हँसती रहे। महँगाई, भ्रष्टाचार, दुराचार, अनाचार, व्यभिचार, बलात्कार सबको भूलकर घर चली जाए। कुर्सी के साथ ही साथ कला के द्वारा भी वह छली जाए। ऐसा ही चाहते हैं हम। ऐसा ही चाहती है कुरसी। इसके खिलाफ जाने का मतलब जो जानते हैं, वो हमारा लोहा मानते हैं। जो नहीं मानते, हुक्म हमारा, उनका डूब जाता है चमकता सितारा। खाक में मिल जाते हैं सारे अरमान। सिसकता रहता है उनका खानदान।

इसलिए सुनो, मुनादी सुनो। देश भर के शेरों,
व्यवस्था की नंगई को मत उकेरो,
वरना सरेआम तुम पर ही हल्ला बोलेंगे।
बहती गंगा में गुंडे हाथ धो लेंगे।
अच्छा खासा दौर खत्म हो जाएगा।
तुम्हारे साथियों का हौसला भी सो जाएगा।
इसलिए विरोध बेमानी है, नादानी है।
अरे नादानो! कुर्सी का कहना मानो।

फिर सो जाओ न चैन की लंबी चादर तानो।

जैसा कि ज्यादातर लोग यही कर रहे हैं। बताओ भला, इनमें से कितने हैं, जो बेमौत मर रहे हैं? हाँ, कोई गुप्त रोग से मरे तो मर जाए, हम क्या कर सकते हैं? छोड़ो हाय-हाय, होने दो अन्याय। जले देश, जलने दो। लोग छलें तो छलने दो। पाप पले तो पलने दो। छाती पर मूँग दलें तो दलने दो। मत लो ठेका बदलाव का। रास्ता ढूँढ़ लो बचाव का। हो जाओ सरकारी। लिखो, बस राग-दरबारी। जहाँ डंडे का जोर हो। कदम-कदम पर चोर हो। ऐसे में तुम कहाँ तक लोगों को समझाओगे। जागृति का पाठ पढ़ाओगे। डरे-सहमे लोग घरों में घुस कर देखते हैं टीवी या वीडियो। बस, तुम भी इसी तरह जियो। तर जाओगे। वरना पछताओगे। इसलिए हम कर रहे हैं बार-बार मुनादी। हमने आपको पते की बात बता दी। अच्छा लगे तो सुधर जाओगे। वरना जां से ही जाओगे। बच भी सकते हो अगर सत्ता के गुण गाओगे। जैसा कि बहुत से कलमकार गा रहे हैं। साधक कलम को धंधा बना रहे हैं।

तुम भी इनकी जमात में आओ प्यारे,
अच्छे कलाकार के रूप में छा जाओ प्यारे।

सुनो, सुनो, सुनो। खल्क भोले-भालों का। न्याय के खुले-बंद तालों का। कुर्सी के कव्वालों का। खरीद-फरोख्त के दलालों का। हुक्म है पहलवानों का। अधिकार से बलवानों का। 'चली है रस्म यहाँ, कोई न सिर उठा के चले। तो जिसको प्यारे हैं अपने सिर, वो एक बार सोच लें फिर। विरोध करें या ज़िंदा रहें। मर जाएँ या खुद पे शर्मिन्दा रहें। अच्छा तो यही है कि समझौता कर लें। घर-बार सुविधाओं से भर लें। बस, मूकदर्शक बने रहो। व्यर्थ क्यों शब्दों के बम-वर्षक रहो। सुनो, कान खोलकर सुनो। मुनादी को सौ बार सुनो। फिर एक अच्छा (नपुंसक कहना ठीक न होगा), साफ-साफ रास्ता चुनो। जीने की सीखो कला। खामखा मोल क्यों लेते हो बला! आखिर कब कोई खरा सिक्का चला। है कि नहीं। मेहरबान, कदरदान, कटी जुबान। सोचो और नए दौर में शरीक हो जाओ। दूसरे के जो 'हश्र' उससे हमारी ताकत का अंदाजा लगाओ। क्यूँकि हमारे सामने तो,

फूँको, उड़ जाएगा, पत्ता है आदमी,
निचोड़ लो कपड़ा है, लत्ता है आदमी।
कुरसी का हाजमा है काबिले-तारीफ,
आराम से पेट में पचता है आदमी।

इसलिए कहे देते हैं आखिरी बार कि रूखी-सूखी खाओ तुम। सत्ता के गुण गाओ तुम। आँखें नहीं दिखाओ तुम। नारे नहीं लगाओ तुम। सबको यह समझाओ

तुम। जिसको 'मिटना' है, तो उससे कहो कि आगे आओ तुम। सुनो, सुनो, यह मुनादी सुनो,

> बच के रहो जुबान से,
> बोलो थोड़ा ध्यान से,
> लोग आज खुश रहते हैं,
> सुन लो झूठे गान से।

देवलोक में टेंशन

स्वर्गलोक में देवता परेशान थे। हैरान थे। हलाकान थे क्योंकि धरती पर कुछ बाबाओं, साधु-संतों की दुकानें जमती जा रही थीं।

चिंता यही थी कि अब लोग अपनी समस्या ले कर सीधे इन बाबाओं की शरण में जाने लगे हैं। क्या देवताओं से मोहभंग होता जा रहा है? कल तक अपनी छोटी-बड़ी समस्याओं को ले कर लोग देवताओं की शरण में जाते थे, तो देवताओं को भी अच्छा लगता था। वे मुस्कराते हुए देखते थे। देर-सबेर समस्याएँ दूर कर देते थे, मगर ये काम अब धरती के बाबा भी करने लगे हैं। इसी कारण देवलोक टेंशन से गुजर रहा था। एक दिन देवताओं की इमरजेंसी बैठक हुई।

एक देव गंभीर मुद्रा में बोले, "जब से टीवी के चैनलों में इन बाबाओं के प्रायोजित कार्यक्रम आने लगे हैं, इनकी दुकानें भयंकर रूप से जमती जा रही हैं।"

"हाँ। यह बात तो है।" दूसरे देवता ने कहा, "जैसे कंपनियाँ माल बेचने के लिए विज्ञापन का सहारा लेती हैं, उसी तरह ये बाबा-साधु चैनलों का सहारा ले कर हमें बचैन कर रहे हैं। उस दिन मैंने देखा, एक भक्त बाबा से कह रहा था, "बाबा, मैं उस दिन पिज्जा-बर्गर खाना चाहता था लेकिन घर वाले पैसे नहीं दे रहे थे, तभी मैंने आपका ध्यान किया, तो चमत्कार ही हो गया। मेरे डैडी ने फौरन सौ रुपये निकाल कर मेरे हाथ में रख दिया और मुझे पिज्जा-बर्गर खाने को मिल गया। आप धन्य हैं बाबा, धन्य हैं। आप अपने चरण यहाँ भेज दें, मैं उन्हें छूना चाहता हूँ।"

तीसरे देवता ने मुस्कराते हुए कहा, "एक से एक लोग हैं भाई। उस दिन एक औरत एक बाबा के सामने आँसू बहाते हुए कह रही थी कि बाबा हम अपना पाँचवाँ घर बनाना चाहते थे मगर बयाना देने के लिए पाँच लाख ही नहीं थे, लेकिन जैसे ही मैंने आपको याद किया, दूसरे ही दिन एक सेठ आया और पति को पाँच लाख की रिश्वत दे कर चला गया। बाबा, यह सब आपका ही चमत्कार है। और चमत्कार को नमस्कार है। आप धन्य हैं, धन्य हैं।

चौथे देवता बोले, एक महिला ने तो गजब कर दिया। वो कह रही थी, बाबा, तुसी ग्रेट हो। मैं बहुत दिनों से अपने हसबैंड से कहती रही मुझे हीरों का हार ला कर दो, मगर ये मेरी बात को हँस कर टाल देते थे। एक दिन मुझे आपके बारे में पता चला, तो मैंने आपका केवल नाम नाम लिया। बाबा, चमत्कार हो गया। शाम को मेरे पति हीरों का हार ले कर घर आए। आप बड़े चमत्कारी हो बाबा। आपकी जय हो। आप इसी तरह कृपा बनाए रखना।"

सारे देवता हँस रहे थे और अपने भक्तों के भोलेपन का आनंद ले रहे थे। पहले देवता ने कहा—"आजकल टीवी प्रचार का अच्छा माध्यम बन गया है। इसके कारण घटिया माल भी बिक जाता है, क्योंकि धरती का यही फंडा है कि जो दिखता है, वो बिकता है।" दूसरे देवता ने कहा, "आप कहें, तो सारे चैनलों को ही आज ही ठप कर दें? रिमोट कंट्रोल तो हमारे पास ही है? हाथ लहराएँगे और सब बंद..।

इस पर बाकी देवता राजी नहीं हुए।

एक ने गंभीर स्वर में कहा, "हम देवता हैं। कोई सरकार नहीं कि बदले की कार्रवाई करें। देखो, इस देश में सरकार के खिलाफ लड़ने वालों को कैसे परेशान किया जाता है। अरे, हम लोगों की अपनी कुछ गरिमा है। हम नेताओं जैसा काम नहीं कर सकते। माना कि हमारे भक्त भटक गए हैं, मार्केटिंग के कारण बाबाओं की खूँटियों से लटक गए हैं, मगर चिंता मत करो। एक-न-एक दिन इनका मोह-भंग होगा।"

"वो कैसे?" पहले देवता ने पूछा। इस पर दूसरे देवता ने जवाब दिया, "ये बाबा-साधु उर्फ स्वादु नैतिकता का भगवा पहन कर ढोंग करते रहते हैं, मगर ढोंग ज्यादा चलता नहीं। कल को इनकी पोल खुलेगी। देखा, एक भगवाधारी रँगे हाथों पकड़ा गया। कितने ही बाबा स्कैंडल में फँसते हैं, तब इन पर फूलों नहीं, सैंडलों की बारिश होती है। देखते तो जाओ। चिंता मत करो। ये सब निबटेंगे।"

सारे देव आश्वस्त हो गए और देखने लगे कि धरती के किन-किन पापियों का संहार करना है और किन-किन दीन-दुखी लोगों का उद्धार करना है। देवता दुखी थे कि कुछ दिन तक वे आराम करने क्या चले गए। धरती पर असमानता की खाई और बड़ी हो गई। शातिर मालामाल हो गए हैं, और सीधे-सादे लोग बदहाल हो गए। पैसों वालों ने जोरदार दिवाली मनाई, तो निर्धनों ने दिवाला से ही काम चलाया। बदहालों की संख्या करोड़ों तक पहुँच गई है, फिर भी इनका कुछ करना होगा।

एक देवता ने कहा, "सबसे पहले तो इस महँगाई डायन को मारना है।"

यह सुन कर देवता एक-दूसरे का मुँह देखने लगे।

एक ने कहा, "बाप रे, ये तो आइटम गर्ल बन कर सबको खल्लास करने

में लगी है। इसे तो भगवान् शंकर ही भस्म कर सकते हैं। या फिर कुछ समय और रुक जाओ। जनता ही शंकर बन कर उन लोगों को निपटाएगी, जिनके कारण महँगाई डायन सबको खाए जा रही है। आओ, फिलहाल धरती की सैर करके आ जाते हैं, फिर हाइकमान से मिलने चलेंगे।

जेलाश्रम में बाबाजी!

बहुत पहले की बात है। अँगरेजी में बोलें, तो वंस अपॉन टाइम।

कामगुरु की उपाधि प्राप्त कर चुके बलात्कारी बाबा नामक एक संत जेल में बंद थे। पहले लोग उनको संत समझते थे, लेकिन एक कन्या के साथ ऐसी हरकत की कि तब से वह बलात्कारी बाबा के रूप में मशहूर हो गए। और ऐसे अंदर हुए कि बाहर 'केम ही नॉट'। वैसे जेल में तकलीफ़ तो नहीं थी लेकिन जेल-तो-जेल होती है। मच्छर बहुत काटते थे। मच्छर भी समझ चुके थे कि इस बंदे में खून बहुत है। बहुतों का चूस-चूस कर जमा कर लिया था। मच्छरों के काटने से खून कुछ कम हुआ और संत जी का वजन भी घटा। शारीरिक वजन तो घटा ही, सामाजिक भी घट गया। मच्छरों को देख कर झाँसाराम यही समझते रहे कि ये सब जेल की ओर से नियुक्त कर्मचारी हैं। बाद में संत पर कृपा करके जेल ने कुछ सहयोग कर दिया इसलिए उनको मच्छर-मुक्ति के उपाय की छूट मिल गयी।

बाबाजी जेल के बाहर बड़े मशहूर थे, सो जब वे जेलस्थ हुए तो अन्य कैदियों ने उनको घेर लिया।

एक नये पूछा, "बाबा जीवन का सत्य क्या है?"

बाबा बोले, "जो जैसा करता है, वैसा भरता है बच्चा।"

कैदी बोला, "जैसे आप!"

बाबा जी ने मुसकराते हुए कहा, "सच कहते हो साईं।"

दूसरे कैदी ने पूछा, "जीवन में सफलता और सुख कैसे मिले?"

बाबा बोले, "बस एक ही तरीका है। सावधानी। सावधानी हटी, तो दुर्घटना घटी। जैसा कि मेरे साथ हुआ। जीवन भर ऐश करता रहा। बस, एक कन्या के साथ उसकी सहमति के बगैर कुछ-कुछ करने की कोशिश की तो देख लो क्या हुआ। अंदर हूँ। काले मुँह वाला बन्दर हूँ। जबकि जेल के बाहर समझता रहा कि बहुत बड़ा सिकंदर हूँ। इसलिए बच्चा, सावधानी जरूरी है। मुझसे एक सबक लो।

तुम भी अपने कर्म से सबक लो। तुमने क्या किया था?"

"बलात्कार!"

"ओह, और ये जो बाकी कैदी हैं, उन्होंने कैसे-कैसे सुकर्म किए थे?"

"बाबा, हम सब सामूहिक बलात्कार में अंदर हुए थे।"

"अच्छा-अच्छा। तुम लोग बड़े महान् टाइप के हो। सामूहिकता का पाठ पढ़ चुके हो। हम एकला चलो का पाठ पढ़ रहे थे। लेकिन यह जालिम दुनिया ने क्या किया, तुमको अंदर कर दिया। हमको भी। अफसोस। अब तो यही सबक लो कि बाहर निकल कर जो कुछ करोगे, सतर्क हो कर ही करोगे।"

"जी, बाबा जी।"

तभी बाबा जी की नजर दूर से आते एक और कैदी पर पड़ी। वह दबंग टाइप का नज़र आ रहा था। पूरा फिल्मी हीरो लग रहा था। बाबा उसे देख कर खुश हो कर नाचने लगे,

..."घर आया मेरा परदेसी, प्यास बुझी इन अँखियन की।"

..."आयो ले आयो ले, आयो आयो झूले ले।"

बाकी कैदी बाबा जी की नर्तन-कला देख कर चकरा गए।

बाबा अचानक किसे देख कर नाचने लगे। सब पलटे तो देखते क्या हैं कि एक फिल्मी हीरो चला आ रहा है। बेचारे ने काले हिरणों का शिकार किया था, जिसके कारण उसे जेल हुई। सबने सामूहिक रूप से सिस्टम पर थू किया।

एक ने कहा, "लोग रोज गौ हत्या करते हैं। बकरा काटते हैं, उन्हें कोई अंदर नहीं करता लेकिन बेचारे हीरो ने दो ठो हिरन मार दिए, तो इसे अंदर कर दिया। बड़ी बेइंसाफी है। इसके लिए तो शिकारी हीरो का अभिनंदन करना चाहिए था।"

दूसरे कैदी ने कहा, "यार, गाय और बकरियाँ अभी असंख्य हैं। काले हिरण खत्म हो रहे हैं। जो अधिक संख्या में है, उनको मारना उतना बड़ा पाप नहीं समझा जाता, पगले।"

"ओह, तो जे बात है।"

अब हीरो बिल्कुल पास आ गया था। बाबा ने आवाज दी,

"अरे शिकारी हीरो, तेरा ध्यान किधर है?
देख तेरा असली हीरो तो इधर है।
अब आएगा मज़ा, जब मिल बैठेंगे दीवाने दो।"

हीरो ने जैसे ही बलात्कारी बाबा को देखा, भागने लगा।

बाबा हँसे, "बच के कहाँ जाओगे? यह जेल है प्यारे। आ जाओ। शरमाओ मत। हम यौन-शोषक तो तुम मौन-शोषक यानी मूक पशुओं के हत्यारे। हम एक

ही नाँव के साथी हैं।"

हीरो कुछ बोल न सका, और बोला, "बाबा जी, मुझे बचा लो।"

बाबा हँस पड़े और बोले, "बच्चा, तुझे बचा सकता तो मै अंदर ही क्यों होता। करम गति टारै नहीं टरै। जो लिखा रहता है, वो भोगना ही पड़ता है। चिंता मर कर। यह समय भी कट जाएगा।"

"लेकिन आपका समय कब कटेगा। आप तो तीन साल से अंदर हैं?"

बाबा हँसे, "पगले। हम अंदर हैं, लेकिन यहाँ आनंद है। यहाँ भी हमारा आश्रम बन गया है। जेलाश्रम। नित नये भक्त मिल रहे हैं। ये सब मेरे पक्के चेले बन चुके हैं। एक-न-एक दिन मुझे भी जमानत मिलेगी और मैं बाहर निकल कर अपनी दुकान बोले, तो आश्रम को और मजबूर कर लूँगा।"

इतना सुन कर हीरो ने बाबा को प्रणाम किया, फिर जेल के प्रहरी उसे बाबा जी की बैरक के बगल वाली बैरक की ओर ले गए।

राजनीति के खेदप्रकाश

राजनीति में खेदप्रकाश बड़ा लोकप्रिय है।

पहले उसका नाम कुछ और था, पर अब लोग उसे खेदप्रकाश कहने लगे हैं। कुछ -कुछ तो कुछ नीचे उतर का थुकचट्टा भी कह देते हैं। लेकिन बंदा ये बिंदास है।

सुबह किसी-न-किसी को अपशब्द कहेगा और शाम को खेद व्यक्त कर देगा।

लोग उसे समझाते है कि "ऐसी हरकतें मत किया कर रे बाबा", पर वो कहता है, "क्या करें दिल है कि मानता नहीं।"

निंदा करने में जो परमसुख है, उसका वर्णन कठिन है। उसी के वशीभूत हो कर वह जब-तब निंदा-निंदा खेलता रहता है। गोस्वामी तुलसीदास का नाम ले कर वह अपनी मनगढ़ंत चौपाई सुना देता है,

"सबसे मीठा फल है निंदा,
जिसके कारण ही हम ज़िंदा।
कभी नहीं होते शर्मिन्दा।
निंदा है भरपूर दवाई,
पेट साफ़ हो जाता भाई।"

अपनी इसी हरकत के कारण किसी भी दल में लम्बे समय तक टिकता भी नहीं। जिस किसी नए दल में जाता है, लोग दूर से ही नमस्ते कर लेते हैं। पर वह वचन देता है कि "अब ऐसा-वैसा कुछ नहीं कहूँगा। माँ कसम, पूरे खानदान की कसम।"

नयी पार्टी वाले रख लेते हैं क्योंकि बन्दा जुगाड़ू है। पैसेवाला है। बड़े काम का है। कुछ दिन तो खेदप्रकाश ठीक-ठाक रहता है, पर फिर दौरा चढ़ता है, तो

निंदा शुरू। उस दिन एक राजनेत्री को वेश्या बोल दिया। पार्टी की फजीहत होने लगी, तो उसे फौरन निकाल बाहर किया। खेदप्रकाश ने शाम को माफी माँग ली, लेकिन तब तक पार्टी ने उसे नौ-दो-ग्यारह कर दिया था।

आजकल खेदप्रकाश किसी भी दल में नहीं है और अपने आप पर शर्मिंदा भी नहीं है। अब उसने एक नया संगठन बना लिया है, 'अखिल भारतीय बिंदास पार्टी'। इसमे उसी के जैसे लोग सदस्य बनेंगे। हर पार्टी में खेदप्रकाश जैसे लोग पाए जाते हैं। ऐसे अनेक निष्कासित खेदप्रकाश की तरफ खिंचे चले आ रहे हैं।

उनका एक सूत्री एजेंडा है, निंदा हमारा मौलिक अधिकार है।

जो जैसा लगता है, उसे वैसा कहने का हक है हमको। पर लोग संकुचित हो गए हैं। अभिव्यक्ति की स्वतंत्रता पर गहरा संकट है, इसलिए खेदप्रकाश उन निष्कासित नेताओं को मंच देना चाहता है, जो खुल कर निंदा करने की खुजली के शिकार हैं। और मज़े की बात, उसे अनेक आत्माएँ मिलती जा रही हैं। कोई गुरू मिल रहा है, कोई गुरुघंटाल।

खेदप्रकाश के दल को लोकप्रियता मिल रही है। उसकी सदस्य संख्या बढ़ रही है। निंदा की खुजली से ग्रस्त नेताओं को एक ठीया ऐसा चाहिए, जहाँ वे भड़ास निकाल सकें।

खेदप्रकाश को विश्वास है कि उसकी पार्टी रंग लाएगी, क्योंकि अब ऐसी ही पार्टी का भविष्य उज्ज्वल है, जो अपने कार्यकर्ताओं को निंदा का अधिकार दे। क्योंकि कबीर भी कह गए हैं,

"निंदक नियरे राखिए, आंगन कुटी छवाय।"

उनकी हँसी के क्या कहने

नेताओं और अफसरों की हँसी के अकसर बड़े चर्चे रहते हैं।

हर कोई भगवान से यही मनाता है कि उसे भी ऐसी मुसकान और हँसी से परिपूरित नस्ल का वरदान दे। ऐसी मुसकान के क्या कहने, जो दुख की घड़ी पर भी खिली रहती हो। उधर आँसू बह रहे हों, और इधर अट्टहास गूँज रहा हो। भगवान ऐसी शक्ति बहुत कम लोगों को देता है। जिनको देता है वे लोग या तो राजनीति में चल देते हैं या फिर अफसरी लाइन में आ जाते हैं। ऐसे लोग केवल सियासी या अफसर नहीं होते, ये कुछ भी हो सकते हैं। वे सरकारी डॉक्टर हो सकते हैं... नकली दवाइयाँ या नकली मिठाइयाँ बनाने वाले भी हो सकते है। जिनके जीवन में शोक नहीं व्यापता, वे लोग हमेशा हँसते रहते हैं।

कोई मर भी गया तो ऐसे लोग हँसते हुए पूछते हैं, "अच्छा, वो मर गया?.. हा हा हा। कब, कैसे?... हा-हा-हा।"

'मतबल' यह कि कुछ लोगों को इससे कोई फर्क नहीं पड़ता कि दुनिया शोक में डूबी है। उनको तो हँसना है और खुल कर हँसना है।

पिछले दिनों कुछ लोग एक हादसे में मर गए।

मीडिया के लोग संबंधित मंत्री जी पास पहुँचे और बोले, "आपकी प्रतिक्रिया क्या है?"

मंत्री जी हँसे और बोले, "हा-हा-हा, हमारी का प्रतिक्रिया है भाई? हम तो सदाबहार हैं। अब लोग मर गए तो क्या हम अपनी छाती पीटें? हम तो उन लोगों से भी कहेंगे जिनके अपने मर गए हैं। जो आया है वो एक दिन जाएगा। कोई पहले जाता है, कोई बाद में, मगर सबको जाना है। इसलिए शोक क्यों मनाना? मस्त रहो मस्ती में आग लगे बस्ती में।"

"लेकिन इस घटना पर कुछ तो कहिए। एक बाइट दे दीजिए।"

मंत्रीजी मुसकान बिखेरते हुए बोले, "पहले पेट पूजा, फिर काम दूजा। आप

लोग पहले नाश्ता कर लें। फिर मैं कुछ बोलूँगा।"

मजबूरी में लोगों को रुकना पड़ा। नेताजी का आग्रह था इसलिए जल-पान भी ग्रहण करना पड़ा।

नाश्ता करने के बाद नेताजी ने डकार ली और कैमरा चालू होते ही गंभीर हो कर बोल, "ये हादसा शर्मनाक है। मैं दोषी लोगों को छोड़ूँगा नहीं। देख लूँगा सबको।"

"पिछली बार जब एक हादसा हुआ था, तब भी आपने यही फरमाया था, मगर सबके सब जिम्मेदार लोग मौज करते रहे। निलंबन कुछ ही दिनों में बहाल हो गया था?"

एक पत्रकार ने प्रश्न पूछा, तो मंत्री जी के चेहरे पर मुसकान उभरी। उनके चमचे ने फौरन कोहनी मारी और फुसफुसाया, "सर, गंभीर रहिए, कैमरा चल रहा है।"

"ओ हाँ, ठीक कहते हो।" इतना बोल कर नेताजी ने कहा, "अच्छा, वे लोग बहाल हो गए थे? देखता हूँ, पता करता हूँ। चेतावनी देता हूँ कि कुछ भी गलत हुआ तो किसी को छोड़ूँगा नहीं, हाँ।"

मीडिया वाले एक-दूसरे को देख रहे थे। नेताजी कुछ काम का बोल नहीं रहे थे।

तभी एक पत्रकार ने कहा, "इस हादसे के लिए जिम्मेदार कौन है।"

नेता जी बोले, "भगवान्..और हालात। बिना उसकी मरजी से एक पत्ता नहीं हिलता, ये तो मानते हो न?"

सब बोले, "मानते हैं।"

नेताजी बोले, "तब बोलो, घटना का जिम्मेदार कौन हुआ? भगवान् ही ना? तो भगवान् को पकड़ो, हमें लफड़े में क्यों फँसाते हो?"

नेताजी से और क्या पूछते? सब मौन हो गए। कैमरे बंद हो गए, तो नेताजी जोर-से हँस पड़े और बोले, "तुम लोगों के डर से हँसी को रोक कर रखा था भाई, वरना तो हमारा हँसना-मुसकराना भी तुम लोगों से देखा नहीं जाता। फौरन खबर बना देते हो? तुम लोगों से बड़ा डर लगता है। जितना डर मुझे घोटाले से नहीं लगता।"

"क्या अपने घोटाले से?"

"अरे, नहीं-नहीं। मैं तो धूल का धुला नेता हूँ। घोटाला-ओटाला का होता है, हम तो जानते ही नहीं। हम जो करते हैं, वो घोटाला है या नहीं, मैं नहीं जानता। उसे तो भगवान की कृपा मान कर करते रहते हैं। आप जैसे कुछ अज्ञानी कहते हैं कि घोटाला है। मैं उसे मेहनत की कमाई कहता हूँ। पूरा जीवन समाजसेवा में लगा दिया, कभी-कभार लक्ष्मी खुद चल कर आ गई तो आप कहते हैं घोटाला कर रहे हैं, हद है।"

पत्रकार एक-दूसरे को देख कर मुसकाए और बोले, "चलो भाई, रेत से तेल नहीं निकलता।"

पत्रकार आगे बढ़ गए। और मंत्रीजी अपने चमचों के साथ ठहाका लगाते हुए भीतर चले गए। पत्रकारों का दल हादसे से जुड़े अफसर से मिलने पहुँचा। वो लैपटॉप पर बैठे फेसबुक में व्यस्त था और पत्रकारों को बताने की कोशिश में था कि वह भयंकर काम में व्यस्त है। पत्रकारों को देख कर अफसरजी मुसकाए और बोले, "अभी जरूरी काम निबटा रहा था। बोलिए, क्या सेवा कर सकता हूँ?"

पत्रकार ने पूछा, "वो हादसा हुआ है न, कुछ लोग मर गए हैं। इस पर आप क्या कर रहे हैं?"

अफसर बोले, "हम गंभीर है, जाँच कर रहे हैं, दोषी दंडित होंगे।"

इतना बोल कर अफसर जी हँसे। फिर गंभीर हो गए और सफाई देते हुए बोले, "हँसने का लेकर अन्यथा मत लीजिएगा। मुझे एक गुप्त रोग है। अचानक हँसी आ जाती है। फिर मैं यह भी सोचता हूँ कि चार दिन की जिंदगी है। हँसने में क्या बुराई है। हादसे तो होते रहते हैं। उनका सामना हँसते हुए करना चाहिए। मैं हर सार्वजनिक परेशानियों का सामना हँसते हुए करता रहता हूँ।"

पत्रकारों ने एक-दूसरे को इशारा किया।

भाव यही था कि इस अफसर के पास रुकना खुद पे रोने से कम नहीं। चलो, चला जाए।

सारे पत्रकार उठ गए।

तभी कोई फोन आया और अफसर जी जोर-जोर से हँस कर बतियाने लगे।

स्विस बैंक में दौलत

काला मन और कालाधन देश की प्रमुख समस्या है। जिसका मन काला होता है, उसका धन भी काला होता है। ये ससुरे, जब तक काला-पीला न करें, धनवाले कैसे बनेंगे।"

मित्र रामलाल ने घर पर धमकने के साथ अपना भाषण शुरू कर दिया। मैं चकराया : रामलाल को नेताओं की बीमारी कहाँ से लग गई? रामलाल नैतिक पतन की तरह रुकने का नाम ही नहीं ले रहा था। या फिर ये भी कहा जा सकता है कि वह महँगाई की तरह गतिमान था।

रामलाल का भड़ासी-स्वर जारी था, "धत्, इस देश का भला नहीं हो सकता। कभी भला नहीं हो सकता।"

"क्यों भई, क्यों नहीं हो सकता? ऐसी क्या बात हो गई?" अपनी जुबान बंद करने के बाद सिर थाम कर बैठ चुके रामलाल से मैंने पूछा तो बोले, "अगर इस बात पर कहीं कोई परिचर्चा हो कि बलात्कारियों का इस्तेमाल कैसे हो, डकैतों, हत्यारों का सामाजिक उपयोग किस तरह से किया जाए तो सोचो, क्या होगा हमारा? बलात्कारियों और तमाम असामाजिक तत्वों की उपयोगिता पर अगर परिचर्चाएँ होंगी तो ऐसे लोगों के हौसले तो बढ़ेंगे ही न? होना तो यह चाहिए कि इन तत्वों का खात्मा कैसे हो, इस पर विचार किया जाए। आजकल तो उल्टी गंगा बह रही है।"

मुझे रामलाल की पहेली समझ में नहीं आई। बलात्कारियों पर कहीं परिचर्चा भी नहीं हो रही है तो आखिर किस मुद्दे पर वह अपना 'मूड' खराब कर रहा है। मैंने कहा, "यार रामलाल, कुछ खुलासा तो करो, आखिर तुम कहना क्या चाहते हो?"

"तो सुनो, मैं कहना यह चाहता हूँ कि अब खुलेआम इस बात पर चर्चा होने लगी है कि देश में भयंकर घोटालों के कारण जो काला धन लगातार पैदा होते जा रहा है, उसका उपयोग कैसे हो? विदेश में जमा काला धन वापस आए। काला धन का खात्मा कैसे हो, अब इस विषय पर विचार ही नहीं होता क्योंकि लोग जानते

हैं कि जब तक काले मन होंगे, काला धन भी मौजूद होगा। भगवान् रामजी ने भी तो एक बार कहा था कि 'सुनो सिया कलयुग में काला धन और काले मन होंगे, चोर-उचक्के नगर सेठ और प्रभु भक्त निर्धन होंगे। जो होगा लोभी और भोगी वो जोगी कहलाएगा। हंस चुगेगा दाना-तिनका, कौआ मोती खाएगा'। तो भैया, मुझे तो लगता है कि रामजी का कहा सच हो चुका है। इसीलिए लोग-बाग काले धन को खत्म करने की बजाय काले धन को बाहर निकाल कर उसके उपयोग पर गंभीर चर्चाएँ कर रहे हैं। तुम क्या कहते हो?"

रामलाल ने मुझ से ही प्रश्न कर डाला। जब आपके काला धन हो तो उसे बाहर निकालने की बात करो। यहाँ तो खीसे में धन ही नहीं है तो क्या निकालें बाहर? भिखारी सामने आकर हाथ फैला देता है तो मारे शर्म के पानी-पानी हो जाना पड़ता है। पैसे ही नहीं हैं तो क्या दें। मना करना पड़ता है। कई बार तो मन करता है, भिखारी के साथ 'पार्टनरशिप' में भीख माँगने का धंधा कर लूँ। एनजीओ चलाने वाले कहते हैं कि भीख मांगने के धंधे में काफी कमाई है, लेकिन भीख माँगने के बजाय भूखे मर जाना बेहतर है। यही सोचकर चुप रह जाता हूँ। रामलाल के प्रश्न का जवाब क्य दूँ? मैं उससे कहता हूँ, "चलो, उन लोगों से पूछें जो सचमुच काले धन के खेवनहार हैं। खेवइया हैं।"

रास्ते में मोटूमल से मुलाकात हो गई। इतने मोटे कि लगा, हाथी का बच्चा हौले-हौले चला आ रहा है। कोयले से घिसकर तैयार किया हुआ शरीर। उस पर सफेद वस्त्र। इसे कहते हैं, कालेधन वाले की सफेदी। 'अहा, बरनो न जाय छबि मनोहर।' पेट स्विस बैंक की ओर लपक़ता हुआ। शरीर से दो फुट आगे। लदर-फदर काया। हमने उन्हें रोका। वे 'स्लिम' होने पद-यात्रा कर रहे हैं। बेचारा रिक्शावाला 'तिबल' सवारी बैठाने से इंकार कर देता है। कार में घुस नहीं पाते। स्कूटर पंचर हो जाती है और ठेले पर बैठने से उसके उलटने का डर और मोटूमल की हँसी उड़े सो अलग।

मोटूमल ने पूछा, "कहिए, क्या तकफील (तकलीफ) है?"

"तकलीफ तो आपको है। मोटापे की तकलीफ?' रामलाल ने जवाब दिया, हम लोग तो फिट-फाट हैं। आपसे कुछ पूछना चाहते है। अच्छा, तो आप ये बताइये कि काले धन को बाहर कैसे निकाला जाए, आपके सुझाव क्या हैं?"

"वाहजी, मैं क्यों बताऊँ?' मोटूमल स्त्रीकिस्म की पतली हँसी छितराते हुए बोले, 'अपने कालेधन को भला मैं क्यों बाहर लाऊँ गा? वो तो मेरे खून-पसीने की कमाई है। उसे छिपा कर रखूँगा और एक दिन जब मर जाऊँ गा तो अपने साथ बांध कर ले जाऊँ गा। इसलिए मैं तो काले धन को बाहर लाने के विषय पर कुछ

सोचना ही नहीं चाहता।"

मैंने पूछा, "फिर भी, कुछ तो कहिए न, काले धन का उपयोग की छूट मिले तो आप क्या करेंगे?"

'करूँगा क्या, और कालाधन बनाऊँगा। दो का चार, चार का आठ, आठ का सोलह करूँ गा। फिर थोड़ा बहुत दान करके स्वर्ग में जगह आरक्षित करवाऊँ गा।"

हमें लगा, इस 'डफर' से जितनी देर बात करेंगे, हर बार काले धन को दो से चार करने की बात करते रहेगा। हमने उससे जान बचाई वरना हमीं को कालाधन समझ कर उदरस्थ कर लेता तो? आगे एक नेताजी मिल गए। कुछ-कुछ मोटूमल से मिलते-जुलते। हमने पूछा —"अगर आपको काले धन के उपयोग की छट मिल जाए तो आप क्या करेंगे।"

नेताजी चकराए। मन-ही-मन सोचने लगे, कि इनको कैसे पता चला कि मेरे पास काला धन है। और मेरा काफी माल 'स्विस बैंकों' में जमा है। कहीं ये लोग जासूस तो नहीं।

वे बोले, "सच-सच बताइए, कौन हैं आप?"

हमने मुसकराते हुए कहा, "साधारण नागरिक। आजकल देश में कालेधन को बाहर निकालने और स्विस बैंक में जमा धन वापस लाने पर खुल्लमखुल्ला चर्चा हो रही है, इसलिए हम लोग भी आपसे खुल्लमखुल्ला पूछ रहे हैं। उम्मीद है, बुरा नहीं मानेंगे और जवाब देंगे।"

"अच्छ, तो यह बात है।' नेताजी बोले, 'ऐसा है तो सुनो, मेरे पास ढेर-सा कालाधन है। मैं उसका उपयोग एक ऐसे विशाल विश्वविद्यालय के निर्माण में लगाऊँ गा, जिसमें पढ़ने वाले कालेधन को कमाने की नाना विधि सीख सकें। काले धन की उपयोगिता पर शोध कार्य करें। विश्व भर में काले धन पर लिखी गई महत्वपूर्ण किताबों वाली इ-लाइब्रेरी बनवाऊँ गा। काला धन और सामाजिक न्याय, काले धन का उपयोग कब, कहाँ और कैसे करें, काले धन से राष्ट्र का विकास नामक अनेक किताबें उपलब्ध हैं मेरे पास। मैं तो सोच रहा हूँ अगर काला धन विकास विश्वविद्यालय (काधविविवि) शुरू हो गया तो मैं भी एकाध विषय पढ़ाऊँगा, जिससे बच्चों के पास होने की सौ फीसदी गारंटी रहेगी।"

हमारा दूसरा प्रश्न था, "एक हो गया विश्वविद्यालय, बाकी धन का इस्तेमाल किस मद में करेंगे?"

वे कहने लगे, "भइये, कालाधन जो हमने एकत्र किया है तो क्या यूँ ही गँवा देने के लिए है? अरे, उसको बचा कर रखेंगे। अगली बार जनता जब शरीर की पृष्ठभूमि पर लात मार कर कुर्सी से नीचे गिरा देगी, तब क्या करूँगा मैं?"

नेताजी बोले, 'तब तुम काम नहीं आओगे, भाग जाओगे, जनता कम नहीं आएगी, सरकार काम नहीं आएगी, आएगा काम यही काला धन। सफेद हो कर बाहर आएगा और हमारे सुख चैन का सामान मुहैया कराएगा। हम नेता लोग इतनी दूरदृष्टि वाले होते हैं कि भविष्य के लिए काला धन एकत्र करके रखते हैं।'

आगे बढ़ने पर एक अफसर के पास पहुँचे। शानदार बंगले में बैठे अफसर ने हमें सवालिया निगाहों से देखा। हमने उनसे प्रश्न किया, "अगर आपको काले धन का उपयोग करने की छूट मिले तो आप उसका उपयोग कैसे करेंगे?"

अफसर ने धूर्तता से सवाल किया, "हमारे पास तो कालाधन ही नहीं है तो हम कैसे बताएँ कि काले धन का उपयोग के बारे हम क्या बताएँ?"

हमने कहा, "फिर ये सब शान-ओ-शौकत कहाँ से आई?"

अफसर ने मुसकराते हुए जवाब दिया, "ये? अरे, ये सब तो ऊपर वाले की देन है। छत फाड़ कर दे दिया उसने। हम लोगों की औकात से काफी दूर है कालाधन।"

हमने कहा, "नहीं साब, हम लोगों से कुछ मत छिपाइये। हम लोग जासूस या पत्रकार नहीं हैं। हम तो बस यूँ ही जिज्ञासावश और ईमानदारी से कहें तो मनोरंजन हेतु पूछ रहे हैं।"

अफसरजी बत्तीसी बाहर निकालते हुए बोले, "ओह तो यह बात है।"

"अब आप जोर देते हैं तो बताए देता हूँ। मेरे पास दो-चार करोड़ कालाधन है : मात्र। वो भी विदेशी बैंक में। इसमें तीन परसेंट हमारे एक नेताजी का है। जनता की खून पसीने की कमाई हड़पने में जो सुख हमको मिलता है, वह सुख किसी और को मिल ही नहीं सकता। हम तो जीवन भर ये सुख लूटते रहेंगे। जैसे किसी की इज्जत लूटते हैं न, उसी तरह। काला धन को हम बाहर नहीं निकालेंगे। उल्टे इसकी माँग करने वाले को ही हम 'बाहर' कर देंगे। अरे, काला हो या सफेद, देश का ही धन तो है। यहाँ न सही, स्विस बैंक में जमा है। जब कभी देश पर संकट छाएगा, ले आएँगे।"

अफसर अपनी मस्ती में बोले जा रहा था। हमें लगा कि ये तमाम लोग काले धन रूपी संतान के बाप लोग हैं। एक मोटा सेठ भी मिला। इन सब का गला दबाए बिना काला धन बाहर नहीं आ सकेगा। रामदेव बाबा कहते हैं कि कालेधन वालों की सफेदी से परदा उठाने का समय आ गया है।

मगर...

करोड़ रुपये का सवाल यही है कि

ऐसा करेगा कौन?

इस सवाल पर फिलहाल हर कोई है मौन।

वैसे देखा जाए तो अपने देश के बैंक भी कोई बैंक हैं भला?

लॉकर तक तो सुरक्षित नहीं रहते। सुरंग बना कर तोड़ लेते हैं लुटेरे। लोग अपना धन रखें तो कहाँ रखें। नेता, उद्योगपति और बड़े-बड़े अफसर, माफिया गलत नहीं करते जो अपना पैसा विदेशी बैंकों में जमा करते हैं। इन पैसों का काला धन कहना धन का अपमान है। वह तो लक्ष्मी मैया है। कभी काली नहीं हो सकती। वह जहाँ रहेगी, लोगों का भला करेगी। भारत में रहती है, तो भारत का भला करती है, और स्विट्ज़रलैंड या जर्मनी में रहती है तो उस देश का भला करती है। सोचिए तो सही कि अपने देश की लक्ष्मी दुनिया का कितना कल्याण जी और आनंद जी कर रही है। अब कुछ नादान लोग अगर इसे काला धन कहते हैं तो कहते रहें। अपनी बला से। लोग अपना काम करते रहेंगे यानी कमाई करेंगे और विदेशी बैंकों में जमा करते रहेंगे। भारत में जमा करें तो क्यों करें? एक तो अपने यहाँ के लॉकर भी छोटे साइज के होते हैं। बड़े-बड़े नोट उसमें ठीक से आते नहीं। दो-चार हीरे-जवाहरात आ गए तो आ गए। बड़े नोटों के लिए बड़े लॉकर चाहिए। उसके लिए विदेशी बैंक और उनके लॉकरों की शरण में जाना ही होगा।

विदेशी बैंकों के प्रति हमारे यहाँ के लोगों को आकर्षण इसलिए भी रहता है कि भारत के बैंकों में कुछ ज्यादा रुपये जमा करे तो आयकर विभाग वाले कुछ इस तरह से झपटते हैं जैसे चूहे को देखकर भूखी बिल्ली झपटती है। बेचारे शातिरश्री किस्म के लोग कितनी मेहनत से पैसे कमाते हैं। किसी की जेब काटते हैं, किसी का गला काटते हैं। किसी की आह लेते हैं, किसी की कराह झेलते हैं : तब कहीं जा कर पैसे जमा होते हैं। और मूर्खानंद कह देते हैं कि ये नंबर दो का पैसा है... काला धन है...ब्लैक मनी है। अरे, काला धन कमाने के लिए छप्पन इंच का सीना भी तो चाहिए। देश चलाने के लिए भी इतना बड़ा सीना चाहिए तो काला धन कमाने के लिए भी चाहिए। शोध से पता चला है कि सबके पास इतना चौड़ा सीना नहीं होता। बेचारे आम की तरह चुसे आदमी के पास तो ठीक से सीना भी नहीं होता। क्या खा कर लाएगा सीना? अपना फटा कपड़ा तो सीना आता नहीं, सीना क्या बनाएगा? सुबह खाने का जुगाड़ करता है तो शाम की चिंता सताने लगती है। इसलिए आम आदमी की चर्चा ही बेकार है।

काला धन तो उनको ही शोभा देता है जिनका मन कलात्मक तरीके से काला हो, यानी विशाल हो ताकि उन्हें कमाई करते वक्त रत्ती भर तकलीफ न हो। किसी दबाकर रिश्वत ले रहे हैं, तो आत्मा धिक्कार सकती है। फटकार सकती है कि "अरे, ससुर के नाती,ई का करत हौ? बापू के देश में ई सब ठीक नाहीं'। लेकिन

जब मन काला हो जाए तो आत्मा देख नहीं पाती और काला धन के लिए रास्ता खुल जाता है। अनुभवहीन आम आदमी बेचारा डरता है रिश्वत खाने से। देने को तो दे देता है, मगर लेने से डरता है। कहीं कोई देख न ले... कहीं रंगे हाथों पकड़ा न जाए...बदनामी न हो जाए। कैसे-कैसे डरावने-खौफनाक विचार आने लगते हैं उसके मन में। लेकिन जैसे ही आम आदमी कभी खास बनता है तो काले धन के बड़े ही प्रेमभाव से देखता है। बार-बार धन लक्ष्मी उसे लुभाने के लिए उसके आसपास मंडराने लगती है तो वह संयम खो देता है। और फिर वह भी खास आदमी बन कर लक्ष्मी को कैद करने लगता है। एक दिन जब लक्ष्मी का भयंकर स्टाक जमा होने लगता है तो वह लक्ष्मी को विदेश सैर के लिए ले जाता है। लोगों की बुरी नजर से बचाने के लिए वह ऐसा सत्कर्म जरूरी है। मूरखजन समझते हैं कि वह अपना काला धन जमा करने विदेश गया है।

पिछले दिनों एक सज्जन मिले। उन्होंने लूटपाटरूपी मेहनत करके जो कमाई की थी, वह उनके अंग-अंग से झलक रही थी। उनके कपड़े-लत्ते, उनकी अँगूठियाँ, उनका घर, उनकी कारें, उनकी बिगड़ी औलादें, उनकी बीवी के नखरे सबको देख कर लोग अंदाजा लगा लेते हैं कि कालेधन से लबालब भरा हुआ परिवार है।

हमने सज्जन से पूछा, "आजकल तो गर्व की बात हो गई है कि किसी का बैंक खाता विदेश के किसी बैंक में खुले। स्विस बैंक में हो तो का बात है। बल्ले-बल्ले।"

सज्जन बोले, "अरे, हमारा तो अपने देश के बैंक में ही एक ठो खाता है भाई। विदेशी बैंक तो सपना है। हाँ, हमारे पड़ोसी के पास खूब माल है। सुना है। उनका खाता है विदेश में।"

हम उनके पड़ोसी से मिले। उन्होंने कहा, "मेरा नहीं, मेरे पड़ोसी का खाता है विदेश में। छपवा दीजिए उसके बारे में कहीं।"

हमने जोड़-भाग किया और समझ गए कि दोनों धनपतियों को खाता है विदेश में। मगर हम पता कैसे करें। सरकार भी तो ठीक से पता नहीं कर पाती। जिनके पैसे जमा हैं वे नंबर-एक में दो नंबर के खाते हैं। जिनके बारे में पता भी चल जाता है। मगर जो सचमुच में दो नंबरी खाते हैं उनके बारे में पता लगाना टेढी खीर है। अगर विदेशी बैंक यही बता देंगे कि हमारे बैंक में किन-किन की ब्लैक मनी है तो फिर कौन जमा करेगा वहाँ पैसे? कोई बैंक अपना धंधा मंदा नहीं कर सकता। इसलिए सफेद कपड़े वालों का काला धन विदेशों में जमा होगा ही। कोई इनका कुछ भी उत्खनन (यानी बिगाड़) नहीं कर सकता।

और अंत में यही निवेदन है कि प्लीज, काले धन को काला मत कहो। यह खून-पसीने की और रिस्क उठाने के बाद अर्जित कमाई है। आत्मा को मारा है तब

कमाया है।.. किसी ने पसीना बहाया है,तब इन्होंने धन पाया है।... पकड़े जाने का रिस्क उठाया है, तब धन हथियाया है। और लोग कह देते हैं काला धन। अरे बाबा, वह केवल धन है। लक्ष्मी है, जो बिन मेहनत के हासिल नहीं होती।

किसी ज्ञानी ने ठीक फरमाया है कि मूर्ख केवल मेहनत करते हैं और बुदिधान धन कमाते हैं फिर डकारते हुए 'व्हाट्सएप' या 'ट्विटर' में 'ट्वीट' करके ज्ञान बाँटते हैं। हताश लोग कालाधन-कालाधन कह कर भड़ास निकालते हैं। इसलिए ओ धनपतियो, तुम काले-सफेद के चक्कर में मत पड़ो, तुम तो अपने हथकंडों के सहारे कमाई जारी रखो। किसी भी लल्लू की चिंता मत करो, क्योंकि सत्ता में बैठे उल्लू तुम्हारे साथ हैं।

भ्रष्टोदय जी का नागरिक अभिनंदन

अफसरजी,

आप कुरसी की कृपा से अवसरजी बन गए हैं।

आपका अभिनंदन करने हम शर्म से जल-जल हुए जा रहे हैं। आप जैसी कमाऊ-खाऊ प्रतिभा हमारी क्यों न हुई? आप जहाँ भी जाते हैं, वहीं आपकी कुरसी सोना उगलने लगती है। आप की अलौकिक प्रतिभा का लोहा लोग उस दिन मान गए थे, जब आपने दफ्तर में आने वाले भूखे-नंगा को भी निचाड़ लिया था और कुछ पैसे झटक लिए थे। तभी यह कहावत भी गलत सिद्ध होगई थी कि नंगा नहाए क्या और निचोड़े क्या।

लोकंतत्र के सर्वमान्य चूहेजी,

आप जब से इस पद पर विराजमान हुए हैं, तभी से आप समझ गए थे कि यह कुरसी नहीं, कामधेनु गाय है। कमाई का सस्ता-सरल-सुगम उपाय है। इसीलिए तो आपने जो चाहा, वो पाया? आपने पहले अपना एक मकान बनाया, फिर दूसरा,फिर तीसरा। एक कार खरीदी, फिर दूसरी, फिर तीसरी। एक बेची, दूसरी ली, दूसरी बेची तीसरी ली। आप तो बड़े वोहैं, यानी उदार। अपनी साली के लिए आपने क्या कुछ नहींकिया। उसके नाम से एक मकान ही कर दिया। नाबालिग बच्चे के नाम से भी मकान कर दिया। आपकी उदारता के हम कायल हैं। पत्नी के नाम से भी लाखों रुपये इधर-उधर इन्वेस्ट कर चुके हैं। आपके लॉकरों में सोने-चाँदी के जेवरात गर्व से इतराते पड़े रहते हैं। आपका परिवार सरकार को बार-बार धन्यवाद देता है कि हमारे मुखिया को कित्ती अच्छी नौकरी दी है। भले ही आप जनता का कामन करें, अपना काम तोकर ही रहे हैं। दुनिया में आए हैं तो कुछ कर के जाएँ। इसी मानसिकता के तहत आप अपने लिए न सही, अपनी भावी पीढ़ी केलिए इतना खजाना छोड़ कर जा रहे हैं, कि आने वाली सातपुश्ते आपको दुआएँ देंगी कि आप ने धरती पर अवतार ले कर अपने लोगों को मालामाल कर दिया। आजकल इतने उदारवादी

लोग पैदा ही नहीं होता। आप हुए हैं और देखिए,कैसी चर्चा हो रही है आपकी।

सेठ जी दुखी है कि ये अफसर बैठे-बिठाए कमाई में उनसे आगे निकलते जा रहे हैं। हम समझ गए हैं कि आप पिछले जन्म में कोई सेठ ही थे। पिछले जन्म में कमाने की अधूरी आस ले कर आपने प्राण त्यागे थे, इसलिए आपको इतनी कमाऊ कुरसी हाथ लगी। इसलिए आप इसे सार्थक कर रहे हैं और एक-एक दिन का सही उपयोग कर रहे हैं। कमाई, कमाई और सिर्फ कमाई।

हे दिमागदार अफसरजी,

अब तो अगर सरकार आपकी नौकरी भी छीन ले तो कोई फर्क नहीं पड़ता। कुरसी की बदौलत इतनी दौलत अर्जित कर चुके हैं कि आप खुद कई नौकर रख सकते हैं। आपके इस कमाऊ तकनीक को देख कर बेरोजगार युवक बड़े आशान्वित हैं कि जैसे ही वे अफसर बनेंगे, आपकी तरह ही कमाई के अवसर निकाल लेंगे और कुरसी का इतना दोहन करेंगे कि बेचारी कराहने लग जाएगी।

हे भ्रष्टोदय जी, आपको आज हम भ्रष्ट शिरोमणि की उपाधि से सम्मानित करते हुए धन्य हो रहे हैं। हम ईश्वर के आभारी है कि आप जैसी आत्मा अवतरित हुई, जिसने अपने पूर्वजों की हल्की-फुल्की उठाईगीरी को दिन-दहाड़े की जाने वाली डकैती की परम्परा में तब्दील कर दिया। अपने पवित्र आचरण से आपने लोगों को यह संदेश दिया है कि कुरसी को लकड़ी का सामान भर मत समझो, उसे कामधेनु गाय या कल्पवृक्ष बना लो और मालामाल हो जाओ। आप धन्य हैं, आप अनन्य हैं। आपका अभिनंदन करके, आपके माथे पर चंदन मलते हुए हम यही कामना करते हैं कि आप इसी तरह समाज को चूना लगाते रहे रहे।

हम हैं आपकी कमाऊ-प्रतिभा से अभिभूत

नागरिकगण, स्थान लूटनगर, खसोटगढ़।

हीरोइन की झाड़ूवाली समाजसेवा

उस हीराइन की खासियत यही है कि जब-जब उसकी कोई फिल्म पिटती है या उसे लगता है कि फिल्म हिट करानी है, तो वह समाज सेवा के मूड में उतर आती है। देश में जब स्वच्छाता अभियान चला तो वह एक दिन झाड़ू पकड़ कर सड़कों पर उतर आई।

लोग चौंके : हीरोइन के हाथों में झाड़ू? क्या बात कर रहे हो बीड़ू?

एक मुँहलगी सहेली ने समझाया, "हे चंद्रबदन मृगलोचनी सखी, तू ऐसा मत कर। झाड़ू न थाम। तेरे ऐसा करने से झाड़ू को बड़ी शर्म आएगी।"

हीरोइन हाथ लहराते हुए बोली, "झाड़ू क्यों शरमाएगी? शरमाने का काम तो हीरोइनों का होता है। वैसे अब तो शरमाने का भी चक्कर खत्म हो गया है तो झाड़ू क्यों शरमाएगी?"

सहेली बोली, "इत्ती बड़ी हीरोइन उसे पकड़ेगी, तो स्वाभाविक है कि वह लाज के मारे जल-जल (यानी शर्म के मारे पानी-पानी)हो जाएगी। इतनी बड़ी हीरोइन और इतना छोटा काम, हे माँ!"

हीरोइन बोली, "तुम कहती तो ठीक हो मगर क्या करें? देखो न, वो हीरो भी सड़कों पर झाड़ू लगा रहा है। मंत्री-प्रधानमंत्री, उद्योगपति हर कोई अपनी इमेज बनाने के लिए झाड़ू लगाते नजर आ रहा है, तो मैं ही पीछे क्यों रहूँ? लोग क्या कहेंगे? झाड़ू लगा कर मंत्री हिट हो रहे हैं। नेता हिट हो रहे हैं। उद्योगपति हिट हो रहे हैं, तो मुझे भी अपनी नई फिल्म 'किस मी' भी तो हिट करानी है इसलिए मैं झाड़ू को किस करूँगी। इस इवेंट को मिस नहीं कर सकती।

सहेली बोली, "झाड़ू का किस क्यों करेंगी मिस? हीरो को कीजिएगा। झाड़ू तो गंदी होती है न।"

हीरोइन हँस कर बोली, "हीरो कौन-सा साफ होता है। वो बंदा भी बड़ा गंदा होता है। सेंट लगाया रहता है, तो बदबू नहीं आती वरना वो गंधाता ही रहता है।

मुँह से शराब की बदबू और तन से पसीने की। उससे तो झाड़ू ही भली। वैसे झाड़ू का किस नहीं करूँगी, एक्टिंग करूँगी किस करने का। तू देखना तो, कैसे चुम्मा लूँगी। मीडिया वाले खट-खट तस्वीरें उतारेंगे मेरी।"

"मतलब तुम्हारी फिल्म 'किस मी' जबर्दस्त हिट हो जाएगी।"

"बिल्कुल होगी। मैंने अपने 'पीआरओ' से कह दिया है। तमाम मीडिया वाले पहुँच रहे हैं। ढेर सारे कैमरेवाले रहेंगे। चैनलों में मैं ही मैं नजर आऊँगी।"

कार्यक्रम बन गया। हीरोइन के साथ अनेक महिलाएँ जमा हो गईं। सबके हाथ में एक-एक झाड़ू थमा दी गई। हीरोइन के लिए स्पेशल झाड़ू बनाई गई थी। उसका डंडा चमकदार था। चिकना था। झाड़ू भी नई थी। हीरोइन को बताया गया कि यह ब्रांडेड झाड़ू है। किसी मल्टीनेशनल कंपनी की झाड़ू है। झाड़ू लगाते वक्त उससे खुशबू झरती रहती है। उसमें एक जगह बटन लगी है। बटन दबाओ तो ब्रश नीचे चला जाता है। ब्रश दबाओ तो ब्रश ऊपर उठ जाता है।

हीरोइन झाड़ू पकड़ कर खुश हो गई। उसने चारों ओर देखा और उँगली से अपनी झाड़ू की ओर इशारा किया। उसे चूमने का अभिनय किया।

भीड़ ने कहा, वॉव। हुर्रे...!

फिर झाड़ू लगाने का क्रम शुरू हुआ। सब झाड़ू लगाने लगे। हीरोइन की झाड़ू सड़क को छू नहीं रही थी। उधर सड़क बेचारी टेंशन में कि हीरोइन की झाड़ू उसे धन्य क्यों नहीं कर रही?

झाड़ू सड़क को चिढ़ा रही थी, करमजली, तू इस लायक नहीं है कि तुझे छुआ जाए। दूसरे छू रहे हैं न।

लोग सोच रहे थे, हीरोइन झाड़ू लगाने का अभिनय तो करे। लेकिन हीरोइन ने ऐसा नहीं किया। वह झाड़ू लेकर कुछ इस तरह चलती रही जैसे कोई जवान बगल में बंदूक थामे चलता है। लोग दंग थे कि हीरोइन की झाड़ू सड़क को क्यों नहीं छू रही। खैर, झाड़ू लगाओ अभियान की नौटंकी खत्म हुई और हीरोइन ने मुसकरा कर अपनी झाड़ू सहेली को सौंप दी। भीड़ हीरोइन को देख कर गद्गद हो रहे थे। कुछ लोगों को अपने आप गुदगुदी का अहसास हो रहा था।

हीरोइन की सहेली ने भीड़ की ओर देख कर कहा, "अब इस झाड़ू की नीलामी होगी।"

ऐसा सुनना था कि अनेक लोग सामने आ गए। नीलामी हुई और एक सज्जन ने चार सौ बीस रुपये में खरीद ली। हीरोइन ने वह बड़ी रकम मानव कल्याण में दान करने की घोषणा कर दी।

थोड़ी देर बाद प्रेसवालों ने पूछा, "आपकी झाड़ू अधर में लटकती रही।

आपने सड़क तो साफ ही नहीं की।"

हीरोइन बोली, "मैं तो यह संदेश देना चाहती थी कि सफाई करो, झाड़ू लगाओ। मेरा झाड़ू लगाना जरूरी नहीं था। मैंने झाड़ू पकड़ कर झाड़ू को धन्य किया। अब लोग सफाई करके खुद को धन्य करें।"

"लेकिन एक बार तो झाड़ू लगा देती, मादाम।"

"अरे, लगा देती तो मेरी कीमती साड़ी खराब न हो जाती। लाखों रुपये की साड़ी है। सब लगा रहे थे, मैं सबके साथ चल रही थी, यही बड़ी घटना है। ये धरा इतने में ही धन्य हो गई होगी।"

इतना बोल कर हीरोइन गंभीर हो गई और हाथ जोड़ कर बोली, "जयराम जी।"

प्रेस वाले भी मौन हो गए। मुसकराते रहे। हीरोइन से ज्यादा सवाल पूछते तो वह भड़क भी तो जाती इसलिए प्रेस-वार्ता खत्म हो गई। वह हीरोइन थी इसलिए टीवी चैनलों में उसे झाड़ू थाम कर चलते हुए दिखाया गया। दूसरे दिन अखबारों में उसकी तस्वीरें छपीं। किसी-किसी चैनल में हीरोइन का मजाक भी उड़ाया गया। लेकिन हीरोइन तो हिट हो चुकी थी। उसकी फिल्म 'किस मी' भी सुपर हिट हो गई।

उस हीरोइन की यही अदा है। वह अपने को हिट कराने के लिए ऐसी अनेक समाजसेवाएँ करती रहती है। पिछले दिनों वह अनाथ बच्चियों के साथ रहने गई थी। जाने से पहले बच्चियों को नए कपड़े पहनाए गए थे। आश्रम को साफ कराया गया था। उसे सुगंधित माहौल दिया गया था। उसके बाद हीरोइन अवतरित हुई थी। बच्चों के साथ हँसते हुए तस्वीर खिंचाने के बाद उसने कुछ पैसे भी दिए थे। इस घटना का भी मीडिया में प्रचार हुआ था। तब उसकी फिल्म आने वाली थी, 'आइ लव यू'। वह फिल्म भी सुपर-डुपर हिट हुई थी।

लोगों में अब सहज और गुदगुदीपूर्ण उत्सुकता है कि हीरोइन की अगली समाजसेवा कब और कहाँ होगी।

वैसे समय के साथ अब झाड़ू लगाना भी कला हो गयी है।

बेचारे पारम्परिक सफाई कर्मी क्या जाने कि झाड़ू कैसे लगाई जाती है।

वे तो केवल झाड़ू मारते रहे। झाड़ू लगाना तो नेताओं से सीखो। नेताओं ने झाड़ू लगाने को बड़ी कला में तब्दील कर दिया है। जिसने नहीं लगाई झाड़ू, वो आदमी नहीं हो सकता जुगाड़ू। झाड़ू को गंभीरता से लेने की जरूरत है। उसका सम्मान जरूरी है। ऐसा नहीं हो सकता कि झाड़ू को किसी भी तरीके से पकड़ लो और लगा लो।

उस दिन एक अभिजात्य किस्म के नेताजी अपने अभिजात्य किस्म के चमचों

को झाड़ू लगाने की कला सिखा रहे थे। उन्होंने कहा—"देखो, झाड़ू लगाने में शरमाओ मत। जिसने की शरम, उसके फूटे करम। प्रचार पाने के लिए कभी-कभी जीवन को कचरा भी करना पड़ता है। हर कोई कर रहा है, तो हम काहे पीछे रहें?"

"लेकिन भैयाजी, पिछले दिनों हमारे एक मित्र झाड़ू लगाने गए थे और दुखी हो गए। उनकी तस्वीर कहीं नहीं छपी, लोगों को पता ही नहीं चला कि उन्होंने झाड़ू लगाई।"

चमचे की बात सुन कर नेताजी बोले, "हमेशा इस बात का ध्यान रखना चाहिए कि नजर सड़क पर कम, कैमरे पर अधिक हो। अगर भीड़ में पीछे हो तो सबको धक्का दे कर सामने आ जाओ। और हाँ, झाड़ू को इस तरह से पकड़ना चाहिए जिससे आपका चेहरा इस डंडे के पीछे न छिप जाए। अगर ऐसा हुआ तो दो बातें होंगी, एक तो आपकी तस्वीर सही ढंग से नहीं खिंच पाएगी, दूसरे लोगों को पता ही नहीं चलेगा कि आपने झाड़ू लगाई। गंदगी साफ हो न हो, मगर झाड़ू लगाती हुई तस्वीर जरूर खिंचे। अगर ऐसा न हुआ तो समझो आत्मा को मुक्ति नहीं मिलेगी।"

चमचे ने पूछा, "भैयाजी, अगर हम झाड़ू लगा रहे हैं और कोई फोटो नहीं खींच रहा हो तो हमें क्या करना चाहिए?"

नेताजी मुस्करा कर बोले, "ये हुई न कोई बात। हम खुश हुए कि आप लोग प्रश्न करते हैं वरना आजकल कोई प्रश्न ही नहीं करता। देखिए, अगर फोटोग्राफर सामने न हो तो झाड़ू लगाने की गलती नहीं करनी चाहिए। अरे भाई, जंगल में मोर नाचा किसने देखा? जब तक आप की झाड़ू वाली तस्वीर किसी अखबार में न छपे, 'फेसबुक' में न पोस्ट हो, 'ट्विटर' में इस बारे में कोई सूचना ही न हो, 'व्हाट्सएप्प' के माध्यम से यार-दोस्तों के बीच न जाए, 'इंस्टाग्राम' में नजर न आए या अपने 'ब्लॉग' में झाड़ू-पुराण का वर्णन न हो, तो कोई मतलब ही नहीं। इसके लिए सबको स्मार्ट मोबाइल सेट रखना चाहिए। जिससे किसी को भी मोबाइल दे कर अपनी तस्वीर उतरवा ली जाए। फोटो जरूरी है। बिना फोटो के झाड़ू लगाना पाप है। बेकार है। क्योंकि बिन प्रचार सब सून।"

"भैयाजी, आप ने हमें प्रेरित किया, उसके लिए एक बार फिर आभारी हैं।"

एक उत्साही चमचे ने कहा, "पिछली बार भी आपने बताया था कि घोटाले करके कैसे खुद को बचाए रहें। उस कारण हम आज तक कभी फँसे ही नहीं। अनाड़ी लोग फँसते रहे मगर हम बचते रहे। अब झाड़ू लगाने की कला सिखाने के लिए धन्यवाद। आपने हमें बताया कि झाड़ू लगाते वक्त चेहरा जो है वो झाड़ू के डंडे के सामने न आए, दूसरी बात यह बताइए कि झाड़ू कितनी देर लगाई जाए?"

नेताजी बोले, "देखो, झाड़ू बहुत देर तक नहीं लगानी चाहिए। ऐसा करने से हमारे भीतर सफाईकर्मी के भाव जाग्रत हो सकते हैं और हम राजनीति छोड़ कर सड़कों पर यही काम करते नजर आ सकते हैं। इसलिए जब तक फोटो न खिंच जाए, तब तक धीरे-धीरे झाड़ू लगाते रहो। और हमेशा भीड़ में झाड़ू लगाओ ताकि पता ही न चले कि आप झाड़ू लगा रहे हैं। झाड़ू चलाने का नाटक करते रहो। झाड़ू सड़क साफ करे न करे, वह लगती दिखनी चाहिए।"

"वाह, क्या बात है। हम धन्य हुए।" एक दूसरे चमचे ने लपक कर कहा, "हम ध्यान रखेंगे भैया जी। कुछ और बातें बताइए।"

नेताजी बोले, "एक महत्वपूर्ण बात यह है कि झाड़ू लगाने के लिए जिस दिन निकलना हो, उस दिन नहाना मत। ये न हो कि सुबह उठे और नहाने चले गए। नहाने का काम झाड़ू लगा कर लौटने के बाद करना चाहिए। इससे घर का पानी-साबुन, सेंट, पाउडर सब बचेगा। नहा कर निकलोगे तो नहाना पड़ेगा ही। इसलिए दो बार नहाना ही क्यों?"

सारे चमचों ने नेताजी के मार्गदर्शन का स्वागत किया।

एक ने कहा, "आज हम मान गए कि झाड़ू लगाना एक कला है। इसे गंभीरतापूर्वक समझने की जरूरत है। हम आपके बताए रास्ते पर चलेंगे।"

चमचों में एक कविनुमा नेता था।

उसने जल्दी-जल्दी कुछ लिखा और लपक कर आगे आया, "भैयाजी, मैंने एक कविता लिखी है। सुन लीजिए,

आओ भाई, तुम्हें सिखाएँ,
झाड़ू कैसे लगाना है।
झाड़ू से ज्यादा हमको,
फोटो ही खिंचवाना है।
झाड़ू पकड़ो ठीक से अपना
चेहरा साफ नजर आए।
कचरा पड़ा रहे कचरे में,
फोटो मगर उतर जाए।
करें गंदगी साफ करें सब,
लोगों को समझाना है।
आओ भाई, तुम्हें सिखाएँ,
झाड़ू कैसे लगाना है।"

नेताजी कविता सुन कर हँस पड़े और बोले, "कभी हम पर भी कलम चलाओ भाई।"

चमचा बोला, "भैयाजी, जब कचरा और झाड़ू पर लिख सकता हूँ तो आप तो उससे कुछ श्रेष्ठ ही हैं। जरूर लिखूँगा।"

और अब ई-सफाई...

पिछले दिनों एक मित्र ने दूसरे से कहा—"यार, सब लगा चुके हैं, मगर तुमने अब तक नहीं लगाई?

"क्या नहीं लगाई? दारू?" मित्र नें मुसकराते हुए पूछा, तो हमने कहा, "झाड़ू का बात कर रहा हूँ। आजकल झाड़ू फैशन में है। जिसे देखो सफाई अभियान की नौटंकी का कलाकार बन रहा है। मैंने देखा, तुम ही ऐसे भयंकर नाकारे हो जिसने झाड़ू नहीं लगाई। क्या बात है? समाज में रहना नहीं है? अरबपति सेठ ने लगा ली, उसकी लुगाई भी निबट गई। नेता जी ने लगा ली, उनकी आरिजिनल पत्नी भी सड़क पर झाड़ू लगाते दिखी थी। समाजसेवा के बड़े-बड़े व्हाइट कॉलर मार्का ठेकेदार भी झाड़ू पकड़ कर धन्य हो रहे हैं और तुम हो कि अब तक सिगरेट पकड़े हुए हो?"

मित्र शरमाते हुए बोला, "यार, घर पर तो रोज मैं ही झाड़ू लगाता हूँ। लेकिन बाहर झाड़ू लगाते हुए लगता है, सफाईवाला हो गया हूँ। इतना छोटा काम मैं नहीं कर सकता।"

दूसरा मित्र भड़क कर बोला—"अबे, अकल के दुश्मन। गपडग़ंजू। आजकल लोग झाड़ू लगा कर बड़े होने लगे हैं। दिल्ली तक पहुँचने का जुगाड़ जमाने लगे हैं। झाड़ू अब पहले वाली झाड़ू नहीं रही। अब वह आप का चुनाव चिन्ह हो चुकी है और तुम झाड़ू को हल्के से ले रहे हो?

मित्र उखड़ते हुए बोला, "मेरा चुनाव चिन्ह कैसे हो गई। क्या मेरी कोई पार्टी है?"

मैंने हँसते हुए कहा, "आप मतलब तुमसे नहीं, 'आप' नाम की पार्टी से है। और एक बात ध्यान में रखना। सफाईवाला छोटा आदमी नहीं होता। हम गंदगी करते हैं और सफाईवाला उसे साफ करता है। अब तुम ही कहो, गंदगी करने वाला बड़ा होगा या गंदगी को साफ करने वाला?"

मित्र गंभीर हो कर बोला, "बात तो ठीक कह रहे हो यार, मगर ये दिखावा

हमसे नहीं होगा कि झाड़ू पकड़ो, फोटू-शोटू खिचाओ और अखबारों में छपवाओ।"

"अरे, अब अखबारों की चिंता कौन करता है लल्लू?" दूसरा चहका, "मत भेज अखबार में। फेसबुक में डाल दे। व्हाट्स एप के जरिए भेज दे मित्रों को। ऐसा कर ले बेटा, वरना इस जीव को मुक्ति नहीं मिलेगी। पहले लोग नेकी कर के दरिया में डाला करते थे, अब फेसबुक और व्हाट्सएप में डालते हैं। घर बैठ लोग तेरे सफाई अभियान को देख कर तुझे धन्यवाद देंगे। देख नहीं रहा, आजकल कितने लोग झाड़ू हाथ में ले कर फोटो खिंचवाते पाए जा रहे हैं। और झाड़ू पकड़ने का मतलब यह नहीं कि पूरे शहर की सफाई करनी है। तुमको तो बस इतना करना है कि झाड़ू पकड़ो, फोटो खिचवाओ और घर आ कर नहा-धो कर सेंट लगाओ। उसके बाद फौरन से पेश्तर फेसबुक में मोबाइल में कैद करवाई गई अपनी फोटो अपलोड करो और लिखो, माई सिटी, क्लीन सिटी। हो गए तुम पॉपुलर। बन गए पक्के समाजसेवी।"

पहले मित्र की बात सुन कर दूसरा सोचने लगा कि अब तो झाड़ू पकडऩी ही पड़ेगी। झाड़ू हाथ में ले कर लोग जब इतने पापुलर हो सकते हैं तो हम काहे पीछे रहें।

...और उस बंदे ने हिम्मत बँटोर कर दूसरे दिन हाथ में झाड़ू पकड़ ली। फिर उसके बाद तो चमत्कार को नमस्कार ही हो गया। वह भी शहर के बड़े लोगों में शुमार हो गया।

उधर कुछ स्वच्छताप्रेमी ई-मनुष्य भी बड़े कलाकार निकले।

ई मनुष्य जो अपनी दिनचर्या के एक-दो जरूरी काम छोड़ कर सारा-का-सारा काम कम्प्यूटर और इंटरनेट के जरिए ही करते हैं। इन कलाकारों ने अपना 'ई-झाड़ू ग्रुप' भी बनाया लिया है और उसकी मदद से ही ये घर बैठे शहर को साफ करते पाये जाते हैं।

इस ग्रुप के सदस्य अपने शहर की किसी सड़क की तस्वीर खींचते फिर उसे फोटोशॉप में ले जा कर दुबारा देखते और जहाँ-जहाँ उन्हें कचरा नजर आता, उस पर माउस घुमा कर ब्रश चला देते। बस, कचरा साफ। फिर फेसबुक में फोटो डाल कर कहते—"देखो भाइयो, हो गई सफाई। हम देश के जिम्मेदार नागरिक हैं। सड़कों पर न उतर सकें तो क्या घर बैठे ई-सफाई तो कर ही सकते हैं इसलिए आइए, घर बैठे स्वच्छता अभियान से जुड़ें।"

लोगों को यह ई—सफाई रास आ गई और लोग घर बैठे सफाई करने लगे। कुछ लोग और अधिक यानी तो डेढ़ होशियार थे।

वे अपने-अपने सहायकों से कहते—"नई झाड़ू लेकर फलाने चौक पहुँचो।

आज हम वहाँ झाड़ू लगाएँगे।"

फिर वे पहुँच कर झाड़ू लगाते हुए सहायकों से अपनी फोटू खिचवा कर लौट आते। फिर उसके बाद फेसबुक में उनका झाड़ूदार चेहरा नजर आ जाता।

इस तरह अनेक लोग ई-सफाई करते दिखाई देते रहे। ऐसा करने से उनकी छवि साफ होती रही। उनकी तस्वीरें फेसबुक में और अखबारों में चमकने लगीं। यह और बात है कि शहर में गंदगी का ढेर बढ़ता गया और उधर सोशल मीडिया के जरिए शहर चकाचक चमकता नजर आने लगा।

गंदगी से त्रस्त लोग कहने लगे—

"ई ससुरी...ई-सफाई की कब होगी सफाई?"

खुशामद का कलाकंद!

जीवन जीना अपने आप में एक बड़ी कठिन किस्म की कला है। कुछ के लिए बला है। जिसे यह कलाकारी नहीं आती, वह बेचारा कुछ इस तरह से जीता है कि उसे देख कर कोई भी कह सकता है, ये जीना भी कोई जीना है लल्लू? जो सफलतापूर्वक जीवन जीते हैं, वे नंबर एक के कलाकार होते हैं। इनके सामने हर बड़े से बड़ा कलाकार पानी भरता नजर आता है। चमचागीरी या खुशामद करना भी एक कला है। जिसने इस कला में स्वर्ण पदक हासिल कर लिया या फिर जिसे 'पासिंग मार्क' भी मिल गया तो उसकी ज़िंदगी का आराम से गुजर जाती है।

खुशामद इस वक्त राष्ट्र की मुख्य धारा में है। इस धारा में बहने वाले लोगों के हिस्से सुख-सुविधाएँ खुद-ब-खुद दौड़ी चली आती है। हमारे मित्र छदामी जी कहाँ-से-कहाँ पहुँच गए। साइकिल पर चलते थे, आज कार में चलते हैं। वे खुशामद का चमत्कार है।

खुशामद की कला के विशेषज्ञ हर कहीं पाए जाते हैं। कश्मीर से ले कर कन्याकुमारी तक खुशामद करने वालों की भरमार है। दरअसल, जीवन की हर सांस खुशामद की कर्जदार है। खुशामद और चमचागीरी में बहुत ही बारीक सा अंतर है। चमचागीरी बदनामशुदा शब्द है। खुशामद अभी उतना बदनाम नहीं हुआ है। इसलिए लोग चमचागीरी तो करते हैं लेकिन सफाई देते हैं कि भई थोड़ी-सी खुशामद कर दी तो क्या बिगड़ गया! खुशामद कामधेनु गाय है, जिसकी पूँछ पकड़ कर न जाने कितने गधे, घोड़े बन कर दौड़ रहे हैं।

पद, पैसा व सुख आदि पाने की ललक में लोग खुशामद जैसे सात्विक हथियार का सहारा लेते हैं। अच्छा करते हैं। धारदार हथियार का इस्तेमाल तो नहीं करते। खुशामद एक तरह का अहिंसक हथियार है। सोचता हूँ कि खुशामद की कला का इस्तेमाल करके अगर कोई अपने लिए कुछ प्राप्त कर ले तो क्या बुराई है? यह तो जीवन जीने की कला है। इसके बिना आप जहाँ हैं वहीं पड़े रह जाएँगे।

जो लोग सड़ना नहीं चाहते, वे कुछ करने के लिए खुशामद का सहारा ले कर आगे बढ़ते हैं। इसके लिए पॉवरफुल लोगों का सम्मान करो, अकारण दाएँ-बाएँ होते रहो, अभिनंदन करो और ऐश करो। पिछले दिनों ऐसे ही एक सज्जन के बारे में पता चला। जब देखो आयोजनों में भिड़े रहते थे। मुझे लगा, बड़े महान प्राणी हैं। बड़े बिजी रहते हैं। देश औरसमाज की चिंता में निरंतर मोटे भी होते जा रहे हैं। यह देख कर मैं उनके नागरिक अभिनंदन के 'मूड' में आ गया। मैं उनसे टाइम लेने जा रहा था कि रास्ते में एक महोदय मिल गए।

उसने पूछा, "कहाँ चल दिए?"

मैंने कहा, "फलाने जी का सम्मान करना चाहता हूँ।"

मेरी बात को सुनकर महोदय हँस पड़े तो मैं चौंका।

मैंने कहा, "इसमें हँसने की क्या बात है? फलाने जी समाजसेवी हैं। चौबीसों घंटे काम में भिड़े रहते हैं। कुछ-न-कुछ करते रहते हैं। ऐसे लोगों का अभिनंदन तो होना ही चाहिए न!?"

महोदय बोले, "चलिए, मैं सज्जन की पोल खोलता हूँ। तब भी आपको लगे कि उनका अभिनंदन होना चाहिए तो ठीक है।"

मेरे सोए हुए कान खड़े हो गए। महोदय बताने लगे, "इन्होंने पिछले साल मजदूरों का एक सम्मेलन करवाया था। एक मंत्री को बुलवा कर भाषण भी करवा दिया। सम्मेलन के बाद उन्हें दो फायदे हुए। मंत्री जी ने उन्हें एक समिति का सदस्य बनवा दिया। और सज्जन के घर पर दूसरी मंजिल भी तन गई। ये सज्जन हर दूसरे दिन किसी मंत्री का, किसी विधायक का, या किसी अफसर का अभिनंदन करते रहते हैं। ऐसा करने से लोगों में धाक जमती चली जाती है। पॉवरफुल आत्माओं से निकटता बढ़ती है तो सुविधाओं की गंगा अपने आप बहने लगती है। देखते ही देखते कंगाल भी मालामाल हो जाता है।"

महोदय की बातें सुन कर मेरा माथा घूम गया और मैंने अभिनंदन का आइडिया ड्रॉप कर दिया। अब ये और बात है कि सज्जन अपना अभिनंदन कराने के लिए मेरी खुशामद पर आमादा हैं। तो भाई साहेब, खुशामद के एक से एक रूप हैं। जुआ की तरह। हम और आप कर रहे होते हैं और पता नहीं चलता कि खुशामद कर रहे हैं। इसलिए कदम फूँक-फूँक कर रखिए। लेकिन जो खुशामद से दूर रहता है,उसकी आमद घर वालों को नागवार गुजरने लगती है। हर कोई मुंह बनाते हुए बड़बड़ाता है, 'आ गया आदर्शवादी, हुँह।'

तो साहेबान, खुशामद ही जीवन का सावर है। घर-बाहर अगर इज्जत चाहिए तो खुशामदखोरों की बिरादरी में शामिल हो जाइए। खुशामद की कला में

माहिर आदमी का बीए पास होना बी जरूरी नहीं। आप खुशामद पास हैं तो कहीं भी टिक सकते हैं। समाजवाद, पूँजीवाद, अध्यात्मवाद और बाजारवाद। न जाने कितने तो वाद हैं। सबका अपना-अपना महत्व है। लेकिन आजकल के जमाने में 'खुशामदवाद' तो वादों का वाद है। सारे वाद बार-बार, खुशामदवाद एक बार। एक बार जो खुशामद की सुरंग में घुसा, वह मालामाल हो कर ही लौटा। ये और बात है कि आत्मा पर थोड़ी कालिख पुत जाती है। लेकिन आत्मा-फात्मा को क्या देखनका? जिसने की शरम, उसके फूटे करम। आत्मा के चक्कर में न जाने कितने महात्माओं ने आत्महत्याएँ कर लीं। इसलिए आत्मा को घर के पिछवाड़े में कहीं दफन करके खुशामद का सहारा लो। इस दिशा में जिसने भी कदम बढ़ाए हैं, वह जीवन भर सुखी रहा है। इसीलिए तो धीरे-धीरे खुशामद लोकप्रिय कला बनती जा रही है। और जब कला बन रही है, या बन चुकी है तो इसका पाठ्यक्रम तो तैयार कर दिया जाना चाहिए। किसी की प्रशस्ति में गीत-कविता लिखना, चालीसा लिखना क्या है? मतलब यह कि साहित्य में खुशामद कला ने घुसपैठ कर ली है।

आजकल विश्वविद्यालयों में नये-नये पाठ्यक्रमों की पढ़ाई शुरू हो रही है। फलाना मैनेजमेंट, ढिकाना मैनेजमेंट। तो खुशामदमैनेजमेंट का नया कोर्स भी शुरू हो जाए। इसका बाकायदा 'सिलेबस' तैयार हो। सुव्यवस्थित तरीके से यह कोर्स लांट हो। इसके पढ़ाने वाले सैकड़ों की तादाद में हर शहर में मिल जाएँगे।ऐसे लोगों की तलाश की जाए जो 'खुशामद वाचस्पति' हो या 'खुशामदश्री' खुशामद कला में पीएचडी की उपाधि भी दी जा सकती है। यह मानद भी हो सकती है। आपके शहर में ऐसी प्रतिभाओं की कमी नहीं होगी।

इधर तो खुशामद की प्रतिभा से लबालब लोगों की ऐसी नस्लें लहलहा रही हैं कि मत पूछिए। इसलिए समय के साथ दौड़ने वालों को इस सुझाव पर विचार करना चाहिए। क्योंकि यह सदी खुशामद को कला बनाने पर उतारू होने की सदी है। जो कोई खुशामद के विरोध में खड़ा होगा, वह धकिया दिया जाएगा। वक्त के साथ चलो, खुशामद के साथ चलो।

छदामी जी हर दूसरे दिन अभिनंदन करते हैं। अभिनंदन प्रतिभाशाली लोगों का हो तो कोई बात नहीं। लेकिन अब ऐसे लोगों का अभिनंदन करता ही कौन है? अभिनंदन होता है मंत्री, नेता या अफसरों का। या फिर ऐसे व्यक्ति का, जिसके सहारे सुविधाओं के टुकड़े प्राप्त हो जाएँ। अभिनंदन करना भी खुशामद का ही एक तरीका है। कुछ लोग जीवन भर इसे पवित्र काम मान कर दिन-रात भिढ़े रहते हैं। अभिनंदन करना और अभिनंदन कराना ऐसा शौक है कि मत पूछिए। जिसे इसका चस्का लग जाए, वह गया काम से। अभिनंदन के बगैर वह ठीक उसी तरह

तड़पता है, जिस तरह मछली पानी के बगैर। खुशामद करना और खुशामदपसंद होना, सबके बस की बात भी तो नहीं है।

खुशामदपसंद लोगों की चमड़ी मोटी होनी चाहिए और जेब भी हर वक्त 'फुल' रहे। जब तक जेब फूली रहेगी, अभिनंदन या सम्मान की झड़ी रहेगी। खुशामद करने वाला कंगाल हो तो भी चलेगा लेकिन खुशामदपसंद का मालामाल होना जरूरी है। ऐसी जब दो आत्माएँ मिलती हैं, तब यहीगीत बजना चाहिए, 'दो सितारों का जमीं पर मिलन है आज की रात'।

सोचिए, खुशामद कितनी बड़ी चीज है कि इस नाचीज को इस पर कागज काले करने पड़ रहे हैं लेकिन हालत यह है कि मर्ज बढ़ता ही गया ज्यों-जेयं दवा की। खुशामद को लेकर आप लाख नाराजगी व्यक्त करें, यह खत्म होने से रही। यह तो द्रौपदी की चीर की तरह बढ़ती ही जा रही है। और क्यों न बढ़े साहब? जब हर दूसरा-तीसरा शख्स इस कला में हाथ आजमा रहा है। आपको इस कला से प्रेम नहीं हे तो न सही, और दूसरे लोग तो हैं, जिनकी गाड़ी खुशामद के भरोसे ही चलती है।

सत्ता के गलियारों में जाकर देखिए। खुशामद करने वाले कीड़े-मकोड़ों की तरह बिलबिलाते हुए मिल जाएँगे। वक्त की मार केवल मूर्तियों पर या स्मारकों पर ही नहीं पड़ती, शब्दों पर भी पड़ती है। 'खुश-आमद' ऐसा बदनाम हो गया है कि शब्द का प्रयोग करते हुए डर लगता है। किसी को 'नेताजी' कह दो, 'गुरु' कह दो तो लगता है, व्यंग्य किया जा रहा है।

खुशामद शब्द का यही हाल है। लेकिन हाल है तो है। अब तो इसे लोग कला बताने पर तुले हुए हैं। वक्त-वक्त की बात है। इसलिए साहेबान, मेहरबान, कदरदान। वक्त की धड़कन को सुनो। और इस नई कला को गुनो। सफल होना हो तो खुशामद ही अंतिम चारा है। बिना खुशामद के हर कोई बेचारा है। यह और बात है कि जो इस जीवन को संघर्षों के बीच ही जीने का आदी हैं, जिनको मुसीबत झेलने में ही मजा आता है, जो सूखी रोटी खा कर, ठंडा पानी पी कर जो खुश रहते हैं उनके लिए खुशामद कला विषकन्या के समान त्याज्य है। लेकिन जिनको ऐसे-वैसे-कैसे-कैसे पैसे चाहिए, सुविधा-सम्मान और पैसे, वे खुशामद के बिना एक कदम नहीं चल सकते। ऐसे लोग ही प्रचारित कर रहे हैं—खुशामद एक कला है। इसकी मार्केटिंग कर रहे हैं। नए-नए आकर्षक रैपरों में। हर सीधा-सादा आदमी खुशामद के चक्कर में फँस जाता है। लेकिन खुशामद एक ऐसा भँवर है, जिसमें कोई एक बार फँसा तो निकलना मुश्किल हो जाता है। इस कला में बला का स्वाद है, जिसने एक बार भी इसका स्वाद चख लिया, वह दीवाना हो गया।

नैतिकता से बेगाना हो गया।

पता नहीं, आपने खुशामद की कला का आनंद लिया है या नहीं? न लिया हो तो कोई बात नहीं, अगर इच्छा हो तो अपने ही शहर के किसी नेतानुमा प्राणी से मिल लीजिएगा। या फिर ऐसे शख्स से, जिसे लोग 'मिठ-लबरा' (ऐसा व्यक्ति जो बड़ी ही मधुरता के साथ झूठा व्यवहार करताहै) के नाम से जानते हों। ये लोग आपको बताएँगे कि खुशामद रूपी कलाकंद खाने का आनंद कैसे उठाएँ। बहरहाल खुशामद को अगर कला का दर्जा मिल जाए तो कोई बुराई नहीं।

कुछ लोग तो जेब काटने तक को कला मानते हैं। कला हमेशा भला काम ही कराए, जरूरी नहीं। क्या कहा, आप खुशामद को कला नहीं बला मानते हैं? भई, आप जैसे लोगों के कारण ही गलत-सलत परम्पराएँ अपना स्थान नहीं ना पातीं। आज कदम-कदम पर खुशामदखोर मिल जाएँगे, चलते पुर्जे। अपना काम निकालने में माहिर। आप अगर अब तक हम लोगों से कुछ नहीं सीख पाए हैं, तो ठीक है, पड़े रहिए अपनी जगह। सारे लोग आपसे आगे निकल जाएँगे तो फिर मत कहिएगा कि हम पीछे रह गए। आगे बढ़ना है तो शर्म त्यागिए और खुशामदखोरी में भिड़ जाइए। शरमाइए मत। मान जाए कि खुशामद भी एक कला है। कलाओं की कला। इसलिए जब भी आपको कोई खुशामदखोर नजर आए तो नाराज मत होइए।

उल्टे कहिए—खुश-आम-दीद।

समीक्षा की ठगी

नया लेखक इन दिनों हिंदी साहित्य के समीक्षकों बनाम आलोचकों से खाँटी नाराज चल रहा है।

वह इतना नाराज है कि अगर उसे पता चल जाए कि सामने समीक्षक खड़ा है, तो उसका टेंटुआ ही दबा दे। उसने एक समीक्षक द्वारा लिखी समीक्षा को आग के हवाले करने के बाद कसम खा ली है कि आज के बाद समीक्षाएँ पढ़ना बंद। किस्सा कोताह यह है, कि पिछले दिनों नये-नवेले लेखक ने किसी पत्रिका में एक ही समीक्षक द्वारा लिखित दो पुस्तकों की समीक्षाएँ पढ़ लीं। समीक्षक के बारे में कभी नये लेखक ने सुन रखा था कि वह प्रगतिशील किस्म का है।

एक लेखक संघ के प्रचार-सचिव ने उसे एक दिन ज्ञान भी दिया था, "यही समीक्षक सच्चा है। नंबर वन है। शिष्ट भाषा में लोग इसे आलोचक भी कहते हैं। यह शख्स जिस किसी भी पर हाथ रख देता है, वह धन्य हो जाता है। एक तरह का 'आइएसआइ मार्का' है। जिस लेखक पर इसका ठप्पा लग जाता है, वह लेखक धड़ाधड़..धड़ाधड़ बिकने लगता है। प्रामाणिक माल की तरह।"

"पुस्तक कितनी महान् है, इसका निर्धारण तो पाठक कर सकता है।" नये लेखक ने चकराते हुए पूछा, 'तो फिर समीक्षक को इसकी ठेकेदारी क्यों दे दी जाती है?"

"तुम अभी बच्चे हो। साहित्य की बातों को समझने में कच्चे हो। अभी वक्त लगेगा।" लेखक संघ के सचिव ने बीड़ी सुड़कते कहा, 'तुम तो फिलहाल गोष्ठियों में चाय-पानी का इंतज़ाम करते रहो। धीरे-धीरे सब कुछ जान जाओगे।"

नये लेखक ने मजे के साथ समीक्षक की दोनों समीक्षाएँ पढ़ीं। समीक्षक ने अपने जादुई शब्दों में एक पुस्तककी बड़ी तारीफ की थी। कृति को प्रयोगधर्मी, क्रांतिकारी और न जाने क्या-क्या बता दिया था। एक साथ नागार्जुन, मुक्तिबोध, निराला, अज्ञेय से जोड़ दिया था लेखक को। नये लेखक ने इसी समीक्षक की दूसरी समीक्षा पढ़ी, जिसमें उसने किताब को जी भर कर कोसा था और छोटी-सी टिप्पणी

के साथ लेखक को निपटा दिया था। नये लेखक ने सोचा कि दोनों किताबें खरीद कर देखते हैं। पता तो चले कि एक अच्छी, तो दूसरी बुरी क्यों है। इन किताबों को जरूर पढ़ना चाहिए, तभी वह कुछ नया सीख सकेगा।

वह दौड़ा-दौड़ा बाज़ार गया और दोनों किताबें खरीद लाया। लेकिन लेखक का दुर्भाग्य था कि उसके लिए पुस्तकें खरीदना घाटे का सौदा हो गया।

समीक्षक ने जिस किताब के बारे में लिखा था कि वह क्रांतिकारी है। कमाल की है। वह किताब तो फटा पोस्टर निकली। उसमें ऐसा कुछ नहीं था जिससे वह क्रांतिकारी साबित होती। वहाँ तो कदम-कदम पर भ्रांति-ही-भ्रांति थी। किताब की अश्लील और अनगढ़ भाषा ने उसे निराशा से भर दिया। किताब का कथानक उसे भयानक लगा। उसका सिर-पैर ही नहीं था। लेखक कहना क्या चाहता है, यह तो समझ में आए। नये लेखक ने दूसरी किताब पढ़ी। जिसे समीक्षक ने यूँ ही निपटा दिया था, वह किताब तो बड़ी उत्कृष्ट निकली।

नया लेखक गुस्से में बड़बड़ाया, "यह कैसी उल्टी-सीधी समीक्षा है? क्या यह समीक्षक अब तक इसी गोत्र की समीक्षाएँ करता रहा है?"

नया लेखक भयानक गुस्से में उबल रहा था। जैसा कि शुरू में कहा जा चुका है कि उस दिन अगर सचमुच उसे लेखक, प्रकाशक, समीक्षक और गलत-सलत समीक्षा छापने वाला संपादक भी मिल जाता, तो वह उन सबको गोलियों से उड़ा देता। लेकिन लेखक गांधीगीरी वाला था। शाकाहारी किस्म का जीव। उसने ऐसा नहीं किया। मगर नासपीटे गुस्से का क्या करता। आखिरकार उसने रास्ता निकाल ही लिया। उसने अपनी खिलौना रिवाल्वर निकाली और एक-एक करके चार हवाई फायर कर दिए :

लेखक : ठाँय...
प्रकाशक : ठाँय...
समीक्षक : ठाँय..।
संपादक : ठाँय

हवाई फायर करने के बाद नया लेखक का चेहरा कुछ तनाव मुक्त हुआ।

वह बुदबुदाया, "मैंने चारों का काम तमाम कर दिया।"

मरने वालों की अंत्येष्टि भी तो की जाती है। इसलिए उसने चारों के नाम की अलग-अलग पर्चियाँ बनाईं और गीता के श्लोकों का उच्चारण करते हुए उन्हें आग के हवाले कर दिया।

वह दिन और आज का दिन, नया लेखक समीक्षाएँ पढ़ते हुए डरता है। समीक्षा के चक्कर में घनचक्कर बनना ठीक नहीं। किसी दूसरे समीक्षक के बारे

में लाख समझाओ, कि बड़ा भला है, निष्पक्ष है, लेकिन नया लेखक मानता ही नहीं। कहता है, कि सारे समीक्षक एक ही थैली के चट्टे-बट्टे हैं। फर्जी समीक्षाएँ करते हैं। किताब कुछ और समीक्षा कुछ। अब नये लेखक को घाघ लेखक कैसे समझाए कि बेचारा समीक्षक भी मनुष्य होता है। वह भी कुछ पाने की आशा में रिश्तेदारी निभाने लगता है। खेलों की तरह अब साहित्य में भी 'फिक्सिंग' होने लगी है। यानी साहित्य भी अब एक तरह का खेल हो गया है।

नये लेखक को बीड़ीफूँकू साहित्यकार समझाता है, "हे बालक, निराला के दौर का साहित्यिक माहौल अब नहीं रहा। अब तो बड़ा आदमी होने का मतलब ही है कि वह अच्छा लेखक भी होगा। देखो, मैंने एक दोहा लिखा है, कि 'पद, पैसा और हुस्न स्वयं ही काव्य है। कोई कवि हो जाए सहज संभाव्य है'। कविनुमा आदमी अगर मंत्री या बड़ा अफसर बन जाए, तो जिसे देखो वही उसकी कविताएँ गाने लगता है। जैसे ही वह मंत्री भूतपूर्व होता है, तो सब कुछ भूत हो जाता है। आजकल का यही फंडा है।"

नया लेखक मुसकराते हुए सुझाव देता है, "क्यों न हर प्रकाशित समीक्षा के अंत में साफ-साफ ये पाद टिप्पणी दी जाए, कि 'इस समीक्षा से संपादकीय सहमति अनिवार्य नहीं है। पाठक अपने विवेक से राय बना लें। समीक्षा पढ़ कर पुस्तक खरीदने के बाद पत्रिका को जिम्मेदार न ठहराया जाए।"

बीड़ीफूँक साहित्यकार को खाँसी आ जाती है। वह पतली गली से निकल लेता है।

बहरहाल, समीक्षा की ठगी चालू आहे। इधर लेखक, प्रकाशक और पालकी ढोनेवाले समीक्षक मालामाल, उधर पाठक हलाल। नये लेखक ने फिलहाल पहली कसम खाई है, कि पत्र-पत्रिकाओं में प्रकाशित होने वाली समीक्षाए बिल्कुल नहीं पढ़ेगा। वह पाठकों के पत्र पढ़ लेगा, चड्डी-बनियान वाले या फिर और किसी विज्ञापन के मैटर पढ़ लेगा, ऊलजलूल किस्म की कविताएँ भी वह झेल लेगा, लेकिन समीक्षा...? नक्को बाबा।

पिछले दिनों एक लड़की ने नये लेखक की ओर देखा और जैसे ही मुसकराते हुए कहा, कि 'माइ नेम इज आलोचना', तो लेखक के पसीने छूटने लगे। दरअसल नये लेखक को एक तरह का समीक्षा-फोबिया हो गया है। बेचारा, गँवार। जब कभी कोई समीक्षा देखता है, तो घबरा जाता है।

फिर किसी समीक्षक ने ठग लिया तो..?

फिर उसके रुपये पानी में चले गए तो..?

फिर हवाई फायर की नौबत आ गई तो..?

ठिठुरते हुए आदमी पर कविता

कड़ाके की ठंड थी। वह बुरी तरह ठिठुर रहा था।

पहले लगा कि मेरा देश है, फिर गौर से देखा। वह एक गरीब आम आदमी था। फटेहाल हाथ में कटोरा थामे राजपथ पर बैठा हुआ था। मैं अपने कमरे में हीटर जलाकर ठंडी पर कविता लिखना चाह रहा था। बहुत कोशिश की लेकिन कुछ सूझ नहीं सका। क्या लिखूँ। उन कवियों जैसी प्रतिभा मुझमें नहीं थी जो केवल कल्पना करके ठंडी पर करुण कविता लिख लेते हैं। ऐसा लगता है, यह कवि का भोगा हुआ यथार्थ है।

मैं चाहकर भी इस तरह की साहित्यिक मक्कारी न कर सका। जैसा कुछ भयंकर प्रगतिशील लेखक करते हैं। मुझे लगा कविता लिखने के पहले ठंड से मरते हुए आदमी से तो मिला जाए। मिलें न मिलें, उसे निकट से देख तो लें कि वह कैसे ठंड से काँपता है, कैसे जीवन को कोसता है। यह सोचकर मैं ऊनी कपड़ों से लैस होकर बाहर निकल पड़ा। इतने ऊनी कपड़े पहन रखे थे कि ठंडी हवा को बड़ी परेशानी हो गयी। वह इधर-उधर से पूरी कोशिश के बावजूद मुझको कँपकपाने में असफल रही। कुछ देर तक साथ रही फिर नर्वस होकर दूसरी ओर मुड़ गयी। थोड़ी देर बाद मैं उस फटेहाल के सामने था।

मैंने देखा कि वह आँखें मूँदकर बैठा हुआ था और काँपे जा रहा था।

मैंने उसे पुकारा। उसने हड़बड़ा कर आँखें खोल दीं।

उसने पूछा, "मुझसे कोई खता हो गई माई-बाप?"

मैंने कहा, "नहीं भाई, मैं तो तुमसे बतियाने आया था। कवि हूँ न। एक कविता लिखना चाहता था कि ठंड में गरीब लोग कैसे जीते हैं। अब घर के भीतर तो गरीब मिलता नहीं, सो बाहर आ गया। तुम मिल गए। मजा आ गया। मेरी यर्थाथवादी कविता तैयार हो जाएगी।"

वह हँस पड़ा। जैसे मेरा मजाक उड़ा रहा हो यह सोच कर कि किसी की

जान जाती है और तुम्हारी अदा ठहरी?

वह बोला, "हाँ साहेब, यही दिन तो देखने हैं हम गरीबों को। हम है तो आपका अस्तित्व है। हम न हो तो आप बेरोजगार हो जाएँगे।"

"क्या बकते हो?" मैं भड़क गया।

"नाराज न हो साब, ठीक बोलता हूँ।" वह शांति के साथ बोल रहा था, "देखिए, अगर हम गरीब ने होते तो आज आप कविता किस पर लिखते? सभी लोग अमीर हो जाएँगे तो गरीबी शब्द का अस्तित्व ही खतरे में पड़ जाएगा। इस शब्द की अस्मिता को बचाए रखने के लिए देश में गरीबों की सख्त जरूरत है और हम यह जरूरत पूरी कर रहे हैं। हम गरीबों पर आप कविता लिखेंगे, वह किसी पत्रिका में छपेगी तो सौ-पचास रुपये का फायदा हो जाएगा, गवि गोष्ठी या सम्मेलनों में पढ़ेंगे तो वाहवाही मिलेगी। लोग कहेंगें कितनी सहृदयता है कवि में। अगर हम न हों तो कविता लिखने का मजा ही किरकिरा हो जाए। और हाँ, हमारे दम पर नेताओं को वोट-फोट भी मिल जाता है और वे राजधानी पहुँच कर गरीबी दूर कर लेते हैं। उनके भाषण के लिए सबसे जायकेदार चीज होती है गरीबी। नेता के हर वाक्य में एक बार गरीबी शब्द जरूर आता है। जैसे हमें गरीबी हटाना है, हम गरीबी हटाकर ही दम लेंगे...देश के आम आदमी को गरीबी रेखा से ऊपर उठाना है आदि-आदि। नेता वातानुकूलित कक्ष में बैठकर गरीबी हटाने की योजना बनाते हैं। कुल मिलाकर हम गरीब लोग बड़े काम की चीज हैं। इसलिए तो मैं कहता हूँ हमारे कारण आप जैसे लोग बेरोजगार होने से बच जाते हैं।"

उसकी बातों में दम था। मैं मौन हो गया लेकिन मेरे भीतर का कवि मेढक की तरह उचकायमान हो रहा था। कविता की आत्मा रो रही थी। शायद मुझे धिक्कार रही थी कि ओ कवि, जल्दी रच। समय की बर्बादी से बच।

मैंने प्रश्न किया, "भैया फटेहालजी, तुम ठंड से ठिठुरते हो तो क्या सोचते हो?"

"बस, यही सोचता हूँ कि लाखों का दान-पुण्य करने वाले हजारों रुपये खाने-पीने की पार्टी और किसम-किसम की अय्याशियों पर बर्बाद करने कर देने वाले लोग अपने मनुष्य होने का भी सबूत कभी देगें कि नहीं।" फटेहाल ने उदास होकर कहा।

"मैं समझा नही, आप कहना क्या चाहते हैं।" मेरा अगला प्रश्न था।

"बात एकदम साफ है।" वह बोला, "मनुष्य में मनुष्यता होनी चाहिए लेकिन आजकल के मनुष्यों में ससुरी मनुष्यता का कहीं अता-पता ही नहीं चलता। मनुष्यता को हृदय निकाला देकर अधिकाँश ने दानवता रूपी छिनाल को रखैल बना लिया है। यही कारण है कि लोगों को हम फकीर पर तनिक भी दया नहीं

आती। हर साल ऊनी कपड़े खरीदते हैं और पुराने को जमा करते जाते हैं। चाहें तो जरूरतमंदी का दान भी कर सकते हैं लेकिन दिल इतना छोटा हो गया है कि दान करने का साहस ही नहीं कर पाते। ऐसे लोगों के कारण हमारे तन पर ठंड जोंक की तरह चिपकी रहती है। आप भी खूब कपड़े-लत्ते ओढ़ कर मेरे पास आए हैं, अगर आपसे एक स्वेटर उतारने को कहूँ तो आपकी आत्मा हिल जाएगी। लगेगा आपका सर्वस्व लुट जाएगा। है कि नहीं?"

फटेहाल की दो टूक बात सुनकर मुझे ठंड में पसीना आने लगा। चूँकि मुझे ठंड पर कविता लिखनी थी, सो मैं भी बेशरमों की तरह डटा रहा।

मैंने फिर पूछा, "तो आप अपनी ठंड को दूर कैसे करते हैं जबकि आपके तन पर एक भी ऊनी वस्त्र नहीं रहता?"

मेरे प्रश्न पर वह मुस्कुराया। बोला, "हम लोग भी कल्पनाजीवी होते हैं। जिस तरह से आप गर्म होने के बावजूद ठंड की कल्पना करते हैं, उसी तरह हम ठंडी में ठिठुरते हुए आग की कल्पना कर लेते हैं। सोचते हैं, हमारे सामने आग जल रही है और हम हाथ सेंक रहे हैं। बस, यही सोच-सोचकर रात बिता देते हैं। कभी आग की, कभी कंबल की, कभी कोट-स्वेटर की, तरह-तरह की कल्पनाओं के सहारे हम ठंड को चकमा देते रहते हैं। यह जानते हुए भी कि ठंड से निपटने के लिए ऊनी कपड़े चाहिए, कल्पना नहीं।"

फटेहाल भयानक टाइप का जीवट वाला आदमी लगा। इस देश के लाखों करोड़ों गरीबों का प्रतिनिधि। उससे बात करके मेरे दिमाग में कविता मचलने लगी।

घर पहुँचकर रूम हीटर चालू कर दिया। शरीर कुछ गरमाने लगा, तो कमाल हो गया। भीतर की कविता पिघल कर धड़ाधड़ बाहर आने लगी। कुछ इस तरह कि

ठंड के खिलाफ खड़ा है आदमी
पहनकर लंगोटी
पूरी रात
आदमी से डरती है ठंड
क्योंकि फटेहाल होने के बावजूद
वह सोच लेता है ऊनी कपड़ों के बारे में
आग के बारे में
दोस्तो, कितना महान है फटेहाल आदमी।

वगैरह वगैरह...।

कविताएँ आती रहीं। उधर वह फटेहाल आदमी रात भर ठिठुरता रहा।

मैं सोचने लगा, एक कविता के लिए कितना जरूरी है एक अदद ठिठुरता हुआ आदमी।

गाय का हलफनामा

एक गाय मुँह में एक कागज दबाए जनता की अदालत में खड़ी थी।

लोगों की भीड़ लग गई। उत्सुकता से देखने लगे कि गाय के मुँह में यह क्या दबा है।

एक सज्जन जो गौ सेवक नाम से मशहूर थे। आगे बढ़े और कागज निकालकर पढ़ने लगे, लेकिन कुछ देर बाद उनकी पेंट गीली हो गई। ये एक संयोग था कि कागज गौ सेवक के पल्ले ही पड़ा। उसकी पेण्ट गीली होने का एक कारण भी था। क्योंकि उस कागज पर जो लिखा था, वह कुछ था भी ऐसा कि किसी भी फर्ज़ी-गौ सेवक की पेंट गीली कर दे। चलिए अब बता भी देते हैं कि उस कागज पर जो लिखा था वो क्या था। उस पर लिखा था,

"मुझे गौमाता कहने वाले अरे मेरे नालायक करोड़ों पुत्रो! तुम लोगों के पाखंड से मैं त्रस्त हो चुकी हूँ। तुम लोग गजब के जीव हो। दिन में मुझे माता कहते हो और रात को चुपके से किसी कसाई को बेच देते हो?...मैं बेजुबान हूँ। कुछ बोल नहीं पाती क्योंकि मैं फितरत से भी बड़ी सीधी हूँ। इसलिए जिसके हाथों में दे देते हो, उसके साथ चल पड़ती हूँ। न उसे सींग मारती हूँ, न चिल्लाती हूँ। यहाँ मैं केवल अपनी बात नहीं कह रही। समूची गौ-जाति की बात कह रही हूँ।... बड़ा आश्चर्य लगता है मुझे कि कैसे कोई व्यक्ति दूध-हरामी कर सकता है। मेरा दूध पीते हो। मेरे दूध से बनने वाली तरह-तरह की सामग्रियों का सेवन करते हो। चाहे वह मक्खन हो, दही हो, पनीर हो, खोवा हो। सब कुछ तो मेरे ही दूध का परिवर्तित रूप है। तो तुम सब का आनंद लेते हो। अपने जीवन को बहुत स्वस्थ रखते हो मगर जैसे ही मैं बूढ़ी होती हूँ, तुम्हारे काम की नहीं रहती, तुम मुझे चार-पाँच हजार रुपये में किसी कसाई के हवाले कर देते हो।...

...वाह रे अमानुष! वैसे तू बहुत समझदार है रे। जिसको कहते हैं डेढ़ होशियार। बूढ़ी गाय को तुम कसाइयों के हवाले कर देते हो और अपनी बूढ़ी माँ

को वृद्धाश्रम भेज देते हो। बूढ़ी माँ, बूढ़े पिता इन सब को तुम वृद्धाश्रम पहुँचाते हो और फिर मंदिर में जाकर भगवान से हाथ जोड़ कर कहते हो, 'प्रभु मेरे अवगुण चित न धरो'।... प्रभु मुझे मालामाल कर दो दो।' अरे ओ पैसे वाले भिखमंगे, आचारण से पूरी तरह नंगे!

तुझसे तो अच्छे है वे दूसरे धर्म वाले, जो मुझसे बड़ा प्रेम रखते हैं। गौशाला चलाते हैं। मुझे रोटी खिलाते हैं। ऐसे गौ सेवकों को तुम लोग मारते-पीटते हो। कभी-कभी उनकी जान भी ले लेते हो। तुम सड़क पर अपनी गौ-भक्ति खूब दिखाते हो। कोई व्यक्ति दस-बीस गायों को ले जा रहा होता है, तो तुम उसकी ठुकाई कर देते हो कि गायों को काटने ले जा रहा था। लेकिन तुम अपनी ओर नहीं देखते कि तुम कितने बड़े गौ-कटैया हो। कैसे तुम्हारी गौशालाओं में गाये तिल—तिल कर के मरती हैं। उन्हें न तो चारा देते हो, ना पानी पिलाते हो। लेकिन गौ सेवा आयोग से लाखों रुपये कैसे मिल जाएँ। इसके लिए बड़े बेचैन रहते हो। गौ-भक्त के रूप में तुम मशहूर हो जाते हो। लोग तुम्हें चंदा देने लगते हैं और तुम्हारा धंधा चल निकलता है। गायों की आड़ में तुम लाखों रुपए कमाने लगते हो। लोग तुम्हें बुला कर सम्मानित भी कर देते हैं कि यह पक्का गौ सेवक है। लेकिन तुम भी बड़े कलाकार हो, यह कौन जानता है। रात को तुम्हारा असली रूप सामने आ जाता है जब तुम कल्लू कसाई से फोन पर बात करते हो और कहते हो,

"रात को ग्यारह बजे ट्रक लेकर आ जाना। पच्चीस गायें मैंने निकाल ली हैं, जो मेरे किसी काम की नहीं। उन्हें ले जाना और गौ माता की जैसी 'सेवा' करनी हो, वैसी करना।"

कल्लू कसाई आता है तुम्हें पच्चीस गायों के पैसे दे देता है और गायों को ले जाकर उन्हें उनके दुखी जीवन से 'मुक्त' कर देता है। और दूसरी तरफ तू गाता है,

जय जय गौ माता
तेरी कृपा से हर कोई
धन-दौलत पाता।

तू बिलकुल ठीक भजन गाता है रे!

... "यह है मेरा हलफनामा, जिसे मैंने एक लेखक से लिखवाया है। उसी ने मुझे चौराहे पर खड़ा किया है कि तुम सबको अपनी पीड़ा बता दूँ।

अरे भयंकर पापी किस्म के गौ पुत्रो!!

यह देश कभी गो पालकों के रूप में जाना जाता था। अब यही देश गौ हत्यारे के रूप में भी जाना जाता है।

मुझे पता चला है कि दुनिया में सबसे ज्यादा गौ मांस इसी महान देश से

बाहर के देशो में भेजा जाता है। आश्चर्य होता है यह सोचकर कि इसी देश में कभी किशन-कन्हैया नामक बहुत बड़ा गौ सेवक-गौ प्रेमी हुआ था, जिसकी बंसी की धुन सुनकर गायें उसके आसपास मँडराने लगती थी। जिस देश में दूध की नदियाँ बहा करती बहा करती थी। जिस देश में सबसे धनी व्यक्ति वही कहलाता था, जिसके पास सबसे अधिक गायें हुआ करती थी। वैसे आज भी सबसे धनी व्यक्ति वही होता है जिसके पास गाये तो होती है मगर जो भूखी रहती है, जो मरणासन्न रहती है। ये गायें धीरे-धीरे मरती हैं और इसकी आड़ में गौ सेवक मालामाल होते चले जाते हैं। घर भर लेते हैं अपना। आदर्श तो ऐसा दिखाते हैं जैसे लगता है ये सीधे स्वर्ग लोक से आए हैं गौ माता की सेवा करने के लिए।

...तुम लोग सब से हाथ जोड़कर कहते हैं कि "भैया, मेरी मैया भूखी है। मेरी गाय को चारा-सानी चाहिए। आप कुछ व्यवस्था कर दो।" लोग व्यवस्था कर देते हैं। पैसे दे देते हैं और ये नीच-शिरोमणि उनके हिस्से का सारा पैसा हजम कर जाते हैं। गाय बे-चारी रह जाती है। यानी उसे चारा नहीं मिलता। तो ऐसे-ऐसे महान कलाकारों से भरा है ये समाज।

इसलिए मैं निवेदन करने आई हूँ कि
कोई मुझे गौ माता न कहे।...
मेरी पूजा ना करें।...
मेरी आरती न उतारे।...

मुझे तो बस एक जानवर ही रहने दो, वरना मुझे दुख होगा है कि एक तरफ लोग मुझे माता कहते हैं और दूसरी ओर मुझे छोड़ देते हैं सड़कों पर भटकने के लिए। कचरे के ढेर में मैं अपने लायक कुछ खाद्य सामग्री खोजती हूँ। उसे खाती हूँ। कई बार कुत्ते और सूअर भी पहुँच जाते हैं मुझे भगा देते है दोनों और मैं भूखी रह जाती हूँ। सब्जी बेचने वाले मुझको डंडा मारते हैं। घर वाले इस डर से भगा देते हैं कि मैं उनके घर के सामने गोबर कर दूंगी। सड़क पर चलती हूँ तो कोई वाहन चालक मुझे टक्कर मार कर भाग जाता है।

फिर भी ज़िंदा हूँ
यह और बात है कि
अपने होने पर ही शर्मिंदा हूँ।

.. लेकिन देखो तो मेरी उदारता। कचरा खाती हूँ और फिर दूध देती हूँ। कचरे के साथ मेरे पेट में न जाने कितनी जहरीली चीजें चली जाती हैं। कीलें चली

जाती है। काँच के टुकड़े चले जाते हैं। और भी न जाने कैसा कैसा ज़हर पेट में समा जाता है, फिर भी दूध देती हूँ। वह गाय जो कभी बीमार नहीं पड़ा करती थी, अब धीरे-धीरे बीमार पड़ने लगी है। तो दूध की कीमत न समझने वाले नालायक पुत्रो! अब तुम किसी भी गाय को माता मत कहो। गाय को उसके हाल पर छोड़ दो। तुम अब गाय के नाम पर चंदा खाना भी छोड़ दो वरना यह समझ लो कि नरक में तुम्हारी इतनी फजीहत होगी, इतनी फजीहत, जिसकी कल्पना तुम अभी कर ही नहीं सकते।

मैं हूँ तुम सब की..

तथाकथित गौ माता!!"

गाय का हलफनामा पढ़ कर पढ़ने वाला वहीं बेहोश हो गया।

तब तक कुछ और गायें वहाँ एकत्र हो गयी। सबके मुँह में एक-एक कागज था। शायद वे सब भी अपना-अपना हलफनामा पेश करने वाली थी। उनको एकत्र देख कर बाकी सब भाग खड़े हुए। थोड़ी देर बाद बेहोश गौ सेवक भी होश में आ गया। वहाँ इतनी सारी गायों को जमा देख कर वह घबरा गया और तेजी से भाग खड़ा हुआ। उसे भागता देख बाकी गैया भी उसकी तरफ दौड़ पड़ी।

उसे सींग मारने नहीं, उसे समझाने कि हमारी सेवा की आड़ में लूट का धंधा बंद करो।

जब मंत्री जी मनुष्य भये

पहले वो मनुष्य थे। बाद में बेचारे मंत्री हो गए।

मंत्री बन जाने के बाद अनेक मनुष्यों का मनुष्य बना रहना बहुत कठिन हो जाता है न!

मंत्री की हालत देखकर लोग अफसोस जताते, "बेचारा मनुष्य! पता नहीं इसे कब मुक्ति मिलेगी।"

आखिर मंत्री बने मनुष्य के प्रति लोगों में ऐसी सहानुभूति क्यों जगी? हुआ यह कि जब से वह मनुष्य मंत्री बना, अजीबोगरीब हरकतें करने लगा। कुछ दिनों तक सब ठीक-ठाक रहा, लेकिन अचानक उसके शरीर में पंख निकलने लगे। और वह उड़ने लगा। लोग मनुष्य से मिलने पहुँचते तो पता चलता कि वह तो ऊपर कहीं उड़ रहा है। कभी-कभार मनुष्य से मुलाकात होती तो वह अपने ही लोगों को पहचानने से ही इंकार क र देता। पहचानना तो दूर, उसके चेहरे पर मुसकान भी नहीं दीखती थी। लोग आपस में चर्चा करते कि कल तक तो बेचारा भला-चंगा था, अब इसे ये कौन-सा रोग लग गया है? यह मुसकराता क्यों नहीं? इसे तकलीफ क्या है? क्या मंत्री बनने के बाद आदमी की मुसकान छिन जाती है? कवि तुक्कड़ जी ने तो एक कुंडली ही लिख मारी,

बेचारा मंत्री बना, रहा नहीं इनसान।
पहले तो दिखती रही, लुप्त हुई मुसकान।
लुप्त हुई मुसकान, पराये लोग हो गए।
जाने तो क्या-क्या, मंत्री को रोग हो गए।
कह तुक्कड़ कविराय, अरे जन-गण-मन हारा,
इक शरीफ इनसान, बन गया भ्रष्ट बेचारा।

एक दिन मंत्री जी बंगले पर मिल गए। एक पत्रकार ने उन्हें घेर लिया।

पत्रकार को देखकर मंत्री जी कुछ ऐसे घबराए जैसे पुलिस को देख कर चोर, शिकारी को देख कर मोर और अपने पार्षदों को देखकर महापौर घबराते हैं। फिर भी ऐसा कौन माई का लाल होगा भला जो पत्रकारों से बच पाया है? मंत्री-अफसरों को तो चपेट में आना ही पड़ता है। आ ही गए।

पत्रकार ने पूछा, "सुना है, जब से आप मंत्री बने हैं, तब से आप आकाश में उड़ने लगे हैं। धरती से आपका संबंध कुछ कम हो गया है?"

प्रश्न सुनकर मंत्री जी भड़के गए। बोले, "ऐसा कुछ नहीं है। यह सब मेरे विरोधियों की साजिश है। मैं मंत्री बन गया हूँ न इसलिए जल रहे हैं। हम तो अपने रस्ते ही चल रहे हैं।"

"पछले दिनों अपने बाल सखा को ही एक घंटे इंतजार करवाया और मिलने के बाद उनसे प्रेम से बात भी नहीं की?"

इस सवाल पर मंत्री जी गंभीर होकर बोले, "भई, मंत्री हो गया हूँ न। मुझे अपने प्रोटोकॉल की चिंता रहती है। लोगों से प्रेम से बात करूँगा तो मेरा कद नहीं घट जाएगा? मंत्री मतलब, धीर-गंभीर..आकाश से उतरा देव-दूत सरीखा प्राणी। जो सबसे खास दूरी बना कर चले। अरे, मैं तो अपनी घरवाली से भी दूरी बना कर चलता हूँ। वह मेरे दफ्तर आती है तो पहले परची भेजती है। बाहर बैठकर इंतजार करती है। आप कह सकते हैं कि मैं पूरी तरह से समदर्शी हूँ।"

"इसीलिए तो लोग कहने लगे हैं कि आपके पर निकल आए हैं।"

पत्रकार की इस बात पर मंत्री जी चौंक गए। सोचने लगे कि लोगों को कैसे पता चल गया। फिर बोले, "अरे भई, पहली बार तो मंत्री बना हूँ। सायरन बजा कर निकलने वाली लम्बी-चौड़ी कार मिली है। चींपो-चींपो करती मेरी कार जब कहीं से निकलती है तो रौब पड़ता है। बस इसी दौरान रक्त-संचार बढ़ता है और मेरे पर निकलने लगते हैं। इसमें मेरी क्या गलती है? ऐसा तो सभी के साथ होता है। तुम मंत्री बनोगे तो तुम्हारे साथ भी ऐसइ, होगा, देख लेना।"

मंत्री की बात सुन कर पत्रकार हँसा फिर उसने अगला सवाल दागा, "आप अपने लोगों को ही पहचानने से इंकार कर देते हैं? अपने वोटरों को ऐसे घूरते हैं जैसे कभी देखा ही न हो। यह तो गलत बात है न?"

मंत्रीजी के चेहरे पर एक सेंकेंड के लिए हँसी उभरी और डायनासोर की तरह लुप्त हो गयी।

वह गंभीर होकर बोले, "आजकल हर कोई मेरा खास बनने की कोशिश कर रहा है। अरे, मेरी अपनी काबिलियत थी कि लोगों ने मुझे वोट दिया। कोई अहसान नहीं किया। एक बार वोट दे दिया तो क्या मुझे खरीद लिया? मुझे जो

अच्छा लगेगा, वही करूँगा, मेरी मरजी।"

"ऐसे में तो आप अगला चुनाव जीतने से रहे।"

पत्रकार के इस सवाल पर मंत्री जी इस बार पाँच सेकेंड के लिए मुसकराए और बोले, "दूसरी बार तो वैसे भी पार्टी मुझे टिकट देने से रही। सबके सब मुझसे त्रस्त हैं। टिकट तो मिलने से रही। इसलिए सोचता हूँ कि

पायी है कुरसी अगर, कर लो जी भर लूट।
अंत काल पछताऊँगा, पद जाएगा छूट।।

...इसलिए तो अपुन का एक सूत्री कार्यक्रम है : खींचो, खींचो और खींचो, बस! सब यही कर रहे हैं तब मैं क्यों रहूँ पीछे?"

मंत्री जी की बात सुन कर पत्रकार को लगा कि बड़े अजीबागरीब मनुष्य से पाला पड़ा है। फिर उसने अपने आप को समझाया, मंत्री जी को मनुष्य मत कहो। अभी अगला मंत्री है। जब तक वह भूतपूर्व न हो जाए, वह ऐसी अजीबोगरीब हरकतें करता ही रहेगा।'

पत्रकार ने पूछा, "अच्छा, यह बताइए कि आपकी भावी योजनाएँ कौन-कौन-सी हैं? समाज के लिए आप क्या करना चाहते हैं?"

मंत्री जी सोच में पड़ गए, "भ..भावी योजनाएँ..? स..समाज..?"

उन्हें समझ में नहीं आया कि पत्रकार पूछना क्या चाहता है। मंत्री को न तो योजनाएँ समझ में आयीं और न समाज। दरअसल मंत्री होने के नशे में मनुष्यजी मंत्री होने के ही नशे में बुरी तरह से टुन्न थे।

मंत्री जी के बारे में जब एक दिन मुख्यमंत्री को पता चला तो उन्होंने मुसकराते हुए कहा, "हम अभी, इसी वक्त उसे मनुष्य बनाए देते हैं।"

फिर उन्होंने हाइकमान से चर्चा की। हाइकमान ने मुसकरा कर सहमति दे दी। बस, क्या था, फेरबदल का डंडा घुमा कर मंत्रीजी को हटा दिया।

देखते-ही-देखते मंत्री जी अभूतपूर्व से भूतपूर्व हो गए।

फिर तो कमालई ही हो गया। भूतपूर्व होते ही मंत्री जी के भीतर का मनुष्य जागने लगा। उनके पर कतरे जा चुके थे। वे धरती पर भी नज़र आने लगे थे। उनके चेहरे पर आत्मीयता और ओठों पर मुसकान भी दिखाई पड़ने लगी थी। लोगों ने चैन की साँस ली। एक-दूसरे को बधाइयाँ दीं। मिठाइयाँ बाँटीं और कहा, "अच्छा हुआ, अपने बीच का एक कीमती मनुष्य हमें वापस मिल गया। चलो, अब अपन लोग दूसरे मंत्रियों को मनुष्य बनाने की कोशिश में भिड़ जाएँ।"

सबने सहमति में सिर हिलाया और आम चुनाव की प्रतीक्षा करने लगे।

हास्य क्लब का हँसोड़

लोग उनको हँसने वाले शख्स के रूप में पहचानते हैं।

हँसी का गोदाम है उनके पास। लेकिन बंदे की खासियत यही है कि बिलकुल सुबह-सुबह हँसता है। वो भी हास्य क्लब में। आजकल केवल बगीचों में चलने वाले हास्य क्लबों में जा कर हँसने का रिवाज-सा चल पड़ा है। वैसे तो किसी के पास हँसने की फुरसत ही नहीं। कुछ लोगों के पास तो मरने की भी फुरसत नहीं। दिन भर तरह-तरह के घोटालें, साजिशों और आगे बढ़ने के लिए किसम-किसम के खटराग करने के चक्कर में बेचारे लोग हँस नहीं पाते। मजबूरी में उन्हें सुबह-सुबह क्लब जा कर हँसना पड़ता है। वे जितनी देर हँसते हैं, उतने घंटे की ऊर्जा बनी रहती है।

हँसने वाले जिस शख्स के बारे बता रहा हूँ, उनका बड़ा नाम था। उनके दर्शन के लिए मैं एक दिन हास्य क्लब जा पहुँचा। देखा, महाशय हे-हे...हो-हो करते हुए हँस रहे हैं। व्यायाम भी किए जा रहे थे। सेहत उनकी ठीक-ठाक थी। हँसने के कारण उनकी सेहत भी ठीक रहती है, ऐसा लोगों ने बताया था।

हास्य क्लब के हँसने का कार्यक्रम खत्म हुआ, तो मैं उनके पास पहुँचा। उन्होंने मुझे घूर कर देखा। लगभग गुस्से में। मैं घबरा गया। सोचने लगा कि क्या ये वही शख्स है जो कुछ देर पहले हँस रहा था।

मैंने कहा, "नमस्कार।"

उन्होंने बहुत महान किस्म के लोगों की तरह केवल सिर हिला दिया।

मैंने कहा, "आपसे कुछ बात करनी है।"

उन्होंने रूखे स्वर में कहा, "देखिए, अगर चंदा-फंदा माँगने आए हों, तो बता दूँ कि वो मैं नहीं दूँगा।"

मैं हँस पड़ा। वे मुझे चौंक कर देखने लगे।

मैंने कहा, "मैंने आपकी बड़ी तारीफ सुनी थी कि आप कमाल का हँसते हैं

और लोगों को हास्य-व्यायाम भी सिखाते हैं। हँसने वाले लोग निर्मल हृदय के हो जाते हैं इसलिए सोचा दर्शन कर लूँ।"

मैंने कुछ बड़ी-सी बात कह दी थी। सामने वाले को फँसना ही था। निर्मल हृदय वाला जो कह दिया था। अब वे हल्की-सी मुस्कान बिखरते हुए बोले, "बस, ऐसे ही। मगर आपको किसने बता दिया?"

मैंने कहा, "सुना था किसी से। दरअसल मैं भी हँसना चाहता हूँ। लेकिन जीवन की आपाधापी में हँसने का अवकाश ही नहीं मिलता। जैसे ही हँसने की कोशिश करता हूँ, बीमार पिता का चेहरा सामने आ जाता है। उससे उबरता हूँ तो बेटी की शादी की चिंता सताने लगती है। घर बनाने का सपना तैरने लगता है। कुल मिला कर बात यह है कि जैसे ही हँसने की सोचता हूँ, आर्थिक चिंताएँ आ कर डरा देती हैं। इसीलिए आपसे पूछने आया था। हँसी और स्वास्थ्य के कुछ टिप्स तो बताइए न।"

हँसी सिखाने वाले ने गंभीर हो कर कहा, "हँसने को ले कर ज्यादा तनाव नहीं पालने का। दिन भर तो मैं भी नहीं हँसता। गंभीर रहता हूँ। मेरे कारण लोग रोते हैं। मैं तो सुबह-सुबह हास्य क्लब में आ कर हँस लेता हूँ। उछल-कूद भी कर लेता हूँ। इससे मेरी सेहत बनी रहती है। फिर दिन भर मुझे जो करना होता है, करता हूँ। तब हँसने की जरूरत ही महसूस नहीं होती।

तभी किसी का फोन आ गया। सज्जन गुस्से में बोले, "निबटा दो साले को। मनाता है तो ठीक वरना जैस हम करते हैं, वैसा करो। मैं अपने रास्ते के हर रोड़े को हटा देने वाला हूँ। समझे न?"

इतना कह कर उसने फोन काट दिया। मैं सोचने लगा, पता नहीं ये किसको निबटाना चाहते हैं। उनकी बात सुनकर मेरी सिट्टी-पिट्टी गुम होने लगी।

मैं खिसकने की मुद्रा में आ गया।

उन्होंने मेरा हाथ पकड़ा और कहा, "हँसना कठिन काम नहीं है। आप यहाँ हास्य क्लब में आइए। मैं कुछ टिप्स दूँगा। बाकी दिन भर अपना काम कीजिए। जो भी करते हों। सही-गलत। जैसा भी काम हो। किसी का मर्डर भी करवाना हो, तो टेंशन नहीं होगी। किसी को गाली भी देनी हो तो तनाव से नहीं गुजरना होगा। रिश्वत लेनी या देनी हो तो भी बिंदास-भाव से यह कर्म किया जा सकता है। सुबह-सुबह की हँसी बड़े काम की चीज है। मेरा वर्षों का यही अनुभव है। हँसना स्वास्थ्य के लिए लाभकारी है। बस, एक बात का ध्यान रखना कि हँसी को दिल से नहीं, दिमाग से जोड़ कर चलो। दिल से हँसोगे, तो तुम भी आदमी बन जाओगे। तब जीवन जीने में बड़ी तकलीफ होगी। हर वक्त नैतिकता, आदर्श, चरित्र और मूल्य आदि बेकार की बातें दिमाग में हावी रहेंगी। इसलिए हँसी को केवल दिमाग तक सीमित रखो,

तब तुम सारे खुराफात करके सफल आदमी बन सकते हो। जीवन दिल से नहीं, दिमाग से चलता है। मैं दिमाग से चलता हूँ, दिल से नहीं। हास्य क्लब में आने वाले लोग दिमाग वाले हैं। दिल वाले एक-दो लोग हभी हैं, मगर उनसे अपनी नहीं बनती। ये टुच्चे लोग होते हैं। आदर्शवादी। पाखंडी। हिप्पोक्रेट। इसीलिए कंगाल हैं। हम लोग मालामाल हैं क्योंकि दिल का यही कोई लफड़ा ही नहीं। तुम भी दिल नहीं, दिमाग से काम लो। यहाँ आओ, और खूब हँसो। और दिन में वे सारे काम करो, जो तुम्हें नहीं करने चाहिए। तब देखना तुम पिताजी की बीमारी से घबराआगे नहीं। उनके लिए पैसों को इंतजाम भी कर लोगे। बेटी की शादी की चिंता भी नहीं रहेगी। क्योंकि इतनी दौलत कमा लोग कि टेंशन-फ्री हो जाओगे। मैं टेंशन-फ्री हूँ। भ्रष्टाचार को शिष्टाचार समझो और क्रूरता को जीवन की जरूरत। अच्छा, चलता हूँ। कल से हमें ज्वाइन करो और ज़िंदगी को फाइन करो।"

वे लम्बा ज्ञान दे कर चले गये। फिर बगीचे में एक-दो और लोगों से मिला। ये सब हँसने की कला में पारंगत थे। उनका भी यही फंडा था कि हँसने के कारोबार को बगीचे तक ही सीमित रखो। क्योंकि हँसनेवाला निर्मल मन वाला होने लगता है। निर्मल मन वाला पाप से बचता है। गाली देने से बचता है। गलत काम से डरता है। मतलब यह कि वह नैतिकता के साथ जीवन जीना चाहता है। इसलिए ध्यान रखो कि हँसना एक क्रिया है और जीवन जीना बिल्कुल दूसरी प्रक्रिया। लोगों के भयंकर किस्म के व्यावहारिक विचार सुन कर मैं घबरा गया। जीवन में हँसी की तलाश में आया था और उदास हो कर लौट गया। अब तक भटक रहा हूँ कि जीवन में हँसी का वर्चस्व कैसे बढ़े।

कुछ दिन बाद एक समाचार पढ़ा कि हास्य क्लब में हँसने वाले सज्जन किसी के साथ गाली-गलौज और मारपीट के आरोप में गिरफ्तार हो गए हैं। मुझे लगा कि ऐसा हँसना तो अपने से बिल्कुल भी न हो पाएगा। लेकिन हँसना तो पड़ेगा। जीवन को लम्बा खींचना है, तो हँसी जरूरी है, मगर लफड़ा यहीच्च है कि हँसने का सीधा असर मेरे दिल पर होने लगता है। मैं दिल को ठीक-ठाक रखना चाहता हूँ, लेकिन अनुभव यही बताते हैं कि दिल दुरुस्त रहे तो आदमी भला हो जाता है लेकिन उसे तरह-तरह की तकलीफें भी भोगनी पड़ती है। दिलविहीन आदमी दिमागदार होते हैं और सदा सुखी रहते हैं।

इन दिनों इसी उहापोह में हूँ कि करूँ क्या? हास्य क्लब ज्वाइन कर लूँ? एक बार हँस कर देखूँ तो सही कि मुझ में कैसे परिवर्तन होते हैं। नकारात्मक या सकारात्मक। नकारात्मक हुए तो फलानेजी जैसा बन जाऊँगा और सकारात्मक हुए तो कोई बात नहीं, मनुष्य बन कर तकलीफें झेलता रहूँगा, और क्या। जिसकी जैसी किस्मत।

कुरसी तेरा रूप स्वयं ही काव्य है!

किसी शहर में खा-पीकर अकसर डकार लेने के रोग से ग्रस्त एक आदमी रहा करता था।

वह अफसर था इसलिये उसे आदमी कहना शायद उसका अपमान होगा। आदमी शब्द का भी अपमान हो सकता है। इसलिये अंततः उसे अफसर कहना ही उचित प्रतीत होता है। वह अफसर घर और बाहर या अपने दफ्तर में खाने-पीने की पारम्परिक प्रशासनिक-आदत से ग्रस्त था। इस कारण सहज रूप से बेचारा वायु-विकार से भी परेशान रहता था।

एक दिन अफसर अपने घंटाल-गुरू के पास गया, और बोला,

"गुरुजी, इस डकार और विकार के समाधान का कोई सस्ता-सुंदर और टिकाऊ उपचार बताइए"...

गुरुजी मुस्कराए और बोले, "अरे, तो तुम कविताएँ नहीं लिखते क्या..?"

शिष्य चौंका, "कविता...? ओ हाँ, कविता। समझ गया-समझ गया। कविता। इट मीन्स, पोएट्री। लेकिन मैंने ऐसा कोई टुच्चा प्रयास नहीं किया। कविता बेकार और भूखे-नंगे किस्म के लोग लिखते हैं। मैं तो अफसर हूँ।"

गुरूजी ने चिढ़ कर कहा, "इसीलिये तो तुम विकारी बने हुए हो। अरे, मूढ़ मते! समय की नजाकत को समझ और मौका देख कर गुलाटी-वुलाटी खाने की कला सीख ले। तेरी बात ठीक है कि कविता-साहित्य-फाहित्य बेकार लोगों का शगल है। मगर समाज में यही बेकार लोग हमेशा से इज्ज़त पाते रहे है। देखो, अकबर मर गया लेकिन कवि तुलसीदास की घर-घर में पूजा होती है। इसलिए मेरी मानो, तुम भी कविताएँ लिखने लगो। इससे क्या होगा कि तुम्हारा नंबर एक और नंबर दो का गरिष्ठ खाना भी पचेगा, वायुविकार से मुक्ति भी मिलेगी। सबसे बड़ी वाली बात, तुम्हारी छवि भी निखरती जायेगी। झकास। पद के आतंक से तथा रिश्वतखोरी से अर्जित पैसे के बलबूते इज्ज़त मिलने में भयंकर समय लगता है

वत्स। लेकिन कविता लिखने लगोगे, साहित्य-वाहित्य करते रहोगे, तो देख लेना, बहुत जल्द ही अच्छे लोगों के बीच बुलाए जाने लगोगे क्योंकि तब लोग भूलवश ही सही, तुम्हें मनुष्य समझने लगेंगे।"

शिष्य ने घंटालगुरू की बात मान ली, और उसके बाद उसका पेट ठीक रहने लगा।

वायु-विकार की शिकायत भी दूर हो गई। वह कवि हो गया।

इस लोकप्रिय बोधकथा के वाचन के बाद एक अन्य अफसरनुमा आदमी ने भी कवि होने की ठानी। और वो दिन और आज का दिन है, कवि ऐसा हिट हुआ कि मती पूछो।

एक दिन वह कवि एक शॉपिंग मॉल में मिला, तो मैंने पूछा, "आप कवि हैं न...?"

वह मुझे घूरने लगा मानो खा ही जाएगा। उसने रूखे स्वर में कहा, "नहीं, मैं अफसर हूँ। देखते नहीं, मेरे साथ मेरा गॉर्ड चल रहा है।"

मैंने माफी माँगते हुए कहा, "ओह, मैं समझा कि आप कवि है।"

मैं जाने लगा। अचानक अफसर को अपनी गलती का अहसास टाइप का कुछ-कुछ हुआ। उसने मुझे आवाज़ दी,

"अरे हाँ-हाँ, याद आया। मैं कवि हूँ...कवि हूँ।लेकिन मेरी डायरी घर पर है वरना अभिच्च सुना देता।"

मै मुस्करा पड़ा।

उसने पूछा, "आपकी तारीफ?"

मैंने कहा, "आम आदमी।"

मेरी बात सुन कर अफसर के चेहरे पर हताशा उभरी, मगर अचानक खुश होते हुए बोला, "ओह, तो तुम ही वह आम आदमी हो जिसके बारे में मैंने एक कविता लिखी थी? मैं कुछ दिनों से किसी आम आदमी की तलाश में था। मैंने आम आदमी पर एक कविता लिखी है, लेकिन उसे देखा नहीं था। कविता को मैंने दिल्लीजीवी एक आलोचक को ई-मेल भी किया था। उसने इस कविता को शताब्दी की बड़ी कविताओं में से एक बताया है। सुनो। कविता याद आ रही है।"

अफसर पर सवार हो चुके कवि से मैं घबरा उठा, मगर भाग नहीं सकता था। कविता सुननी ही पड़ी।

अफसर ने शुरू किया,

"आम आदमी, तुम खास हो...
दु:ख के पास हो।

तुम नदी हो...तुम तालाब हो..
पेड़ हो तुम आम आदमी।
देखो, सूरज हँस रह है।"

इतना कह कर अफसर रुका और हँसते हुए बोला, "कविता ख़त्म।...हे...हे...कैसी है कविता?"

तब तक मेरे मेरे भीतर का आलोचक जाग गया। मैंने अलोचकीय भाषा में कहना शुरू किया, "यह कविता अपने समय से जीवंत संवाद करती है और युगीन संदर्भों का पुनर्पाठ अभिव्यंजित करती हुई वैश्विक होती जाती है। उत्तरआधुनिक-विमर्श की दिशा में कवि एक विशिष्ट रूपक गढ़ता है और सब कुछ जैसे विच्छिन्न कर देने के लिए व्याकुल नजर आता है।"

अफसर चांद की टरह टेढ़ा मुँह कर के मुझे देखता रह गया। वह समझने की कोशिश कर रहा था कि मैंने क्या बक दिया।

मैंने मुस्कराते हुए कहा, "जैसी कविता, वैसी टिप्पणी। यही आलोचक का धर्म है।"

अफसर खुश हो गया और बोला, "तुम आम आदमी नहीं लगते। तुम तो बहुत झूठे किस्म के आदमी हो। तुम तो कोई बड़े आलोचक हो। सच-सच बताना कौन हो? तुम आलोचक क्यों नहीं बन जाते...? साहित्य में तुम जैसे लोगों के लिये बड़ी संभावना है। सच्चा आलोचक वह है, जो मेरी सामान्य कविता को भी शताब्दी की बड़ी कविता बना दे। तुम मुझसे मिलो। माँ कसम, मालामाल कर दूँगा। मैं ऐसे ही लोगों की तलाश में रहता हूँ जो मेरी पालकी उठा ले। घबराओ नहीं, भुगतान भी होगा। दूसरें अफसरों से प्रेरित हो कर मैंने भी यह धंधा शुरू कर दिया है।"

अफसर-कवि से मिलने का वादा करने के बाद मैं दुबारा नहीं मिल पाया, अलबत्ता मेरे भीतर एक कवि कुलबुलाने लगा। मैंने राष्ट्रकवि मैथिलीशरण गुप्त जी से माफी माँगते हुए जीवन की पहली और अंतिम कविता लिखी जो इस प्रकार है,

कुरसी तेरा रूप स्वयं ही काव्य है।
अफसर कवि हो जाए सहज सम्भाव्य है।

मेरा एक और मित्र अफसर है। अफसर होने के बाद वह मेरा भूतपूर्व-मित्र हो गया है। अफसर हो जाने के बाद कैसी मित्रता।

उसे बड़े अफसरों ने समझाया था, "अब तुम अफसर हो गए हो। लोगों से मिलना-जुलना बंद। पब्लिक प्लेस में मुसकराना बंद। हाथ मिलाना बंद। गाना गुनगुनाना बंद।"

नए अफसर ने पूछा था, "तो क्या मैं असामाजिक तत्व बन जाऊँ?"

वरिष्ठ अफसर ने कहा, "अरे पगले, ऐसी बात नहीं है। तू सामाजिक बना रह लेकिन समाज के लोगों से दूरी बनाकर चल। अगर तू आलू की तरह किसी भी सब्जी में मिल गया तो तेरा महत्व काँग्रेस की तरह घट जाएगा। तू काजू बन। किसमिस बन। सब्जी में डालने के लिए घोटाले करने वालों जैसा कलेजा चाहिए। जो बाबू होता है, वह भाजी की तरह सस्ता होता है। जो बड़ा बाबू होता है, वह आलू के स्तर का होता है और जो अफसर योनि में जन्म लेता है, वह मनुष्यों में श्रेष्ठ और मुख्यमंत्री या मंत्रियों के सामने निकृष्ट होता है।"

नए अफसर ने पूछा, "मंत्रियों के सामने निकृष्ट होने से क्या मतलब?"

बड़ा अफसर हँसा, "अरे यार, तुम तो बिलकुल अनाड़ी हो। पता नहीं कैसे अफसरी करोगे। देखो, बड़े-बड़े डीआईजी, आईजी, घर में अपनी बाईजी से डरते हैं। इसी तरह बड़े से बड़ा अफसर, प्रजातंत्र में मुख्यमंत्री से डरता है। तुमने देखा होगा कि हम लोग हर किसी को हड़काते रहते हैं लेकिन जैसे ही कोई मंत्री हमारे सामने अवतरित होता है तो हमारा एक-एक अंग हिलने लगता है। हमें यस सर! जी सर! थैंक्यू सर! का दौरा पड़ जाता है। तब अफसर की दशा देखकर लगता है कि सबसे निकृष्ट कोई नौकरी है तो ये अफसरी है। कई खुद्दार टाइप के लोग जो ऐसी अपमानजनक ज़िंदगी पसंद नहीं करते, नौकरी छोड़ देते हैं लेकिन कुछ लोग जो 'डेढ़ होशियार' होते हैं, वे मंत्री के सामने पतित मुद्रा में खड़े या लेटे होने को बुरा नहीं मानते। ऐसे लोग बहुत जल्द पुरस्कृत होते हैं। मुझे देखो, मैं कहाँ-से-कहाँ पहुँच गया।"

जो अफसर ने गुरु-मंत्र लिया और 'फुल' अफसर बन गया।

एक दिन वह मुझसे मिला तो मैंने प्रसन्न होकर पूछ लिया, "क्यों बे, आजकल तो तू नजर ही नहीं आता!"

मित्र अफसर नाराज हो गया और बोला, "बिहेव योर सेल्फ!"

मैं चकरा गया। मित्र अफसर ने कहा, "तमीज से बात करो। मैं अफसर हूँ। आईएएस।"

मैं हँसा, "तो क्या हुआ? तेरी सींग निकल आई है। तू समाज से ऊपर उठ गया है?"

वह गंभीर था। बोला, "हाँ, ऊपर उठ गया हूँ।"

मैंने पूछा, "कितने इंच ऊपर?"

वह बोला, "छह इंच ऊपर।"

मैंने कहा, "मतलब अब तमसे बात भी बंद कर दें!"

उसने कहा, "नहीं, बातचीत जारी रखो, लेकिन मिलना-जुलना कम कर

दो। क्या है कि तुम हो (फ)टीचर, मैं हूँ आईएएस। लोग देखेंगे तो क्या समझेंगे?"

मैंने कहा, "अभी तुम ट्रेनिंग पर जाओगे। तब तक तो हँस-बोल लेने दो?"

मित्र अफसर बोला, "ट्रेनिंग तो परीक्षा के बाद से ही शुरू हो गई है। पुराने अफसर गुरु-मंत्र दे रहे हैं।"

मैंने पूछा, "कैसा गुरू-मंत्र?"

मित्र बोला, "जैसे, एक अफसर ने सुझाव दिया, तुम कविता-फविता लिखना शुरू कर दो। अच्छा अफसर कवि होता है। न भी हो तो, वह कवि होने का भ्रम तो पैदा कर ही सकता है! तुम भी भ्रम पैदा करो। हर चालाक अफसर साहित्यकार होने का भ्रम फैलाए रखता है। वह अफसर है इसलिए कवि है। अगर सिर्फ कवि होता तो अफसर काहे बन जाता? गोष्ठीबाजी न कर रहा होता? तो अफसर कवि हो जाए और किसी को और किसी बड़े मंत्री की पूंछ पकड़ ले तो उसकी अच्छी-खासी 'पूछ-परख' होने लगे। कुछ साहित्यकार इसी क्षेत्र के हैं, जिन्होंने किताबें-विताबें छपवाकर यह भी जताने का प्रयास किया कि देखो लोगों, हम भी साहित्य के इतिहास में अमर हो जाएँगे।

मैंने देखा, मेरे मित्र में कविता के कीटाणु विद्यमान हैं। मैं समझ गया कि आने वाले समय में मेरा अफसर मित्र साहित्य की हर विधा में टांग अड़ाएगा। विज्ञान और दर्शन से लेकर पाक कला तक के बारे में वह अपने विचार व्यक्त कर सकता है। विचार भले ही स्पष्ट न हो लेकिन वह व्यक्त कर लेगा।

एक दफे मैं एक अफसर को सुनने गया। उसके बारे में कहा जाता था कि वह साहित्यिक रुचि वाला है।

मैंने सोचा, चलो, देखें कि वह क्या बोलता है साहित्य पर?

अफसर बोल रहा था, "दोस्तो, मैं साहित्यकार नहीं हूँ लेकिन आप लोगों ने मुझ जैसे नाचीज को बुलाकर साहित्य को गौरवान्वित किया है। (तालियाँ) साहित्य मतलब साहित्य। साहित्य बहुत अच्छी चीज। साहित्य से सबका हित सध जाता है। साहित्य के बिना राष्ट्र गूँगा है, बहरा है, लूला है (तालियाँ) आपने मुझे बुलाया... और क्या कहूँ...। अच्छा, हाँ, आपने मुझे साहित्यकार समझकर बुलाया हम अफसर समझकर चले आए। साहित्य के लिए कोई जमीन-फमीन लेनी हो तो मुझसे मिलें।"

अफसर की इस बात पर सर्वाधिक तालियाँ पिटीं। कुछ दिन बाद साहित्यकार जिन्होंने अफसर को अपने कार्यक्रम में बुलाया था, अफसर के चक्कर काटने लगे। उन्हें साहित्य-समिति के लिए नहीं अपने लिए जमीन चाहिए थी। साहित्य में उनकी कोई जमीन भले ही तैयार न हो, मकान के लिए तो जमीन पक्की।

तो, सर्वज्ञ टाइप के अफसर को आजकल हर कोई बुलाता है।

अफसर को भले ही कुछ नहीं आता, उससे कोई फर्क नहीं पड़ता। वह जो बोलता है, लोग-बाग उसे 'अमृत-वचन' की तरह ग्रहण करते हैं। यही कारण है कि अफसर यह मानकर चलने लगता है कि वह भी कोई चीज बड़ी है मस्त-मस्त। वह सबके बीच जाना भी चाहता है और सबसे कटा भी रहना चाहता है। लेकिन बेचारा, यह दंभ बड़े जन-प्रतिनिधि के समाने फुस्स हो जाता है। लेकिन ऐसा कभी-कभार होता है। बाकी समय तो अफसर फूला हुआ गुब्बारा ही होता है।

मेरा मित्र भी फूला हुआ है। वह पिचकते रहने और फूलते रहने के लिए तैयार है।

हाईटेक भिखारी!

कोरोना-काल का एक वाकया है। और सच्ची-मुच्ची का है। व्यंग्यकार झूठ नहीं बोलता। अपन कोई नेता तो हैं नहीं। वैसे कभी-कभार की बात अलग है। खैर। मैं खिड़की से बाहर झाँक रहा था। देखा, बाहर फटी जींस और टी शर्ट पहने एक हाईटेक भिखारी खड़ा है। उसके चेहरे को देख कर मैं समझ गया कि उस बंदे को भूख लगी थी। वह मेरे घर की ओर ही बढ़ा और डोरबेल बजाई।

मैं बाहर निकला। सामने युवा भिखारी खड़ा है। मुझे देख कर बोला, "सर, कुछ मिले। बहुत जोर की भूख लगी है।"

मैंने उस भिखारी को गौर से देखा। वह कदकाठी से नौजवान ही लग रहा था। उसने मास्क भी नहीं लगाया था। मुझे गुस्सा आ गया।

मैंने परमानेंट डायलॉग मारते हुए कहा, "शर्म नहीं आती, हट्टे-कट्टे हो कर सड़को पर भीख मांगते फिरते हो? और तूने मास्क भी नहीं लगाया है! देश में कोरोना फैला हुआ है। तुझे पता नहीं क्या? खुद मरेगा और दूसरों को भी मरवाएगा।"

भिखारी ने कहा, "सर, मैं केवल भूख के बारे में जानता हूं। वह मुझे जोर से लगी है। कोरोना का रोना तो मैंने सुना है लेकिन अभी तक वह मेरे पास पहुंचा नहीं है। हाँ, ईलू-ईलू क्या है, यह तो जानता हूँ, मगर ये कोरोना क्या होता है, ठीक से नहीं मालूम। क्या यह रोना का बड़ा भाई है?"

मैंने भिखारी की जड़बुद्धि पर अपना माथा ठोकते हुए कहा, "अरे, तू इसी लोक में ही रहता है या किसी दूसरी लोक से आया है? तुझे कोरोना के बारे में कुछ नहीं पता? उफ़्फ़, तेरा जीवन निस्सार है। अच्छा, यह तो बता, क्या बिना मास्क के घूमने के कारण तुझे किसी पुलिस वाले ने डंडा नहीं मारा?"

भिखारी ने पीठ सहलाते हुए कहा, "मारा था साहब! ज़ोर से मारते हुए वह यही बोल रहा था कि मास्क कहाँ है। पहली बार यह शब्द सुना था। उसके मुँह में गुटखा भरा था। आवाज़ साफ नही सुनाई दे रही थी। मैं समझा, वह बोल रहा है,

माँ कहाँ है, तो मैंने कहा, माँ तो घर पर है। इतना सुन कर उसने फिर एक डंडा ठोक दिया। फिर मैंने अनुमान लगाया, वह बोल रहा है मांस कहाँ है। मैंने कहा, मुझे रोटी की तलाश है। सिपाही ने फिर एक डंडा मार कर भगा दिया। यह मास्क क्या बला है? क्या वह रस्क, बोले तो टोस्ट जैसी कोई स्वादिष्ट चीज़ है? चलिए,वही दे दीजिए। सँभलकर रखूँगा। आगे किसी सिपाही के डंडे से तो बच जाऊँगा।"

मैंने कहा," अरे पागल, मास्क से मुँह और नाक ढँका जाता है ताकि चीनासुर द्वारा फैलाया कोरोना वायरस हम पर हमला न कर दे। कोरोना होने से आदमी मर सकता है। दुनिया भर में लोग मर भी रहे हैं।"

"अच्छा-अच्छा, तो यह वायरस इतना खतरनाक है। क्या भूख से भी ज्यादा खतरनाक है?"

मैंने भिखारी को समझाया, "भूख लगने से कहीं भी तुम थोड़ा बहुत कुछ खाकर भूख मिटा सकते हो लेकिन कोरोना एक बार चिपक गया न, तो बच्चू, बचना मुश्किल है। बहुत डेंजरस है। बड़ी मुश्किल से यह पिंड छोड़ता है। इसलिए मेरी मान, मास्क लगाकर भीख माँग। लोग तुझे समझदार भिखारी का खिताब दे कर सम्मानित भी कर सकते हैं। मेरे पास एक मास्क रखा हुआ है। इसे लगा कर निकल ले।"

मैंने भिखारी को एक मास्क लाकर दिया। कोरोना के भय से मैंने पहले ही मास्क लगा रखा था। भिखारी ने जैसे—तैसे मास्को लगाया और फिर बोला, "साहब, थैंक्स। अब मुझे भूख नहीं लगेगी क्या?"

उसका सवाल सुनकर मैं चकरा गया। सोचने लगा भूख तो लगेगी। फिर मैंने घर का बचा-खुचा भोजन एक पॉलिथीन में पैक करके उसे दिया और कहा, "जा, ऐश कर। किसी छाँव के नीचे बैठकर आराम से खाना खा।"

भिखारी बोला, "लेकिन मास्क लगाकर मैं कैसे खाना खाऊँगा?"

मैंने मुस्कुराते हुए कहा, "अरे, खाते वक्त मास्क निकाल देना। फिर खाना खाने और पानी पीने के बाद फिर लगा लेना।"

"लेकिन पीने के बाद तो मैं टुन्न हो जाता हूँ। फिर दारू के लिए भी तय पैसे चाहिए न।''

भिखारी तनाव में आ गया। इधर मुझे लगा, इस पग्गल से ज़्यादा माथापच्ची ठीक नहीं।

मैंने हँसते हुए कहा, "जा भाई, अब आगे जा। सिर मत खा।"

"ये मास्क भी साथ ले जाऊँ?"

अब मुझे और हँसी आ गई।

मैंने कहा, "ले जा, मास्क लगाए रखेगा, तो सहानुभूतिवश भीख ज़्यादा मिल सकती है।"

"अच्छा, मतलब आप ने यह अपने अनुभव की बात कही। थैंक्स टू मच।"

"अबे, तू तो अँगरेज़ी बोलता है? भिखारी है या बहुरूपिया?"

मेरी बात सुनकर वह हाथ जोड़ कर बोला, "सच बोलूँ तो पढ़ा लिखा बेरोजगार हूँ, साहब। आई नो अबाउट कोरोनो, बट क्या है इस कोरोना काल में नौकरी चली गई न, तो क्या करता। उसका नाम लेना ही पाप है। बस, मजबूरी में इस देश के सबसे सुपरहिट धंधे की शरण में आना पड़ा। बोले तो भिक्षा शरणम गच्छामि। मेरे जैसे कुछ और साथी हैं इसी काम में। हम सबने अपने-अपने इलाके बाँट लिए हैं। मैं डबल एमए हूँ इसलिए सिविल लाइंस में घूम रहा हूँ। बीए पास पुरानी बस्ती में घूम रहे हैं। और मैट्रिक पास लोग बस स्टैंड और मंदिरों के आसपास। और जो लोग पीएचडी होल्डर है, वे एयरपोर्ट के आसपास मंडरा रहे हैं। आज आपके सौजन्य से फोकट में मास्क मिल गया। खाना भी। मास्क ब्लेक में महँगा बिक रहा है। लेने का मन नहीं हुआ। थैंक्स सर। बाय-बाय, सी यू अगैन।"

मैंने सोचा, यह अब और सिर खाएगा, कहीं नौकरी ही न मांगने लगे। दिक्कत हो जाएगी। मैं खुद बेराजगार हो चुका हूँ। मेरी बेरोजगारी की बात सुन कर कहीं मुझे भी अपने साथ चलने का ऑफर न दे दे, इसलिए बेहतर है, दरवज्जा बन्द कर लो। मैंने ऐसा ही किया।

कुछ देर बाद मैंने खिड़की से झाँका, तो देखता क्या हूँ, बंदा जेब से मोबाइल निकाल कर किसी से हँस-हँस कर बातें कर रहा है। उसके चेहरे की प्रसन्नता से साफ झलक रहा था कि वह अपनी किसी प्रेयसी से बात कर रहा है।

हाईटेक भिखारी पर मुझे भी हँसी आ गयी। अपने आप पर भी।

www.ingramcontent.com/pod-product-compliance
Lightning Source LLC
LaVergne TN
LVHW090355051026
849518LV00006B/2140